ALMA

Le vent se lève

Timothée de Fombelle

ALMA
Le vent se lève

Illustré par François Place

GALLIMARD JEUNESSE

« Suis les fleurs des arbres.
Suis-les. Tu seras où tu veux être
quand il n'y en aura plus. »
Toni Morrison, *Beloved*

PREMIÈRE PARTIE

I

Et certains lions sont rois

C'est un zèbre sans rayures, debout dans les herbes jaunes, avec deux enfants couchés dans son ombre.

– Regarde comme il est grand.

Elle s'appelle Alma. Elle parle à son petit frère allongé près d'elle.

– Regarde !

Ils sont sur le dos, serrés l'un contre l'autre dans cette prairie sans fin. Et quand le soleil bouge un peu, l'animal fait un pas pour que les enfants restent à l'ombre. Ils rient ensemble en le contemplant. Si Alma savait comme elle repensera plus tard à cette fraîcheur de son petit frère sur son côté, au clapotis de son rire.

– Tu vois. Je te l'avais dit. Tu ne me croyais pas, dit Alma.

Le garçon ne répond pas. Tous les zèbres de la vallée sont petits, rayés, peureux. Celui-ci est très grand, plus haut qu'une main qu'on lève au-dessus de la tête quand on est debout sur la pointe des pieds. Il a un collier de cuir attaché autour du cou. Il n'a pas de rayures et il reste là, doucement, à veiller sur eux. Il n'a peur de rien.

– Où tu l'as trouvé ? demande Lam.

– Je ne l'ai pas trouvé. C'est lui qui nous a trouvés.

Son frère se tait, les yeux brillants.

– À quoi tu penses ? demande Alma.

Silence. Il réfléchit.

– Je cherche si je me souviens d'un jour plus beau, dit Lam.

Alma sourit. Quelques instants plus tôt, elle lui a montré comment grimper sur le dos de l'animal. Elle se tenait au collier de cuir. Son frère est même monté derrière elle avec son bonnet bleu qu'il ne quitte jamais. Au grand galop vers les arbres, ils ont fait s'envoler les gazelles comme des papillons. Puis ils se sont laissés glisser dans l'herbe, assommés de bonheur.

– Il s'appelle Brouillard, souffle Alma.

– Comment tu sais ?

– Parce qu'il est tout blanc.

– On peut choisir le nom des choses nouvelles ?

Elle répond fièrement :

– Oui. On fait ce qu'on veut.

Mais Alma sait qu'avant Brouillard et sa blancheur, son petit frère était la dernière chose nouvelle apparue dans leur vallée. Rien d'autre à l'horizon depuis la naissance de Lam quand elle avait trois ans.

La vallée est entièrement fermée par des falaises. Elle est belle et chaude comme un paradis. Elle ressemble à une main immense remplie de prairies, d'arbres et de bêtes sauvages. Une main ouverte qui donne tout ce qu'il faut pour vivre : la nourriture, les nuits étoilées et les petits singes dans les branches pour s'amuser. Elle donne les pluies battantes dans lesquelles ils s'enfoncent tout nus en courant, les siestes entre leurs parents, les hautes herbes qui penchent quand passent les lions ou le vent.

Mais rien n'existe pour eux en dehors de ce monde protégé et fermé. Une famille, seule, dans une vallée à perte de vue. Il n'y a rien d'autre qui vienne de quelque part pour prendre un nom nouveau. Ou bien il faudrait nommer chaque nuage qui passe !

Et tout à coup, voilà Brouillard. Il est là, au-dessus d'eux, comme une apparition. Alma l'a vu arriver, un an plus tôt exactement. Des jours entiers elle a parcouru la vallée toute seule avec son arc sur l'épaule pour le retrouver, pour être sûre qu'elle n'avait pas rêvé.

Lentement, elle a appris à l'approcher et, pendant des mois, elle n'a rien dit à personne. Elle l'a gardé pour elle.

– Brouillard ! appelle Alma.

Brouillard baisse vers elle son front et ses yeux doux.

– Il te répond ? demande Lam.

Ils sont toujours allongés. Alma roule sur le côté en souriant et fait s'élever de l'herbe des nuages d'oiseaux minuscules. Elle tourne le dos à son frère.

– D'où il vient ? demande Lam. De là-bas ?

Silence.

– Aam, dis-moi.

Il appelle sa sœur Aam. Il dit Aam d'une voix qui traîne, comme quand on ferme les yeux pour manger ce qu'il y a de meilleur.

– Est-ce qu'il vient de là-bas ? Aaam, dis-le-moi.

Le petit garçon a roulé à son tour juste derrière elle. Il demande encore :

– Aaaam… D'où il vient ?

Même au paradis, il faut bien raconter des histoires et inventer d'autres mondes aux enfants. Alors, Alma a inventé ce pays de là-bas pour son frère. Elle lui en parle toutes les nuits. Elle y a mis des fleurs noires, des petites filles qui sentent le sucre grillé, des prairies qui font des étincelles dans l'obscurité, des maisons avec des ailes hautes comme les falaises. Elle dit *là-bas* dans la langue de leur mère, la langue des histoires et des chansons.

Mais il s'est passé quelque chose qu'elle n'avait pas prévu et qui lui fait un peu peur. Son frère a construit sa cabane dans ce monde qu'elle lui invente. Petit à petit, Lam s'est installé là-bas, dans ce paysage imaginaire. Depuis des mois, il ne pense qu'à cela, le jour et la nuit.

Il ne veut plus en revenir.

Lam entend sa sœur qui murmure. On devine qu'elle sourit en chantonnant. Elle aime être la reine de ce pays qu'elle crée pour lui. Elle aime raconter ces histoires belles et dangereuses qui lui viennent aux lèvres sans qu'elle sache comment.

Le temps passe. Le ciel descend, s'assombrit. Au-dessus d'eux, Brouillard ne bouge pas. Il a un petit oiseau au bec d'argent posé près de son œil et ne veut pas le déranger. Il ne lève même pas un cil.

Alma chantonne toujours, bouche fermée en gardant pour elle ses mystères.

– Arrête, supplie Lam… Arrête, s'il te plaît…

Alma se tait soudain. Quelque chose grelotte derrière elle. Ça fait le bruit des arbres qui s'égouttent après la pluie.

C'est son frère qui pleure.

– Lam…

Elle se retourne et pose son front sous celui de Lam. Leurs nez s'assemblent l'un au-dessus de l'autre. Les deux visages vont exactement ensemble. On ne sait plus à qui sont les larmes.

C'est pour cela qu'Alma pense qu'ils ne se quitteront jamais. Elle a un autre frère, plus grand, Soum, qu'elle aime tendrement, mais le petit Lam est l'autre moitié d'elle.

D'ailleurs, il s'est arrêté de pleurer dès que leurs peaux se sont touchées.

– Il vient de là-bas ? demande encore Lam.

Et il ajoute :

– Tu m'emmèneras un jour, Aam ?

Il laisse passer un long silence.

– Et nous ? D'où on vient ?

Alma ne répond pas. Elle sait juste qu'elle est née ici, il y a treize ans. Elle a grandi en liberté avec ses parents et Soum, dans ce territoire immense où Lam est apparu à son tour.

La seule limite à leur liberté, c'est la loi que répète son père en enfonçant ses yeux dans les leurs : rien ni personne ne doit entrer dans la vallée. Et rien ne doit en sortir. Quand il dit cela, son regard est une flèche noire qu'elle ne reconnaît pas. Il fait peur. C'est pour cela qu'elle n'a pas parlé de Brouillard avant ce jour. Parce qu'elle l'a vu arriver un matin de grande pluie et qu'il venait sûrement d'ailleurs, avec ses lunes de fer sous les pieds et son collier de cuir.

Alma et Lam restent immobiles, tous les deux, à écouter le bourdonnement des guêpes fouettées par la queue de Brouillard. Puis le petit garçon se détache de sa sœur. Il glisse sur le côté.

– Ça va ? demande Alma.

Mais Lam n'est plus vraiment là. Il serre dans sa main son bonnet bleu. Couché sur le dos, il observe attentivement le zèbre sans rayures, blanc comme la brume du matin.

Non. Ce n'est pas un zèbre. Il est plus fin, plus grand, avec une crinière très longue. Hier, il était peut-être encore là-bas, il jouait dans l'herbe qui fait des étincelles. Lam regarde l'œil humide de Brouillard. Il voudrait y plonger pour passer de l'autre côté, sortir de la vallée et voir enfin ce qu'il y a.

Alors, la pluie commence à tomber. Les gouttes grésillent

en touchant les herbes et la terre chaude. On dirait qu'elles tombent sur la braise. Ce sont les premières de la saison des pluies. En une ou deux lunes, il va pleuvoir presque toute l'eau de l'année. Allongés sur le dos, Alma et Lam ouvrent la bouche pour tenter de sentir en premier sur leur langue cette pluie porte-bonheur.

Mais très vite, ils se lèvent parce que l'averse grossit. Ils ramassent leurs grands arcs posés dans l'herbe. Un fourreau pour les flèches est attaché au bois courbé.

Au loin, des antilopes courent vers la ligne des arbres. Brouillard frissonne comme s'il s'éveillait d'un rêve.

– Tu restes ici, Brouillard ! Tu nous attends jusqu'à demain.

Ils posent chacun la joue sur son cou pour lui dire au revoir. L'animal tremble encore de plaisir, ou de froid.

Des mois plus tôt, un autre jour de pluie, Brouillard s'est échappé d'un monde où ces moments n'existaient pas, où la liberté n'était même plus un souvenir, où on plantait les talons dans ses flancs pour le faire galoper derrière des fugitifs qui avaient l'odeur de la peur. Ici, il découvre l'odeur de la terre, la paix et les cris de joie de deux enfants qui s'éloignent sous l'averse.

Mais, au fond de lui, l'animal sait qu'il faudra bientôt repartir.

– Tu ne parles pas de Brouillard. D'accord, Lam ? À personne.

Lam court à côté d'Alma, aveuglé par les gouttes d'eau. La corde des arcs barre leurs dos.

– Promis ?

Il ne répond pas. Il sourit. Il sait ce qu'il doit faire. Il a un plan. D'ailleurs, il a dix ans. Dix grandes pluies exactement. À cet âge, les bêtes chassent seules depuis longtemps et certains lions sont rois.

2

Vers le reste du monde

Ils sont si bien ensemble que cela pourrait durer toute la vie.

Il pleut maintenant depuis quarante jours et quarante nuits.

La famille est autour du feu qui envahit la maison et l'illumine. Dehors, il fait nuit. Des fourrures enveloppent leurs épaules, tapissent le sol. Au-dessus d'eux, le toit est un entassement d'herbes coupées sur lesquelles glissent les vagues de pluie. Les murs sont faits en branches et en paille, collées avec de la terre dorée.

Lam est appuyé contre son père. Il dort. Alma est en face, à côté de son grand frère accroupi. Soum sourit en inclinant la tête. Il remue les flammes avec un bâton, près de sa mère dont les yeux reflètent chaque étincelle du feu.

Dans la vallée, certains ruisseaux se sont transformés en torrents, mais la maison est plus haut sur la prairie, enlacée par les branches géantes d'un figuier. Dans les bras de cet arbre, ils se sentent à l'abri de tout. Comme des survivants au Déluge.

Ce qu'aime Alma, c'est qu'ils ne font rien et qu'ils sont tous ensemble. Voilà pourquoi le temps des grandes pluies est toujours une fête. Dehors, l'eau travaille pour eux, remplit les citernes, transforme la vallée, retourne la terre, fait éclater les boutons des arbres, et ils n'ont qu'à écouter le feu qui chante dans les courants d'air. Ils n'ont qu'à se sentir vivants, en se chauffant le blanc des pieds.

Parfois, ensemble, ils se mettent à rire tout bas sans raison, simplement parce que c'est trop doux, trop délicieux, et qu'il faut bien que ça déborde.

Alma pense à Brouillard. Elle l'imagine debout sous son acacia. Elle est allée le voir tous les jours avec Lam sous la pluie.

Lam a appris à rester seul sur le dos de Brouillard en se cramponnant au collier de cuir. L'enfant est si léger que l'animal l'oublie dans sa course. Alma les regarde traverser ensemble les étangs, effrayer les petits phacochères stupides qui se jettent sous eux. Lam est presque couché sur le dos de Brouillard quand ils filent dans les sous-bois. Ils fendent les feuillages à la vitesse du vent. Puis ils disparaissent complètement.

Alma récupère Lam dans ses bras après des heures. Elle le serre contre elle. Ils écrasent sous eux des œillets blancs dans l'herbe. Il a le corps fatigué, les yeux ardents, la peau cirée par la pluie.

Elle lui dit :

– Arrête-toi quelquefois.

– Pourquoi ?

Il sourit en la regardant. Elle essaie de prendre un visage sévère.

– Tu es fou.

Lam fait le mort dans ses bras. Et l'animal, plus loin, garde son air innocent alors qu'il ne tient plus debout non plus.

Alma regarde son petit frère qui dort près du feu contre son père. Elle est la seule dans la maison à savoir ce qui le fait tomber de fatigue.

Mais soudain, elle se rappelle les deux lionnes qui rôdent

dans le coin de Brouillard et chassent pour tout leur clan. Il y a aussi les petits chacals près de la source. Ils s'attaquent aux bêtes vivantes quand l'eau recouvre les carcasses abandonnées dans l'herbe.

Alma a peur pour Brouillard qui ne sait pas encore tous les dangers de cette vallée aveuglante de beauté. Elle ira le chercher demain. Elle le ramènera près de la maison. Elle parlera enfin de lui à son père. Il verra comme ce visiteur venu d'ailleurs donne envie de s'aventurer dehors, derrière les falaises.

Mais elle ne dira pas son vrai, son grand secret.

Elle ne dira pas qu'elle sait par où Brouillard est entré.

Alma a découvert Brouillard un an plus tôt exactement. C'était pendant les mêmes pluies grasses d'avant l'été.

Alma grimpait la rocaille, à bout de souffle.

Là-haut, sur les falaises, tombaient des cascades blanches presque silencieuses. Un troupeau de buffles désorientés par les inondations avait pris Alma en chasse. Elle avait perdu son arc dans la course.

Elle n'aimait les buffles que de très loin, éparpillés dans l'or de la prairie. De près, elle les trouvait laids, bossus et dangereux. L'un d'eux avait un jour failli tuer son grand frère, et d'autres s'attaquaient parfois à leur maison. Pour semer ces brutes sous la pluie, Alma escaladait le petit col qui conduit au ravin des Épines.

Ce ravin est la seule ouverture dans la falaise qui encercle leur vallée. Mais ses profondeurs sont remplies d'une végétation hérissée. Des arbres à pointes s'emmêlent à des lianes et des buissons de ronces très serrés. Quelques oiseaux imprudents, empalés sur ces piquants, menacent de mort ceux qui s'y risqueraient. Le ravin est un couloir étroit entre deux parois. Il est infranchissable, tapissé d'épines sur trente mètres de profondeur.

C'est pour cela qu'Alma et ses frères ne s'en approchent pas. Ils ont peur d'y tomber et de finir comme les antilopes dont les squelettes blanchissent à jamais tout au fond.

Mais ce jour-là, en arrivant au bord du ravin, Alma s'était retrouvée devant un paysage qu'elle n'avait jamais vu. Fatiguée et trempée, elle était d'abord revenue sur ses pas pour examiner derrière elle les buffles qui l'attendaient en bas. Puis, se retournant face au ravin, elle avait découvert, à la place des épines, une grande étendue d'eau.

Un lac éphémère noyait le piège de la végétation.

Elle ne pouvait pas le croire.

À cause de la pluie, à cause de ce déluge de pluie, le précipice était devenu un lac qui disparaissait au loin entre les parois escarpées. Et là, juste en dessous d'elle, il y avait Brouillard.

Alma distinguait son étrange silhouette au milieu des remous. Il nageait et se cognait contre la paroi pour essayer de sortir de l'eau. Elle ne lui avait pas encore donné de nom mais déjà la crinière blanche s'entourait de vapeur. Alma n'entendait que son souffle rauque. Le niveau de l'eau commençait à baisser. Brouillard allait être pris dans les épines.

Alma avait compris tout de suite qu'il venait de très loin. Il était arrivé par la magie de la pluie. Le ruissellement et les cascades avaient rempli le ravin pour le laisser passer, presque en volant, au-dessus de l'enfer des épines. Il venait de là-bas, tout là-bas.

Maintenant, ses sabots raclaient la roche, toujours au même endroit. Sa plainte devenait plus faible et plus grave. La respiration d'Alma s'était calée sur celle de l'animal.

Elle vit alors, un peu plus loin, un éboulement de pierres noires. À cet endroit, la paroi s'était effondrée. Elle formait une plage très raide, la seule voie par laquelle Brouillard pourrait peut-être s'en sortir.

Si Alma avait su nager, elle aurait sauté à l'eau pour l'escorter. Mais elle préféra choisir une autre méthode et commença à le bombarder de tout ce qu'elle trouvait autour d'elle : morceaux de bois ou de roche, racines arrachées à la terre. Ces rafales faisaient dériver Brouillard vers la plage noire. C'était exactement ce que voulait Alma.

Elle sautait sur place et, pour le repousser, hurlait les pires mots de toutes les langues que lui avaient apprises son père et sa mère.

Impossible de savoir ce qui était le plus efficace entre les pierres, les cris d'Alma et ses gesticulations. L'essentiel était que, peu à peu, Brouillard dérivait du bon côté. Et pour la première fois, arrivant vers les rochers, il réussit à hisser une partie de son corps au-dessus de l'eau. Émerveillée, Alma découvrit sa crinière, puis son collier de cuir, puis sa haute taille blanche sans la moindre rayure.

Mais elle le sentait vaciller, prêt à basculer à nouveau en arrière. Elle ramassa une dernière pierre et la lança de toutes ses forces dans l'eau derrière lui. Cette fois, il sortit en entier et remonta l'éboulis.

Il s'arrêta à la hauteur d'Alma. Il la regarda en s'ébrouant, se demandant ce qu'il devait penser de cette enragée qui lui avait sauvé la vie. Puis il descendit vers la vallée, fit s'enfuir les buffles en quelques ruades et disparut.

Cette première rencontre explique peut-être le temps qu'il fallut à Alma avant de pouvoir l'approcher à nouveau.

Trois jours plus tard, quand elle revint sur les lieux, le ravin s'était déjà vidé de son eau et le barrage d'épines était réapparu. Plus une seule trace du lac fantôme.

Alma descendit entre les rochers noirs de la plage. Elle ne s'y était jamais risquée auparavant. C'était au bord du précipice. Des pierres roulaient sous ses pieds. Elle appelait tout doucement Brouillard, espérant qu'il était revenu se cacher par ici.

Elle remarqua un trou dans les rochers, une caverne très basse et profonde, pas plus large qu'un tombeau. Elle entra. Elle mit quelques secondes à s'habituer à l'obscurité.

Une petite pirogue était rangée là avec ses deux pagaies. Elle était très fine, taillée dans un tronc de kapokier dont on voyait encore l'écorce par endroits. La pirogue était couverte de mousse. Elle attendait sûrement depuis des années dans ce trou.

De l'eau et un bateau… Alma savait maintenant qu'il y avait, quelques heures par an, au lendemain des plus grandes pluies, un passage vers le reste du monde.

3
Son cœur dans l'herbe

Assise dans la maison, à l'abri de la pluie, une épaisse fourrure sur les épaules, Alma se rappelle ce changement dans sa vie, un an plus tôt. Une fenêtre s'était soudain ouverte sur l'inconnu. D'abord Brouillard, puis la pirogue. Deux grandes fenêtres taillées dans leur isolement.

Elle espionne maintenant ses parents de chaque côté du feu.

La famille est toujours silencieuse. Le père a la main posée sur le front du petit Lam. Sa femme, Nao, le regarde à travers les flammes. Quand leurs yeux se croisent, il y a d'abord la même joie tranquille, cette joie qui a construit son nid dans leur maison.

Alma fait parler ses parents dans sa tête :

« – On est bien, dit la mère. Regarde-les.

– Tu trouves ? »

Et son père sourit toujours au bon moment.

« – Oui. Regarde. Ils sont beaux. »

Nao arrive à répondre cela sans prononcer un mot. Ce sont ses yeux qui le disent. Ce n'est même pas de la fierté, c'est seulement qu'elle n'en revient pas. Et les prunelles de Nao brillent tant qu'Alma voit qu'elle fronce un peu le nez pour ravaler ses larmes.

Depuis toujours, le visage et le cœur de sa mère sont pour Alma comme les nuits d'été : une vie ne suffirait pas à en compter les étoiles. Alors, quand on les contemple, malgré la fatigue, on repousse l'heure de fermer les yeux. On ne veut pas dormir. On ne veut rien rater de tant de beauté.

Mais soudain tout s'arrête. Les regards des parents s'attardent l'un dans l'autre et Alma voit remonter une ombre qu'elle connaît bien. L'ombre qui passe entre eux quand ils croient qu'on ne les voit pas, l'ombre d'un grand mystère.

« – Pas tout de suite. Ne dis rien.

– Tu crois ?

– Plus tard. Laisse un peu durer la douceur. »

Alma tourne les yeux vers ses frères. Est-elle la seule à deviner ce mystère ? Elle le sait depuis longtemps : quelque chose est posé en équilibre au-dessus du bonheur de ses parents. Le passé revient parfois les hanter. Alma les sent alors tout près de raconter.

Elle contemple un à un les visages autour du feu et s'arrête aux yeux fermés de Lam, à ses paupières fines comme la soie. Quand il dort, Lam retrouve le visage de l'enfance. Il ne joue plus à être ce qu'il n'est pas. Alma voudrait que les nuits ne s'arrêtent jamais pour le garder petit plus longtemps.

Elle est la dernière à s'endormir. La lueur des braises s'éteint lentement autour d'Alma. Mais au moment où elle bascule dans le sommeil, elle ne voit pas qu'un mot s'est dessiné sur les lèvres de son petit frère. Une bulle qui éclate en silence.

Là-bas.

Les yeux de Lam s'ouvrent d'un coup, comme s'il attendait cet instant depuis longtemps. Il regarde autour de lui. Il se détache des bras de son père et se lève sans un bruit.

Le lendemain matin, la pluie s'est arrêtée.

Alma pense qu'elle est la première levée. Elle croit encore que c'est un jour ordinaire. Elle sort de la maison dans la pénombre du feu éteint. Elle s'étire. Dehors, la prairie brille un peu. Alma prend son arc et descend par un chemin d'herbes couchées.

Des gazelles bondissantes font des ricochets dans la nuit. Alma aime la beauté du jour neuf, où tout recommence, où le monde ressemble à l'animal mouillé qui vient de naître. Plus bas, l'eau de pluie a laissé des miroirs rose et bleu.

Maintenant, la lumière monte autour d'elle. Alma a de l'eau jusqu'aux cuisses quand elle franchit les ruisseaux, entourée d'oiseaux verts presque invisibles. En rejoignant la rive, ses pieds nus se colorent du rouge de la terre.

Elle s'arrête en haut d'une colline sous l'acacia de Brouillard. Les branches dessinent un plateau, très haut au-dessus d'elle.

La langue entre les dents, elle fait un sifflement aigu. Si aigu et si régulier qu'on l'entend à peine et qu'il se mélange au bruit du vent dans l'herbe. C'est avec ce sifflement qu'elle appelle Brouillard. Elle s'arrête. Elle regarde l'infini du paysage tout autour. Le ciel est violet. Très loin, vers le couchant, des buffles et des éléphants profitent de l'éclaircie pour regagner des terres plus hautes. L'orage n'est jamais loin mais les animaux se répandent dans la plaine.

Nouveau sifflement. Alma respire doucement. Les cigales se réveillent. Brouillard ne vient pas. Où est-il passé ? Elle repense à ses inquiétudes de la nuit. D'habitude, quand il n'attend pas près de son arbre, il arrive au premier sifflet.

Des antilopes se sont approchées. Alma a reconnu leurs trois lignes noires verticales, juste sous la queue. Ce sont des impalas qui tournent vers elle des lèvres blanches et de grands yeux, comme s'ils savaient quelque chose.

Alma vient s'appuyer contre l'arbre.

– Brouillard...

Elle chuchote :

– Où est-il, le drôle de zèbre ?

Elle baisse alors les yeux. À ses pieds, une pointe en fer noire est posée dans l'herbe. Alma se penche pour la ramasser. C'est la lance de chasse de son père. Les antilopes détalent quand Alma la brandit.

Elle reconnaît le motif dessiné avec le feu sur le bois. Un trait noir s'enroule autour de la lance comme un serpent. Son père est passé ici cette nuit. Qu'a-t-il fait de Brouillard ?

Alma redescend la colline en courant. Elle saute par-dessus les petits cours d'eau, remonte à travers les buissons encore luisants. Quand elle débouche à nouveau dans la prairie, seules ses épaules et sa tête dépassent des herbes, avec le grand arc et la pointe de la lance au-dessus. Elle voit maintenant tout en haut, devant elle, la masse verte du figuier sycomore. La maison n'est plus très loin. Alma aimerait tant qu'apparaisse Brouillard dans la lumière du matin.

– Alma ?

Quelqu'un a surgi derrière elle.

Elle se retourne et découvre son père. Il a déjà saisi la lance qu'elle tenait dans la main. Il la montre à sa fille et parle très bas :

– Où est ton frère ?

– Qui ?

– Où est Lam ? Je croyais que c'était lui qui l'avait prise.

En un instant, Alma devine que rien ne s'est passé comme elle le croyait.

– Il n'est pas avec toi ? continue son père.

– Non.

Elle le regarde en silence et comprend tout. Ce n'est pas lui qui a abandonné la lance sur la colline près de l'arbre. C'est Lam. Oui. Il s'est réveillé avant elle. Il est allé voir Brouillard.

– Je t'ai fait peur, Alma, dit son père avec un sourire.

Il a changé de langue pour la rassurer. Il parle fanti, la langue qu'il parlait quand il était enfant.

Il veut lui prendre la main.

– Ça va?

– Oui.

Elle s'est détournée, s'éloigne déjà.

– Où est Lam, demande son père?

– Je ne suis pas là pour le garder.

Alma continue à grimper seule vers la maison. Elle voit son frère Soum et sa mère au loin qui travaillent dans la boue du champ d'ignames. Tous les deux, ils ont l'air de petites statues de terre cuite au milieu de tout ce vert.

La maison est vide. Alma va soulever les couvertures pliées au fond, contre le mur. Elle appelle:

– Lam…

Il se rendort parfois le matin dans ce nid de fourrure. Mais cette fois, il n'y a personne. Il ne reste que le parfum enfumé de la nuit passée. Quand elle sort, Alma voit s'enrouler des nuages noirs au-dessus d'elle. Peut-être qu'il pleut à nouveau sur les falaises.

Elle passe derrière la maison. Elle se glisse entre les branches rampantes du figuier. C'est là, au pied du tronc, que son petit frère cache son trésor. Une boîte en bois qu'il fait briller avec de la graisse noire. Alma est la seule à connaître son contenu : deux pierres vertes, un bracelet en corne, un crâne de chauve-souris pas plus gros qu'un pouce, des graines dans un sachet en cuir et d'autres merveilles.

Elle s'agenouille, rassurée. La boîte est là, entre les racines.

Alma sourit. Elle connaît Lam. Il n'a pas pu s'en aller sans elle. Elle prend la boîte dans ses mains.

Elle l'ouvre et la lâche soudain comme si elle brûlait.

Alma se relève en tremblant.

La boîte est vide.

Lam est parti. Il a quitté la vallée. Il a emporté son trésor.

Et tout cela est à cause d'elle. À cause des histoires qu'elle lui a inventées.

Tout est clair dans l'esprit d'Alma. Tout se tient ficelé, dur et serré, comme est toujours la vérité.

Lam est parti avec Brouillard, le seul à connaître le chemin vers *là-bas*.

Une peur froide descend en elle, de la gorge vers le ventre et les jambes. La peur glisse lentement sous sa peau.

Debout parmi les branches de l'arbre, Alma sent qu'elle va tomber. Au moment où elle touche terre, elle croit voir rouler son cœur dans l'herbe.

4

Forteresse sauvage

Sa mère l'a ramassée entre les racines du figuier.

– Ma chérie... Alma... Lilim...

Elle l'appelle *Lilim*.

Nao appelle chacun de ses enfants *Lilim* quand elle est seule avec lui. C'est le mot le plus doux qu'elle connaisse.

Son grand fils Soum est arrivé. Il l'a aidée à porter Alma dans la maison. Il est resté un peu à sourire à côté d'elle endormie. De toute sa vie, Soum n'a jamais prononcé un mot. Mais la collection de ses sourires est infinie.

Alma dort depuis des heures sous le toit d'herbe sèche. Soum est parti en courant retrouver son père. Même si le jour est très avancé, il y a trois lampes autour d'elle, et l'odeur de l'huile qui brûle sur les mèches.

– Où est Lam? murmure Alma quand elle ouvre les yeux.

Nao se penche vers sa fille.

– Ton père et ton frère sont partis le chercher. Il doit courir la prairie. Ils vont le ramener.

– Lam...

– Ne t'inquiète pour rien, dit Nao de sa voix grave. Il est

comme les deux petits singes de l'arbre de la maison. On les croit toujours disparus jusqu'à l'heure du pain sur le feu.

Nao sourit en disant cela. Elle se remet à écraser la farine et l'eau dans le bol en bois, mais elle a son nuage sombre sur le front. L'ombre qu'Alma reconnaît parfois. D'ailleurs, Nao parle beaucoup, sans s'arrêter, ce qui ne lui arrive jamais.

– Attends un peu l'odeur des galettes dans la cendre et tu le verras qui tombera des branches ou sortira d'un trou !

– Est-ce qu'il pleut ? demande soudain Alma.

– Non. Je crois que c'est fini pour longtemps. La terre est pleine. Il n'y a plus de place pour la pluie.

Alma remue la tête. Son regard s'affole.

– Je vais me lever.

– Repose-toi, Lilim. Attends un peu ici.

Alma se redresse douloureusement.

– C'est fini. J'ai eu froid et chaud, mais c'est fini. Regarde. Je vais bien. Je vais les aider à trouver Lam.

Nao observe sa fille qui est déjà debout. Alma saute d'un pied sur l'autre pour prouver que son corps tient ensemble. Mais on voit le tremblement de ses lèvres et les gouttes de sueur froide sur son front.

– Regarde. C'est fini. Je vais bien.

Nao ne cherche pas à l'arrêter. Elle connaît l'entêtement de sa fille.

Chez les Okos, le mot « alma » signifie « libre ». Mais ce genre de liberté n'existe dans aucune autre langue. C'est un mot rare, une liberté imprenable, une liberté qui remplit l'être pour toujours. Le père d'Alma raconte que chez lui, ce nom pourrait se dire « marquée au fer rouge de la liberté ». Alma ne comprend rien à cette histoire de marque et de fer. Dans la langue de sa mère, la langue des Okos, il n'y a pas de *fer*. Il n'y a de mots que pour ce qui est important. Pour dire la couleur de chaque heure de la nuit ou le gloussement qu'on fait en dormant quand une herbe vient nous toucher l'oreille.

« Et peut-être qu'Alma et sa liberté ont raison, pense Nao en la regardant. Oui, elle sera mieux à semer sa fièvre dans les collines plutôt qu'à attendre ici. »

Elle la suit des yeux dans la maison.

Alma prend son arc et ses flèches qu'on a rangés sur le côté. Elle marche d'abord vers la porte mais hésite un instant et revient sur ses pas. Elle plonge la tête au creux du cou de sa mère, juste au-dessus de l'épaule. Elles se tiennent serrées l'une contre l'autre. Le geste est le même que d'habitude mais la voix d'Alma s'étrangle.

– Maman.

– Reviens vite, Lilim.

Nao sent sur sa peau les yeux bouillants de sa fille.

– Reviens vite ou bien Lam aura tout mangé !

Alma s'attarde encore un peu dans ce repli où elle aime se blottir depuis qu'elle est toute petite.

– Maman.

Elles restent longtemps ainsi, sans se prendre les mains, parce que l'une tient son arc et l'autre a les doigts pleins de farine de mil. Puis elles se séparent. Plus tard, en y repensant chacune si souvent, elles ne sauront dire combien de temps cela a duré : une seconde ou une vie.

Alma est au-dessus du ravin envahi par l'eau. Le niveau a déjà baissé de plusieurs mètres. Des feuilles ruisselantes sont restées accrochées à la paroi, et on voit apparaître sous la surface, en transparence, les plus hautes branches de la forêt d'Épines.

L'eau descend à vue d'œil. Alma a couru jusque-là sans s'arrêter. Elle respire rapidement, sans un bruit. Elle longe le ravin en inspectant le sol à ses pieds. Elle s'arrête.

Ils sont là. Les pas de Brouillard dans la boue. Il est forcément venu ici après la fin de la pluie. Comment savoir si Lam était avec lui ? Elle efface toutes les traces de Brouillard en les piétinant.

Maintenant, il ne reste que les pas d'Alma dans la boue.

Elle marche sur les cailloux qui descendent vers l'eau. À partir de là, le sol est trop dur pour qu'on puisse suivre des empreintes. Plus rien. Mais aucune piste non plus repartant vers la vallée. Le chemin de Brouillard s'arrête ici.

Alma se tient sur cette plage. On voit battre son cœur sur sa nuque, sous ses oreilles. Elle regarde le lac étroit qui se perd au loin en serpentant.

Où est parti Brouillard ?

Le niveau de l'eau sur la paroi descend encore. On distingue de mieux en mieux la jungle hérissée sous la surface. Dans une heure ou deux, la vallée se refermera pour un an. La barrière d'épines jaillira des eaux.

Alma s'approche de la muraille. La pirogue est bien là, dans le tombeau de pierre. Avant d'arriver, Alma s'est dit qu'elle la mettrait à l'eau si elle avait la preuve du départ de Lam. Elle partirait à sa recherche à travers le ravin rempli d'eau. Comment être sûre qu'il est parti ?

Brouillard les a quittés. Mais Lam ? Peut-être qu'il est déjà sur les épaules de son père... Oui, peut-être que Soum et son père l'ont trouvé, enfin, et qu'ils marchent tous ensemble, le soleil dans le dos. Ils aperçoivent au loin le figuier, la maison dans la prairie bien verte, et la belle Nao devant la porte, qui met sa main au-dessus de ses yeux pour mieux les voir dans la lumière du soir. Et Nao reconnaît cette petite forme noire qui gesticule sur les épaules de son mari. Peut-être qu'elle secoue la tête en se disant à elle-même : « Mais c'est Lam ! C'est lui. Je l'avais bien dit. Ils l'ont retrouvé. Maudite soit la nuit qui nous a fait faire cet enfant ! » Et, en riant, Nao balaie sûrement l'air devant elle pour effacer de la main cette malédiction. Et elle marche en brandissant très haut ses deux poings pour dire sa joie à ceux qui approchent, pour bénir les ancêtres qui veillent sur eux. Mais elle regarde aussi de temps en temps par-dessus son épaule parce que ce serait bien qu'Alma arrive aussi, de l'autre côté, afin que le bonheur soit parfait.

Alma sent passer en elle ce rêve qui la fait frissonner. Le rêve que tout aille bien, que Lam ait sauté des épaules de son père, qu'il soit déjà blotti dans le cou de sa mère qui dirait comme toujours :

– Te voilà, petit suricate. Te voilà, Lilim.

Alma s'apprête à gravir la pente de pierre noire et à retourner chez elle en courant. Les galettes doivent brunir sur le feu. Les deux singes de l'arbre guettent ce festin, leurs mains roses accrochées aux branches. Mais, à ce moment précis, à la seconde où elle se retourne pour rejoindre la maison, Alma voit une tache bleue qui flotte sur l'eau. Une île dérivant au-dessus de la forêt engloutie. C'est le bonnet de son frère.

Lam est parti avec Brouillard. Elle en est certaine.

Ils ont quitté la vallée tous les deux.

Au même moment, les pieds dans la vase d'un ruisseau, le père vient de retrouver Soum.

Aucune trace du petit Lam nulle part. Ils le cherchent depuis des heures.

Ils se partagent déjà un autre territoire de chasse, du côté du levant, comme pour jouer. Soum s'en va, au pas de course. S'il pouvait, il pousserait des petits cris de guerre, mais jamais un son n'est sorti de sa bouche.

Derrière lui, son père n'a pas bougé. Il sait que ce n'est pas un jeu. Mosi semble changé en pierre au milieu du ruisseau.

Son regard vient de se poser sur la falaise, loin devant lui, à l'endroit où elle se fend en deux.

« Le ravin. Il reste peut-être encore de l'eau dans le ravin des Épines. »

Voilà ce qu'il pense soudain.

Il se met en route dans cette direction, tout seul, avec son petit trot de chasseur, en ligne droite. Il ne contourne pas les buissons, il les traverse. Rien ne peut l'arrêter. Il franchit les vallons inondés. Il éparpille les troupeaux de zèbres, la lance levée au-dessus de lui. Son pas ne ralentit jamais. Et tandis que son corps file à travers les collines, son esprit s'enfonce peu à peu dans la crainte. Il pense à la détermination de Lam, cet enfant capable de tout. Il revoit son front têtu des derniers jours. Pourquoi disparaissait-il depuis le début des grandes pluies ? Pourquoi cette fatigue quand il rentrait le soir ? Que préparait-il ?

Mosi gravit la côte qui conduit au bord du ravin. Partout, les cascades commencent à s'effacer des falaises. Il n'y a peut-être plus d'eau là-haut depuis plusieurs jours. Mosi l'espère de tout son cœur. Il aime quand la vallée se referme et met sa famille à l'abri de tout.

Mais, en parvenant au sommet, il voit que l'eau est toujours là. Un mètre à peine au-dessus des premières épines. C'est encore assez pour pouvoir passer.

Et dans la boue, les pas d'un enfant.

Il s'arrête quelques secondes devant le ravin.

Il se rappelle le jour où il est arrivé sous la pluie, il y a longtemps.

Avec Nao, ils ont échoué leur pirogue, ils ont remonté la plage noire. Ils ne savaient pas où ils mettaient les pieds. Deux fugitifs au bout de leurs forces qui ne se connaissaient que depuis quelques jours mais ne faisaient plus qu'un.

Mosi descend vers l'ouverture de la caverne où ils ont passé leur première nuit, il y a presque vingt ans. Ils ont dormi là, tous les deux, comme échoués sur une île. Le lendemain, toute l'eau avait quitté le ravin. La vallée s'était refermée sur eux.

En regardant la lumière, au petit matin, Nao avait dit :

– Isaya…

Ce qui veut dire « la main » en oko.

La vallée s'appellerait Isaya.

C'était le matin. Ils ne savaient pas du tout où ils étaient arrivés. Ils avaient faim et soif. Au loin, un léopard, dressé sur un rocher, les regardait sortir de leur trou. Mais, ce matin-là, après tout ce qu'ils avaient vécu, le monde auquel ils avaient échappé, Nao et Mosi savaient que ce serait déjà le paradis si pour le reste de leur vie, ils n'avaient plus à combattre que la soif, la faim et les fauves.

Ils avaient raison, car pendant tant d'années, une fois la maison construite sous le figuier sycomore, les enfants venus au monde, Isaya fut pour eux beaucoup mieux qu'un paradis.

Mosi entre maintenant dans la caverne.

Son cri vient briser la douceur de ces souvenirs.

La pirogue n'est plus là.

Qui d'autre que Lam peut l'avoir emportée ?

L'enfant est parti. Il a quitté leur forteresse sauvage.

5

Exister ailleurs

Nao n'a pas entendu son mari approcher mais elle sent l'ombre passer sur son dos quand il franchit la porte.

Elle se retourne.

Mosi est à contre-jour dans la lumière du couchant. Il tient dans la main un paquet de cuir noir couvert de terre. Ce sont les restes de son passé enveloppés dans un manteau et serrés avec une ceinture. Un paquet souple que sa femme a voulu effacer de sa mémoire mais qu'elle reconnaît aussitôt. Mosi a enterré ces affaires quand ils sont arrivés dans leur vallée.

Nao se lève doucement. Elle distingue enfin son visage malgré le soleil aveuglant du soir. Il dit :

– Lam est parti. Il a trouvé la pirogue.

Perdue, Nao le regarde, comme s'il parlait une langue inconnue.

– Si je ne le rejoins pas avant la nuit, dit Mosi, le passage se refermera.

Nao préférerait ne pas comprendre ces mots qui tombent sur elle, mais c'est trop tard, ils sont entrés dans son cœur. Partir, c'est forcément quitter la vallée pour une année entière. Impossible de revenir avant les prochaines grandes pluies.

– Je reviendrai avec Lam, murmure Mosi. Dis aux enfants que je leur confie chacune de leurs vies. Dis à Alma… Où est passée Alma ?

Nao balance lentement la tête pour dire qu'elle ne sait pas.

– Dis-lui que je ramènerai Lam. Dis-lui aussi que ma lance est pour elle.

Nao se rapproche de Mosi en silence. Elle pose la tête sur son épaule.

– Et à Nao ? demande-t-elle enfin. Qu'est-ce que je dirai à Nao ?

Nouveau silence. Elle insiste :

– Qu'est-ce que je dirai à Nao si elle se réveille de ce cauchemar ?

– Tu lui diras ce qu'elle sait. Qu'elle garde en elle les traces de son peuple, et ses enfants autour. Elle est plus forte que moi. Qu'elle les garde tous vivants jusqu'à mon retour.

Il sent la tête de sa femme un peu plus lourde sur son épaule. Il lui dit :

– Elle comprendra ce que ça veut dire. Elle connaît le secret.

Nao ferme les yeux. Oui, elle garde en elle un trésor qui ne lui appartient pas. La mémoire de son peuple. Elle était la dernière du peuple oko. Elle a atteint cette vallée avec Mosi pour mettre cette mémoire à l'abri. Elle pensait qu'il n'y avait rien de plus important. Elle était prête à tout.

Mais les enfants sont nés, l'un après l'autre, et, ce soir, tout vacille à cause d'un fugueur de dix pluies à peine.

– Un seul de nos enfants, dit Nao, compte plus que mon peuple et que nos secrets.

Avec ses mains, Mosi recueille le visage de sa femme sur son épaule. Il tient ce visage devant lui. Il embrasse ses yeux, puis le lâche avec précaution, sans le quitter du regard, comme une bulle qu'il voudrait laisser flotter toute seule dans l'air.

Pas à pas, à reculons, Mosi s'éloigne de Nao. Il sort de la maison. Dehors, il arrache en passant le grand couvercle rond tressé qui protège la bouche du puits. Il s'en va avec cette espèce de bouclier dans une main et, dans l'autre, le balluchon de cuir. Nao n'a pas eu la force de sortir et de regarder s'en aller le guerrier, ni de lui crier un dernier secret. Un secret qui aurait rendu le départ plus déchirant encore.

La lance monte la garde devant la porte. Nao semble seule dans la maison. Mais elle sait qu'elle ne l'est pas vraiment. Voilà le secret tout neuf qu'elle n'a pas osé dire à Mosi. Elle n'est pas seule car elle attend un enfant.

Mosi entre dans l'eau. À certains endroits, des branches ont crevé la surface. Il a fixé son sac sur le plateau flottant en bois et en rotin. Il pousse ce radeau devant lui et nage derrière, le plus horizontalement possible, pour ne pas toucher les buissons si proches. Il les voit sous son corps, dans la transparence de l'eau. Il passe à travers cette forêt qui semble grandir autour de lui. On pourrait croire à un oiseau perdu, volant très bas entre les cimes des arbres.

Mosi nage. Les battements de ses pieds ne s'arrêtent jamais. Enfant, il a grandi dans l'eau du fleuve, chez les Fantis de la côte de l'Or qui passent leur vie entre la mer et les rivières. Là-bas, pour le sortir enfin de l'eau, sa mère lui faisait croire qu'une nageoire bleue poussait dans son dos. Elle voulait lui faire peur mais le petit Mosi dormait sur le ventre la nuit pour laisser la nageoire pousser. Du bout des doigts, il touchait cette ligne, le matin, dans le creux de son dos, comme si c'était vrai.

Le soir est en train de tomber. L'eau semble plus fraîche. Mosi continue à faire glisser son radeau devant lui.

De temps en temps, il crie le nom de Lam et s'immobilise. Il rêve d'entendre une voix brisée qui lui répondrait.

Il regrette tant de ne pas lui avoir appris à nager. Il voulait protéger ses enfants, les empêcher d'explorer le passage. Un jour, Mosi a même brûlé devant toute la famille une pirogue que Soum creusait en cachette dans un tronc d'arbre mort pour pouvoir pêcher sur une mare grouillante de carpes. Le grand Soum s'était mis à pleurer et on avait peut-être entendu un minuscule sanglot, le seul son jamais sorti de sa bouche.

Mais aujourd'hui, Mosi aimerait que chacun d'eux sache nager. Il voudrait leur apprendre tout ce qu'il leur a caché.

Peu à peu, une nuit lumineuse prend le relais du jour.

Mosi voit briller des perles d'eau au bout des épines. L'obscurité se remplit de bruits. Les insectes et les chauves-souris volent au-dessus de la forêt renaissante.

Il croit parfois sentir bouger des créatures dans les profondeurs, sous lui. Un mois de pluie a peut-être suffi à laisser s'installer les esprits de l'eau et les serpents géants. Mosi remue le moins possible. Il fait de grands détours pour ne pas s'accrocher aux ronciers.

Il aimerait s'arrêter et se reposer en flottant sur le dos, veillé par les étoiles. Mais il continue sa course contre le temps. Le temps impitoyable qui s'écoule, qui vide le ravin et toutes les forces de son corps.

Parfois, Mosi boit l'eau pure qui l'entoure.

Alors, au milieu de la nuit, un courant commence à l'accompagner. Plus il avance, plus il sent ce courant avec lui. Mosi s'accroche à son radeau, glisse entre les masses sombres dont les griffes tentent de le retenir. Il en garde des traces sur les épaules, les bras, le ventre. Il va vite. Il essaie d'imaginer son fils filant avec sa pirogue dans ce labyrinthe. Les parois se rapprochent, plus serrées des deux côtés.

Mosi sait très bien où se jette l'eau qui l'emporte dans la nuit.

Les chutes.

On entend leur ronflement lointain. Il se rappelle ces chutes d'eau dans lesquelles ils ont grimpé avec Nao, il y a si longtemps, pour rejoindre le passage, puis la vallée, et ne plus la quitter.

Il essaie de nager vers le bord, là où les eaux sont plus calmes. Mais des tourbillons le ramènent toujours dans les rapides. Le bruit de la cascade devient plus clair. Mosi se souvient d'un rocher plat sur la gauche, l'endroit où, avec Nao, ils avaient mis leur pirogue à l'eau dans leur fuite. Il doit atteindre ce rocher pour échapper au courant.

Les tourbillons blanchissent devant lui. Mosi comprend qu'il ne parviendra pas à sortir sans abandonner le radeau. D'une main, il commence à détacher son paquetage. Mais, dans un craquement, le radeau s'arrête, harponné par une branche. Mosi arrache le paquet de cuir au dernier moment et plonge avec lui vers les profondeurs.

Sous l'eau, dans l'obscurité, il nage à l'aveugle. Tout est calme, soudain. Il tient le sac serré contre lui. Ses deux jambes collées l'une à l'autre ondulent ensemble dans l'eau noire. Il se laisse conduire par l'instinct du plongeur fanti.

Quand il sort enfin la tête de l'eau et qu'il reprend son souffle, il est dans un petit bassin qui bouillonne doucement. Le rocher plat qu'il cherchait est juste au-dessus de lui. Mosi y grimpe, épuisé. Il rampe en s'appuyant sur ses coudes. Sa tête vient cogner contre un tronc d'arbre. Il se redresse, se lève lentement.

Épuisé, Mosi sourit dans la nuit. Il lui semblait bien que le bois avait sonné creux. Il respire en silence, les yeux fermés. La petite pirogue est rangée devant lui. Lam a réussi à traverser le ravin. Il doit être vivant.

Mosi rouvre les yeux. Et aussitôt, en se penchant un peu, il voit sur le rocher une fine couche de terre qui a été remuée. Il se baisse à nouveau. Il y a des traces sur le sol. Ce sont celles d'un cheval mêlées aux pas d'un enfant.

La pirogue, l'enfant, le cheval.

Mosi tombe à genoux.

Pendant longtemps, il n'arrive pas à bouger. Il pense aux hennissements, aux cris entourant l'enfant. Il pense au cœur battant de Lam. Ils l'ont pris. Il connaît trop bien ce vacarme, ces hurlements qu'il avait remplacés par le souffle du vent sur la prairie, par les ruisseaux d'après la pluie, le bourdonnement de la vallée d'Isaya.

Alors, lentement, il tire jusqu'à lui le paquet de cuir qui ne l'a pas quitté. Il dénoue la ceinture, déplie le grand manteau noir et étale sur le rocher tout ce qu'il contient : un pantalon, une veste rouge sombre avec des épaulettes de velours, des bottes, un chapeau bordé d'or qu'il déroule, un fouet tressé, deux lourds pistolets. Et une poire en bronze fermée d'un bouchon de liège.

Mosi enfile les vêtements trempés. Il revêt le manteau noir, coince les pistolets et le fouet à sa ceinture.

Débouchant la poire de bronze, il fait couler un peu de poudre à canon dans le creux de sa main. Elle n'est même pas mouillée.

Tout à coup, l'odeur de la poudre vient réveiller le fantôme de l'homme qu'il était autrefois, il y a longtemps. Un homme qui sentait la forge et le cuir, et qui provoquait la peur, le malheur autour de lui. Un homme qu'une inconnue, une femme oko, avait sauvé alors que c'était lui qui croyait la sauver.

En entrant dans la vallée, vingt ans plus tôt, il pensait enterrer cet homme pour toujours. Mais il est à nouveau debout sur un rocher dans la nuit.

Deux yeux surveillent la silhouette qui s'éloigne.

Alma n'a pas reconnu son père.

C'est elle qui a échoué la pirogue sur le rocher tout près des traces de Brouillard. Puis elle s'est laissée tomber et s'est endormie, malgré le vacarme des chutes d'eau un peu plus loin.

Il y a quelques secondes, un pressentiment l'a réveillée. Cette force a redressé son corps d'un seul coup. Alma s'est retrouvée à l'affût, accroupie, les mains posées sur la terre, l'arc à l'épaule.

L'instant d'après, comme une bête sauvage, elle a bondi sans un bruit et s'est tapie dans l'ombre. Elle a juste eu le temps de voir l'homme au chapeau bordé d'or s'enfoncer dans le buisson où elle dormait juste avant.

Que s'est-il passé en elle ? Alma sent encore la brûlure de ce changement dans son corps. Elle regarde la distance qu'elle a parcourue d'un seul bond. Il lui a suffi d'un instant pour saisir son arc, sortir une flèche et l'armer. Elle ne bouge plus. Elle perçoit la moindre présence autour d'elle. Deux arbres qui grincent l'un contre l'autre ou la respiration d'une grappe d'oiseaux-mouches accrochés très haut, au-dessus d'elle, dans un arbre. Elle entend encore les pas de l'homme qui s'éloignent. Elle sent l'odeur des hyènes qui dorment dans un trou quelque part. Rien ne lui échappe.

Alma relâche lentement la corde tendue de son arc. Elle sait soudain qu'il faudra se méfier de tout. Cet instinct est tombé sur elle en même temps que ce pouvoir inconnu. Une force qui l'attendait à la sortie de la vallée. Une mémoire nouvelle apparue à l'intérieur de son corps.

Elle pense à Lam.

Où se cache-t-il avec Brouillard ?

Et qui est cet homme habillé d'ombre qu'elle a vu passer ? Combien sont-ils à rôder ainsi en dehors de la vallée ? Que cherchent-ils ?

Elle comprend enfin pourquoi son père l'a si longtemps fait vivre dans la crainte de tout ce qui pouvait exister ailleurs.

6

Un simple d'esprit

Au même instant, ce même jour du mois d'août 1786, à des milliers de kilomètres de là, un garçon de presque quatorze ans soulève dans un silence parfait le loquet de la cabine de Lazare Bartholomée Gardel, capitaine du navire *La Douce Amélie*.

Ce garçon s'appelle Joseph. Il a simplement enfoncé la lame de son couteau dans la fente de la porte et l'a laissée glisser vers le haut. Il n'a plus qu'à tourner la poignée pour soulever le loquet intérieur et ouvrir. Cela paraît presque trop facile. Mais quel marin dans ce port de Lisbonne, et dans l'Atlantique tout entier, aurait l'idée d'entrer par effraction dans la chambre du capitaine Gardel ?

La pièce est large, éclairée seulement par la veilleuse du couloir. Le capitaine a installé ses appartements dans la grande chambre de l'état-major à l'arrière du navire. Les fenêtres sont voilées par des rideaux pour la nuit. On entend juste le tic-tac d'une petite horloge qui doit être amarrée dans un coin.

La lumière entrée avec Joseph s'étale maintenant sur le corps de Gardel allongé sur son lit. Il dort.

Joseph referme la porte et s'avance vers lui. Le sommeil

du capitaine semble léger mais le pas du garçon est plus léger encore. L'épais col de dentelle blanche de Lazare Gardel continue d'éclairer son visage malgré l'obscurité revenue.

Joseph regarde ce visage. Un trait pâle tremble entre les paupières du capitaine, comme si ses yeux risquaient de s'ouvrir d'un coup. Sa respiration est silencieuse. Joseph s'attendait au ronflement d'un ogre mais il découvre un souffle paisible comme celui d'un enfant. Et il y a bien quelque chose de l'enfance chez le terrible capitaine Gardel. Sa peau est fine, ses lèvres très claires. Ses cheveux blancs ondulent autour de son visage. Et certains jours, il ressemble à un petit garçon cruel qui jouerait avec un insecte qu'il a attrapé. Mais les insectes qu'il tient entre ses doigts sont toujours des êtres humains : des marins fatigués, des filles perdues, des captifs noirs.

Joseph sait ce qu'on raconte sur le capitaine Gardel. Il pense à ceux qui donneraient tant pour être là, comme lui, un couteau à la ceinture, devant ce monstre endormi. Il résiste pourtant à l'idée qui vient de le traverser : la tentation de les venger tous. Il n'est pas venu de si loin pour cela. On compte sur lui pour autre chose.

Il tend la main vers une étagère juste derrière la tête du capitaine, frôle ses cheveux et son crâne, attrape une montre à chaînette d'or et un petit sachet de velours vert qui sont posés là. Joseph se redresse, écoute une dernière fois le souffle de Lazare Gardel. Puis il revient sur ses pas et sort sans un bruit. Il referme la porte.

La montre et le sachet sont enfouis dans sa poche.

Le pont de *La Douce Amélie* est désert. Pas un bruit sur le quai non plus. Les marins ont fait la fête. Ils dorment. Quelques nuits d'escale à Lisbonne avant l'interminable voyage, la dernière occasion de dépenser le premier versement de leur salaire. Le corps imbibé de vin portugais, ils ont dû rouler n'importe où à leur retour de l'auberge. Une jambe dépasse de la chaloupe suspendue au-dessus de Joseph, un chapeau froissé traîne sur le plancher. Même le chat du navire semble ivre, couché sur le dos dans une flaque.

Joseph, lui, marche bien droit. Il sait exactement où il va. Il n'a dans le ventre qu'un verre de lait et un morceau de pain avalés des heures plus tôt. Au lieu de fuir, après ce qu'il vient de faire, il avance de son pas paisible vers le grand mât.

Sur le sol, devant lui, il y a un paquet de cordage noir, lové comme un serpent boa. Joseph reconnaît l'écoute de grand-voile. Aussi épaisse que son bras, elle est neuve, fraîchement frottée au goudron, et va être installée le lendemain. On l'a passée dans une poulie tout en haut du mât puis rangée sur le pont. Joseph en attrape une extrémité. Il s'assied à califourchon sur l'un des canons à tribord pour suivre des yeux le jeu des câbles, des cordages, des haubans tendus au-dessus de lui comme les lianes d'une jungle. Il prend son temps.

Son regard s'arrête soudain. Il a trouvé ce qu'il cherche. Tout là-haut, on a hissé le mât de perroquet qui viendra prolonger le grand mât mais n'est pas encore en place. Les travaux ont été interrompus pour la nuit. Cela arrange bien Joseph qui saute de son canon, grimpe de quelques mètres dans les haubans et relie l'écoute de grand-voile à une autre, plus fine, prise dans un enchaînement de poulies. Puis il redescend faire une boucle à l'extrémité.

Joseph y passe les deux pieds.

Il serre le nœud coulant autour de ses chevilles.

– Voilà, dit-il avec un sourire. Voilà!

Il lève à nouveau les yeux et vérifie qu'il ne s'est pas trompé dans la petite mécanique de son plan. Son regard se promène longuement à travers les hauteurs. Il refait ses calculs plusieurs fois. Car ce garçon de treize ans et demi n'est pas fou, même si ses derniers actes peuvent le faire croire et même si ce qui va se passer dans un instant ressemble à une folie absolue.

Les pieds toujours serrés dans la boucle, il s'approche un peu plus du mât. Il vérifie que sa poche droite est bien fermée sur la montre et le sac de velours du capitaine. Il respire profondément, comme un plongeur qui va sauter d'un rocher.

Alors, il sort son couteau, choisit l'un des câbles tendus qui courent le long du mât et le tranche d'un coup.

Une énorme pièce de bois bascule tout en haut avec fracas, c'est le petit mât de perroquet qui entraîne avec lui dix mètres de cordage. Les poulies grincent au-dessus de Joseph. Le serpent de chanvre noir se dresse soudain à ses pieds en sifflant.

L'instant d'après, Joseph est soulevé par les chevilles. Il manque de se fracasser contre la chaloupe et s'envole au-dessus du pont du bateau, la tête en bas.

Les bras serrés contre sa poitrine pour résister au choc qui s'annonce, il s'élève de quinze mètres, aspiré vers le haut dans un claquement de fouet. Il fait un tour entier sur lui-même, sans un cri, et rebondit au bout de son cordage une première fois.

Une deuxième.

Et, faiblement, une troisième fois.

Le silence est revenu. Le mât de perroquet a simplement chuté de plusieurs mètres et s'est immobilisé en l'air. En tombant, il a fait s'envoler Joseph par le jeu des poulies.

Le chat Hercule s'est retourné dans sa flaque de rhum, croyant avoir entendu quelque chose. Un mauvais rêve ? Une souris ? Mais il se rendort déjà.

La tête en bas, Joseph se balance doucement dans le vide au milieu des haubans, dans le ciel noir.

Tout est parfait.

Trois coups sonnent au clocher de Santa Maria de Belem.

Joseph pense soudain que si tout continue ainsi, il devra oublier pour longtemps le bruit des cloches d'église. C'est peut-être son seul regret. Les cloches et le pain chaud. Et aussi le vent dans les feuilles. Et la fraîcheur au bord des forêts en été. La pluie dans les gouttières. C'est tout ce qui lui manquera désormais… Et peut-être aussi les ardoises mouillées qui fument au soleil. Le pas d'un cheval sur le pavé pendant la nuit… Peut-être qu'il regrettera un peu cela. Mais rien d'autre.

Non. Rien.

Plus tard, si tout se passe bien, il ne restera que les cris des cormorans, puis le grincement du bateau sur l'océan, puis la rumeur de la forêt d'Afrique. Et ce ne sera que le commencement de tout.

Joseph Mars sourit tout seul au bout de son fil, comme un simple d'esprit.

7

C'est le vent

La lumière du jour passe sous les rideaux. Le capitaine Gardel est debout dans sa cabine, immobile, face à la porte. Songeur, il regarde fixement le loquet relevé.

– Bon Dieu.

L'œil gauche légèrement collé, il mâche un peu sa langue comme si c'était un bonbon.

– Bon Dieu de bon Dieu.

Gardel vient de se réveiller. Il est sûr qu'il avait laissé le loquet baissé la veille.

– Bon Dieu de bon Dieu de…

Il va se retourner pour inspecter la chambre quand trois coups violents résonnent contre le bois de la porte. Qui ose ?

Le capitaine ouvre en grand.

– Capitaine…

Devant lui, son second, Vaugelende, est livide. Autant à cause de sa courte nuit que de la découverte qu'il vient de faire.

– Capitaine, venez voir.

Gardel ne bouge pas.

– Venez voir dans les haubans du grand mât.

D'un geste large, le capitaine écarte Vaugelende et sort de sa cabine. Il monte douze marches et débouche sur le gaillard d'arrière baigné de soleil. Une main ouverte devant les yeux, il prend le temps de s'habituer à la blancheur du matin.

Tout autour, sur le pont, assis sur les vergues ou accrochés aux échelons noués entre les haubans, une trentaine de marins ont les yeux tournés vers le ciel. Ils n'ont même pas vu arriver le capitaine. Gardel jette la tête en arrière pour suivre leur regard. Il découvre alors Joseph, vêtu de bleu sur le ciel blanc, comme une goutte d'eau suspendue au bout d'un fil.

Deux mouettes viennent de passer tout près de lui.

– D'où il sort? marmonne le capitaine.

– Il était là.

– Je demande où vous l'avez pêché?

– On ne l'a pas pêché. Il s'est accroché tout seul.

– Par les pieds?

– Oui.

– Qui est-ce?

– Personne ne sait. Il doit avoir treize ans. Ou quatorze.

– Et alors? demande le capitaine.

– Il n'est pas lourd. C'est peut-être le vent, suggère un marin que ses voisins font taire avec des coups de coude dans les côtes.

Le capitaine se remet à suçoter sa langue. Il pose sa main droite en visière sur son front et lève les yeux plus haut. Il regarde le sommet du mât en clignant de l'œil puis il dit:

– Appelez Poussin.

Vaugelende se retourne et crie:

– Appelez Poussin.

Et on entend des «Poussin!», «Poussin!», parcourir la foule des matelots.

Un homme se penche sur une trappe qui s'ouvre vers le pont inférieur. Il hurle à son tour:

– Poussin !

Puis il relève le menton et dit :

– Il arrive.

Là-haut, le garçon semble tranquille. La tête en bas, il sourit quand un oiseau passe près de lui. Il balaie parfois avec la main une plume invisible sur sa veste.

Enfin, le visage de Poussin apparaît dans l'écoutille. Il se hisse sur le pont. Poussin n'est pas très grand mais ses épaules sont larges comme des tonneaux et ses mains pourraient faire disparaître une ou deux de ces poules qu'on voit picorer à l'arrière du bateau. En s'approchant du capitaine, il a jeté un coup d'œil bref au garçon pendu par les pieds, puis un autre vers les hauteurs du mât.

Jacques Poussin ne semble pas surpris du spectacle. Il a tout connu dans sa vie de charpentier. Un jour, sur un bateau hollandais, une des voiles s'est déchirée et un mousse s'est envolé avec elle, retenu seulement par un fil. Le petit a suivi le navire pendant deux jours dans les airs, comme un cerf-volant, jusqu'à ce que le vent tombe.

Quand on a ce genre de souvenirs par dizaines, découvrir un garçon qui pendouille dans les haubans, ça ne fait pas beaucoup d'effet.

– Qu'est-ce qui s'est passé là-haut ? demande le capitaine à Poussin.

– C'est le mât de perroquet. Un câble a dû lâcher.

– Ça vous paraît normal, vous ? demande Gardel.

– Dans la tempête, avec des vagues qui grimperaient plus haut que les oiseaux, ça pourrait arriver…

– Mais ?

– Mais au mois d'août, dans un port protégé, sur une eau plate comme une tranche de jambon, c'est impossible.

Gardel lève un sourcil.

– Une tranche de jambon ?

– Oui.

– Impossible ?

– Oui.

– Et c'est arrivé.

– En effet.

Il observe Poussin qui hausse tranquillement ses épaules de lutteur.

– Dites-moi, Poussin, reprend le capitaine, si vous n'êtes pas capable d'éviter ce qui ne peut pas arriver, qu'est-ce que je dois attendre de vous pour tout ce qui arrivera forcément ?

Les bras croisés, Poussin ne répond pas. Gardel résume :

– En somme, pouvez-vous m'expliquer à quoi vous me servez ?

– À rien, répond le charpentier. Pour l'instant, je ne vous sers tout simplement à rien.

– Pardon ?

– Je suis arrivé hier. J'ai passé la nuit dans la soute à caler les tonneaux de viande salée pour qu'ils ne roulent pas. Mais c'est tout. Je vous rappelle que mon camarade charpentier Bassompierre qui a mis à l'eau ce bateau est mort accidentellement avec un de ses hommes à La Rochelle juste avant de partir et que c'est un miracle que vous m'ayez trouvé hier à Lisbonne pour le remplacer.

– Un miracle ?

– Un miracle, répète modestement Poussin.

– Un miracle ?

– Tellement un miracle, capitaine, que si j'étais vous je trouverais cela suspect.

Gardel renifle. À peine embarqué, cet homme l'énerve déjà. Il le jetterait bien dans le port avec deux boulets de douze livres cousus dans la chemise.

Mais il sait aussi qu'un bon charpentier est l'homme le plus précieux à bord. Au milieu de l'océan, Gardel sacrifierait dix hommes pour garder son charpentier vivant. Car à quoi servent un bon équipage et des fortunes de marchandises, si le bateau dort au fond de la mer et que des bancs de sardines ou de poissons-clowns se promènent dans l'entrepont ?

Vaugelende, le second du capitaine, qui n'a pas quitté Joseph de l'œil, essaie toujours de comprendre. Il louche un peu. Il n'a plus qu'un seul œil depuis qu'il a reçu une poulie dans la figure. Les poulies qui volent pendant les manœuvres sont si dangereuses qu'on les appelle affectueusement les faiseuses de veuves.

– Cela voudrait donc dire que le garçon traînait à bord et qu'il s'est pris les pieds dans l'écoute de grand-voile au moment où le mât de perroquet a basculé là-haut ?

– Tout simplement, répond Poussin.

– Incroyable, dit Vaugelende.

– Incroyable, oui, c'est exactement ce que je disais.

– Descendez-le, dit Gardel.

Vaugelende sursaute. Le descendre ?

– J'ai dit : descendez-le de son mât. Et jetez-le à la police du port, nom d'un nœud de taquet ! Je n'aime pas les rôdeurs. Remettez-vous tous au travail.

Voilà ce qui préoccupe Gardel. Cette escale à Lisbonne a trop duré. Ils ont déjà perdu trois jours à La Rochelle à cause de l'étrange mort du charpentier Bassompierre et de son apprenti. Le capitaine craint les déserteurs. Tant qu'ils n'ont pas quitté les côtes d'Europe, certains marins peuvent encore lui fausser compagnie. Il les a recrutés un à un avec toutes les ruses possibles. Ils ne doivent pas s'envoler.

– Dépêchez-vous, Vaugelende. On s'en va.

Poussin salue et s'éloigne.

Au moment où le capitaine se tourne pour rejoindre sa cabine et juste avant que la foule des marins ne commence à s'éparpiller, on entend comme une petite explosion métallique sur le sol.

Gardel s'immobilise.

Un objet vient de s'échapper des vêtements du garçon, là-haut, puis de tomber en chute libre dans un parfait silence et de se briser à leurs pieds.

Un grand matelot s'est précipité pour aller voir.

Vaugelende s'approche de la rambarde. Il crie :

– Qu'est-ce que c'est ?

Silence.

– C'est la montre du capitaine !

À moitié tourné vers l'arrière du bateau, le visage de Gardel s'est figé.

– Qu'est-ce qu'il a dit ? demande-t-il.

– C'est votre montre, capitaine.

Mais le marin corrige :

– *C'était* votre montre !

L'objet que l'homme a dans la main ne ressemble en effet plus vraiment à une montre, mais plutôt à une sorte de boîte à pilules remplie de ferraille et de verre brisé.

Gardel descend vers lui par une échelle volante appuyée contre la rambarde du gaillard. Il arrache la montre et se penche sur les inscriptions gravées sur le boîtier. Oui, c'est bien elle. C'est la montre en or qu'il a achetée il y a près de vingt-cinq ans, après son premier voyage vers la côte de Guinée. La montre qui ne le quitte jamais. On peut lire ses initiales sur le couvercle, en grandes lettres anglaises.

Lazare Bartholomée Gardel a fait dix-sept voyages triangulaires autour de l'Atlantique, transporté des milliers de captifs, des tonnes de marchandises. Un record de longévité dans le métier. La montre a survécu aux tempêtes, aux révoltes, aux pirates, aux pillages, aux guerres, aux voleurs des quais de Nantes, de Kingston ou de Bristol, et voilà qu'un têtard de treize ans, pendu à un hameçon, vient de la briser en autant de morceaux qu'il y a de confettis d'îles dans les Caraïbes.

Les yeux fermés, Gardel n'a même pas levé la tête vers Joseph. Son poing est serré sur ce qui reste de sa montre. Tout l'équipage assiste à la scène, comme on regarde un incendie quand il est trop tard pour tenter de l'éteindre.

Alors, comme si cela ne suffisait pas, un second objet glisse des vêtements de Joseph. Plus léger, il semble tomber moins vite, en tournoyant. Il évite de justesse la chaloupe suspendue au-dessus du pont. Et tout le monde a le temps de le suivre au ralenti, avec angoisse, sauf Gardel qui ne rouvre les yeux qu'à l'instant où il touche le sol, juste à ses pieds. Le sachet de velours s'ouvre sur le plancher et laisse rouler une quantité de petits cailloux blancs.

Cette fois, un léger brouhaha s'élève de l'équipage. Un mot commence à circuler entre les marins. Impossible de savoir qui l'a dit en premier, mais c'est un de ces mots qu'on ne peut entendre sans avoir envie de le répéter, un mot que tous ces hommes qui n'ont jamais été propriétaires que d'un hamac, d'un couteau et d'une culotte de coutil prononcent gravement pour avoir l'impression de le posséder un peu: le mot «diamant».

Oui, sur les planches du pont, devant Gardel, on dirait des diamants.

À chaque fois qu'ils disent le mot, les marins font un pas vers le sachet et sa giclée de pierres brillantes.

Gardel s'est jeté sur le sol. Il se met à ramasser son trésor. L'équipage recule. Personne n'a jamais vu Lazare Bartholomée Gardel dans cet état. À quatre pattes, le front sur les planches, il ramasse une à une les pierres éparpillées. On ne voit que son petit chignon blanc serré dans son cou, et les pans de sa veste qui balaient le pont. Il compte et recompte son trésor dans la bourse de velours. Enfin, il se lève, rose et transpirant. Il bredouille :

– C'est à moi. Il me les a pris mais ils sont à moi.

Gardel remarque alors les regards posés sur lui. Quelque chose a changé parmi ses hommes. Là où il n'y avait que de la crainte, il sent naître le dégoût et l'envie.

Méconnaissable, Gardel dit :

– Préparez le bateau, on s'en va.

Vaugelende s'approche.

– On ne donne plus le petit à la police ?

– Non. Enfermez-le à l'arrière.

– On l'emmène ? Je croyais que vous ne vouliez plus jamais de mousses à bord, dit Vaugelende pendant que les hommes se dispersent enfin.

Gardel ne répond pas tout de suite. Il serre les dents.

Cela fait longtemps en effet qu'il ne recrute plus d'enfants dans l'équipage. Ce n'est ni par morale, ni par charité. Il a simplement remarqué que les mousses tombent malades dès qu'ils approchent de l'Afrique et qu'ils ne servent alors plus à rien. Mais ces gamins sont affreusement résistants et ne meurent pas pour autant. Ils continuent à coûter cher en eau potable et en soupe de pois. Les vieux marins au moins ont la politesse de durer moins longtemps quand ils attrapent la fièvre.

– Alors, capitaine ? Vous le gardez ?

– Qui vous a dit que je vais le garder ? Je vous ai seulement demandé de l'enfermer sous ma chambre. Dépêchez-vous, Vaugelende, il faut partir.

Il jette un œil aux nuages qui filent soudain tout là-haut.

– Ce n'est pas moi qui l'ordonne, c'est le vent.

8

Le parfum des trésors

Vue exactement de l'arrière, *La Douce Amélie* ne ressemble pas à un navire mais à une petite auberge posée sur l'eau, avec sa lanterne et son balcon. C'est la poupe du bateau. Tout y est clair et raffiné. Il y a les hautes fenêtres des quartiers du capitaine et le nom du navire écrit avec des lettres en bois peintes en rouge. De fausses colonnes sont sculptées entre les fenêtres à croisillons. On s'attendrait presque à voir des jardinières de capucines ou de géraniums, et du petit linge tendu au balcon.

Mais, juste en dessous de la chambre, on remarque deux autres fenêtres fermées par des volets. Un trou de la taille d'une carte à jouer est creusé dans chaque volet pour ventiler cette pièce obscure sous le plancher du capitaine. Pourtant, dans la chaleur de cette fin d'été, les ouvertures ne ventilent rien du tout. Pas plus qu'un trou de souris dans un four à pain. Ce matin-là, elles permettent au moins à Joseph, enfermé à double tour dans la pièce, de coller une oreille ou un œil pour comprendre ce qui se passe à bord.

On l'a jeté là. On lui a confisqué sa veste, son gilet et sa chemise. Il pose son épaule nue contre la grille de la fenêtre et écoute la rumeur du navire.

Au début, il y a les cris des hommes qui réparent la mâture, les coups de maillet, le chargement bruyant des réserves d'eau, des paquetages de tissu ou de produits frais. Joseph sent entre les lattes du plancher l'odeur des sacs de mauvais tabac qu'on vient d'acheter aux bateaux brésiliens en transit à Lisbonne. Il devine les derniers préparatifs, tout là-haut, les cris d'effort des gabiers perchés dans les mâts sur les vergues pour hisser les voiles. Et le petit canot qui fait gémir les poulies quand on le monte à l'arrière. Joseph a même vu l'ombre de ce canot passer devant les volets. Sa coque trempée doit maintenant s'égoutter en se balançant au-dessus de la lanterne.

Enfin, trois mots retentissent. Ceux par lesquels tout peut commencer :

– Larguez les amarres !

Joseph ressent alors le mouvement du vaisseau. Cette lente dérive qui l'écarte du quai. Il a mis son œil dans l'ouverture pour voir s'éloigner le rivage. Il découvre la foule des bateaux de pêche qui circulent dans l'embouchure du fleuve, puis l'eau qui devient plus sombre et plus bleue à la fois : l'océan ! Il parvient à passer sa main à l'extérieur pour sentir quelques éclaboussures. À ce moment seulement, quand il est certain d'être parti, quand il peut lécher le sel sur ses doigts, il se laisse tomber sur le plancher et s'endort.

– Alors ? Qu'est-ce qu'on fait ?

Les deux volets sont grands ouverts. Le capitaine Gardel est assis sur une caisse. Il regarde le garçon qui vient d'ouvrir les yeux.

– Hein ? Qu'est-ce qu'on fait, maintenant ? répète Gardel avec gourmandise.

Joseph reprend ses esprits. Il ignore combien de temps il a dormi mais il sait que tout va se jouer dans les instants qui vont suivre.

– Où est ma veste ? demande-t-il d'une voix ensommeillée. Où avez-vous mis mes affaires ?

Gardel sourit.

– Tu n'en auras plus besoin.

– Pourquoi ? Où on va ?

Le sourire du capitaine se fendille un peu. Gardel n'a pas l'habitude de ne pas faire peur. Ça lui fait bizarre. Cet enfant ne sait pas ce qui l'attend.

– Dommage pour toi, dit le capitaine… Hier soir, tu es entré dans la mauvaise cabine.

– Dix-sept diamants et une montre en or. Pour moi, ce n'était pas une mauvaise cabine. Je ne me plains pas. Il y en a d'autres qui n'ont qu'une pipe mâchouillée dans leurs affaires.

S'il n'y avait pas eu de grilles aux fenêtres, Gardel l'aurait déjà jeté à l'eau. Il avait pourtant prévu d'attendre des mers plus chaudes pour inviter les requins à la fête.

– Je veux ma veste bleue, marmonne Joseph comme un enfant capricieux.

– Oublie-la. Avec ta taille de crevette, elle n'ira à personne à bord. Ils s'en serviront pour boucher les canons. Tu sais nager ?

– Les vrais marins ne savent pas nager, dit Joseph. Ça porte malheur. Rendez-moi ma veste. C'est un souvenir. Je pourrai travailler pour rembourser la montre.

– Il faudrait vingt ans pour que tu la paies.

– J'ai le temps. Je n'ai rien à faire. Mais retrouvez ma veste. Je vous dis que c'est un souvenir.

Au moment où il prononce à nouveau ces mots, Joseph voit

passer dans l'œil du capitaine un éclat de curiosité. Gardel vient de penser à quelque chose. D'ailleurs il se lève, fait trois pas vers Joseph pour le regarder, assis sur le sol.

– Un souvenir..., répète Gardel, rêveur.

Il lui tourne le dos. Joseph entend les pas de l'homme s'éloigner, puis la porte et les trois loquets se refermer sur lui.

Monté sur le gaillard d'arrière, le capitaine s'approche de la roue du gouvernail. Deux hommes doivent la maintenir à deux mains pour garder le cap. La grosse boussole devant eux indique qu'ils marchent vers le sud-ouest. Le vent souffle fort. Les vagues sont hautes. Gardel aime quand le bateau se couche et que la vitesse soulève une mousse blanche sur la mer. À la barre, les hommes donnent de grands coups à l'opposé du vent pour plonger dans les creux, puis ils redressent la roue et grimpent sur la crête des vagues. Parfois des paquets d'eau balaient le pont et font pleurer les deux pauvres porcelets qui ont le mal de mer, amarrés à la cage à poules, à l'arrière.

Vaugelende, le second du capitaine, vient enfin de faire établir les voiles basses. Gardel sait que le voyage qui commence est surtout une affaire de rapidité. Plus il sera bref, plus il sera rentable. Les marins, la marchandise, les vivres et le navire, tout s'abîme avec le temps. Même le capitaine est périssable. Chaque jour qui passe fait donc perdre de l'argent. Lazare Gardel a bâti sa réputation sur la vitesse.

Lorsque, trois mois plus tôt, Ferdinand Bassac, le plus gros marchand de La Rochelle, l'a engagé pour la quatrième fois comme capitaine de l'un de ses bateaux, ils se sont retrouvés pour signer le contrat rue de l'Escale dans l'hôtel de Bassac, la délicieuse maison de l'armateur.

C'était un dimanche. La plume de fer était posée sur le bureau à côté du contrat. On entendait jouer du piano dans les étages. En tournant son chocolat dans sa tasse, Bassac demanda :

– Quel est votre secret, capitaine ?

– Quel secret ?

– Vous avez mis treize mois seulement pour le dernier voyage, en comptant le temps passé en Afrique et dans nos îles… Et pourtant, vous partiez d'Amsterdam.

Gardel attendit un peu et répondit sur le ton de la confidence :

– Je sais ce qui ralentit un bateau, monsieur Bassac… Il suffit de ne pas en avoir un gramme à bord.

– Pas un gramme de quoi, Gardel ?

Le capitaine prenait son temps. Le jeune Saint-Ange, le comptable de l'armateur, se tenait debout à l'écart. Une mésange s'était posée sur la fenêtre ouverte. La tiédeur de mai entrait dans la pièce avec des odeurs de lilas et de sablés au four.

– Pas un gramme de quoi ? répéta Bassac, tout excité.

– Quelque chose de plus dangereux que la vermine ou les rats qui pourrissent la coque. Quelque chose de redoutable. Il faut en écraser la moindre trace.

– Et c'est… ? demanda Bassac. C'est… ?

Gardel répondit entre ses dents :

– L'humanité.

À ce moment, le comptable Saint-Ange sursauta dans son coin. La mésange s'envola. Même Ferdinand Bassac fut traversé par un frisson. Il tourna la tête vers la porte qui s'ouvrait entre les collections de livres, craignant que sa fille chérie, un visiteur, une femme de chambre, n'importe quel être humain ait entendu ces mots qui allaient si mal avec le bois ciré du cabinet, avec le parfum du jardin, et tous les philosophes au grand cœur qui s'étalaient dans la bibliothèque.

Bassac et son comptable essayèrent malgré tout de rire de ce trait d'esprit, mais Gardel ne les suivit pas. Il resta impassible.

Ferdinand Bassac tira alors vers lui en tremblant la dernière page du contrat. Il la signa de ses initiales. La plume creva presque le papier.

En regardant l'horizon sous les voiles, le capitaine Gardel se rappelle la petite chocolatière en argent qui verse le liquide mousseux et fumant, le bruit du sucre qu'on écrase au fond de la tasse… Il pense aux souliers à rubans et aux mains trop blanches de Bassac, aux laquais dans les couloirs. Il pense à la fille de l'armateur, Amélie, créature de quatorze ans qu'il a croisée sur le perron en s'en allant. Il a voulu la saluer.

– Mademoiselle…

Il se souvient du claquement hautain de sa robe quand elle est passée tout près de lui sans s'incliner.

Un jour, Gardel deviendra armateur. Il commandera des bateaux sans quitter son fauteuil. Il sera le rival de Bassac et des autres. Il les dominera tous. Il économise depuis vingt ans pour cela. Mais il lui manque encore de l'argent. Beaucoup d'argent. Parfois, l'impatience le réveille en sueur pendant la nuit.

Pour l'instant, le voici capitaine de *La Douce Amélie*. Seul maître à bord pour de longs mois. Devant lui, un jeune homme descend du mât et saute sur le pont. Gardel l'arrête d'un geste.

– Retrouve-moi les vêtements du petit.

– Qui ? demande le garçon essoufflé.

– Le détrousseur de Lisbonne. Où sont sa veste et sa chemise ?

– C'est le cuisinier qui les a gagnés au jeu.

– Je te dis de me les apporter tout de suite !

D'où vient son pressentiment ? Certains hommes ont ce flair qui leur fait dresser le nez quand passe quelque part le parfum des trésors.

9
Le pirate aux mille têtes

Le matelot qui vient de quitter Gardel s'appelle Abel Bonhomme. Il a dix-neuf ans. Il rougit de l'honneur qu'on vient de lui faire : un ordre reçu directement du capitaine ! Car Abel est tout nouveau à bord. Il n'a jamais navigué plus loin que la rivière de son enfance où il attrapait des grenouilles avec son chapeau. Il fait partie de ceux qui ont encore dans les cheveux de la paille et du foin.

Depuis toujours, il n'a de chance pour rien. Un foyer pauvre, une ferme vendue mille livres à la mort de ses parents quand il avait douze ans, quelques bêtises qu'il a faites pour se consoler, pas d'école, pas un sou, et comme seul réconfort ses grandes sœurs adorées qui vivent d'une vache et de deux chèvres derrière les dunes de l'île de Ré.

Pourtant, il sent que depuis quelques jours sa vie est en train de changer… Il y a d'abord eu ces hommes à l'auberge du Chat-Rouge, au petit matin. Deux messieurs qui décident de payer ses dettes de boisson et de jeu, alors qu'Abel a les poches crevées et que l'aubergiste menace de le faire enfermer.

Un miracle. Les hommes lui parlent avec beaucoup de

douceur et le tiennent par l'épaule. Ils grondent l'aubergiste en lui reprochant de ne pas savoir reconnaître les honnêtes gens.

Ils disent à Bonhomme qu'il a l'air d'un gars solide. Ils sont sûrs que de grandes choses l'attendent.

– Ça se voit… Quelque chose dans tes yeux. Tu as de l'ambition, mon garçon.

Il ne lui reste qu'à signer là, en bas de la page. Ils paieront tout et ils proposent aussi un travail et la promesse du bout du monde…

– Est-ce que tu n'as pas toujours rêvé de voyager, Abel Bonhomme ?

Qu'il signe vite, juste là, et ils lui offriront un dernier verre pour fêter sa nouvelle vie. Tout sera enfin possible.

Abel Bonhomme signe. Il les embrasse, les larmes aux yeux. Il est engagé. On lui donne déjà vingt pièces d'argent. Il les entend à chaque pas sonner dans la poche de son gilet.

Et une heure plus tard, il découvre le bateau, plus grand et plus haut que l'église de son village. Il est très tôt mais il y a déjà du monde sur le quai de La Rochelle pour regarder le navire. Bonhomme ne peut pas croire que cette merveille est pour lui. Sa tête tourne quand il lève les yeux vers les trois mâts enrubannés. On lui prête un hamac à accrocher à l'avant. On lui dit que le départ est dans deux heures. Si vite ? Il n'a pas le temps d'aller faire ses adieux à ses sœurs, mais on lui fait imaginer leur fierté le jour où il reviendra, les bras chargés de cadeaux…

Et très vite, le soleil dans le dos, *La Douce Amélie* prend le large, écarte l'écume radieuse du matin, comme une dame en robe blanche qui fendrait les blés.

Bien sûr, Abel Bonhomme a été malade entre La Rochelle et Lisbonne. Le mal de mer, à en mourir, dans le golfe de Gascogne. C'est pour cela sûrement qu'il a tant pensé à ses sœurs et à leur vache, et aux deux petites chèvres dans les dunes.

C'est pour cela qu'il s'est beaucoup mouché en se cachant dans son hamac accroché sous le gaillard d'avant. Mais maintenant, voilà le grand, le vrai départ, et déjà le capitaine lui confie une mission.

Tout devient possible.

Sur la chaudière de l'équipage, une marmite est en train de bouillir. Le cuisinier y ajoute des quartiers de chou vert qu'il coupe dans sa main avec une machette. Il ne semble pas se rendre compte qu'il est sur un navire qui file à toute allure dans une mer agitée. Abel Bonhomme s'approche.

– Je viens de la part du capitaine.

– Tu t'appelles comment ?

– Abel Bonhomme.

Le cuisinier est noir. Il parle avec un redoutable accent anglais. Quand il sourit, ses joues se gonflent d'un coup comme celles des grenouilles chanteuses à la saison des amours.

– Tu es un terrien, Bonhomme ?

– Un quoi ?

– Un terrien.

– Oui, c'est ma première fois.

– Chat-Rouge ou Albatros ?

– Quoi ?

– Ils t'ont ramassé au Chat-Rouge ou bien à la taverne de l'Albatros ?

Bonhomme sourit, convaincu que son histoire est assez belle pour qu'on se la raconte déjà.

– Au Chat-Rouge. Qui vous l'a dit ?

– Pour moi, la première fois, c'était à The Old Tower, à Liverpool, il y a dix ans. Dans une rue étroite où même deux rats ne peuvent pas se croiser sans se marcher dessus.

Le cuisinier rit aux éclats.

– Pareil que toi : la tête vide et le fond des poches aussi.

Il lâche la machette, essuie ses mains mouillées et se lève.

– Bonhomme, moi c'est Cook.

Il lui tend le coude droit comme font toujours les cuisiniers pour dire bonjour, et Abel l'attrape maladroitement.

– Bonjour, Cook.

La voix douce, l'accent anglais, le regard franc de Cook… Tout cela fait qu'Abel Bonhomme n'a même pas compris qu'on vient de lui dire qu'il s'est fait piéger à La Rochelle et que la moitié de l'équipage a été recrutée comme lui, harponnée par la ruse, par les dettes et par le désespoir. Car qui serait volontaire pour un tel voyage ?

Cook le dévisage.

– Qu'est-ce que tu veux ?

– Le capitaine cherche les habits du petit voleur, explique Abel. Il en a besoin.

– Pour quoi faire ?

Abel hausse les épaules. Il n'en sait rien, il obéit, c'est tout.

– Ces habits, je les ai gagnés aux dés contre Rolando, dit Cook.

– Je sais. J'étais là.

Cook fait semblant d'hésiter un instant mais il n'a aucun doute sur ce qu'il va devoir faire. Il connaît trop bien le capitaine.

– Prends-les, dit Cook. C'est le paquet bleu qui est près du bois, contre la chaudière.

Abel attrape la boule de vêtements et la fourre sous son bras. Cook continue :

– De toute façon, j'ai essayé de rentrer dedans : c'est impossible. Sur moi, ça fait même pas une veste, on dirait un gant.

Abel jette un coup d'œil au cuisinier en souriant.

– Un quoi ?

– Un gant.

Cook sourit aussi. Il n'est pas gros mais il est potelé comme un coquelet du dimanche. Il faudrait trois vestes comme celle-là pour arriver à l'envelopper entièrement.

– Attends, petit. Qu'est-ce que tu fais?

– Je monte voir le capitaine.

Abel s'est arrêté net. Cook lui barre le chemin.

– Et les poissons?

– Quels poissons?

Abel Bonhomme sent alors gigoter quelque chose sous son bras. Il déroule le paquet de vêtements et y trouve deux daurades. Le frottement des écailles a fait un nid d'argent dans la veste. Cook récupère les poissons. Il en glisse un dans chacune des poches de son tablier.

– C'est pour le dîner des patrons. Il faut profiter du frais. On ne pêche presque rien pendant la traversée. Dans un mois, on priera pour qu'une mouette tombe dans la marmite et que ça mette un peu de viande dans la soupe.

Une odeur de poisson remplit la cabine du capitaine.

Gardel a déplié sur la couchette les vêtements apportés par le matelot. Une chemise en drap, un gilet et une veste bleue. Il vient de fouiller toutes les poches. Rien.

Il a juste trouvé dans le gilet une petite pelote de fil enroulée autour d'un bouchon. Une aiguille était plantée dans le liège. Gardel se promène dans sa cabine. Il aurait pourtant juré qu'il y avait quelques pièces d'or cousues quelque part. Et la bobine de fil était prometteuse.

Le capitaine tâte encore les revers et les ourlets. Le tissu est épais, presque cartonné. Pas de pièces, pas de bijoux ou de perles cachées dans les manches. Mais partout cette odeur de marché au poisson. Pourquoi tous ces habits sentent-ils à ce point la marée?

Il prend une dernière fois la veste, l'ouvre à deux mains devant la fenêtre et respire un grand coup. C'est bien de là que vient l'odeur. L'eau de mer a détrempé le tissu. On voit même des traînées d'écailles blanches.

Gardel plonge son nez dans le col. Il ouvre surtout les yeux en grand. À l'endroit où la toile est le plus mouillée, vers l'épaule droite, commencent à apparaître de petites taches noires.

Il prend alors une lame de rasoir posée sur la table et se met à découper les coutures autour de l'épaulette. C'est un vrai travail de tailleur. Quand il était enfant, Lazare Gardel a fait ses premières armes avec le maître voilier d'une goélette du roi. Il recousait les voiles à bord alors qu'on s'entre-tuait sur le pont. Il en a gardé la maîtrise du vent, des rondeurs des voiles, et le maniement de la lame de rasoir.

En quelques gestes, Gardel a démonté le haut de la veste. Il décolle la doublure. Son regard s'illumine. Prise dans l'épaisseur du tissu, il y a une feuille de papier tachée de noir et pliée en deux.

Le capitaine la prend dans ses mains.

À cet instant, il devrait s'attendre à ouvrir la lettre d'une amoureuse, le testament d'un vieux père, l'adresse d'une cousine à laquelle rapporter les affaires du garçon s'il venait à mourir. C'est ce qu'on trouve habituellement dans les vêtements des marins. Mais Lazare Bartholomée Gardel se connaît bien. Il sait que si son intuition l'a mené jusque-là, ce n'est pas pour une image pieuse ou le portrait d'une fille.

Il déplie le papier. L'encre a un peu bavé. Elle a traversé le tissu de la veste. Le parchemin est bien lisible mais parfaitement mystérieux.

Gardel suçote sa langue et plisse les paupières pour bien lire.

Un peu perdue au milieu de la page blanche est dessinée la tête d'un taureau. Les extrémités de ses cornes se touchent presque au-dessus. La tête est encadrée par quatre flèches qui marquent le nord, le sud, l'est et l'ouest. Une rose des vents à tête de taureau. Mais les quatre directions sont inversées. Le nord est indiqué vers le bas.

Dans le demi-cercle laissé vide entre les cornes, une étrange petite tête de mort nous regarde.

Gardel émet un grognement perplexe. Il y a aussi trois lignes tout en bas qui ont souffert de l'eau de mer.

Sur la première s'étire une succession de lettres à demi effacées dont on ne peut lire que les dernières :

... ET-NAV-REX

Juste en dessous il y a deux mots en anglais : *Help yourself.* Ce qui signifie : *Servez-vous.*

La troisième ligne a beaucoup déteint. Elle ressemble à une signature. Gardel se rapproche de la fenêtre par laquelle jaillit la plate lumière du soir. Il découvre un nom sur le papier, une signature insolente tout enluminée d'arabesques noires : Luc de Lerne.

Les jambes de Lazare Bartholomée Gardel ne le portent plus.

Il tangue vers l'alcôve où se trouve sa couchette. Il s'assied.

Le papier tremble entre ses mains.

Il a reconnu sur ce parchemin l'une des énigmes que laissent derrière eux les pirates avant de disparaître. Le chemin mystérieux qui mène à leur butin. Mais sous les yeux de Gardel, la signature est celle du plus légendaire et du plus fortuné d'entre eux. Un nom qui va hanter Gardel pendant de longues nuits blanches : Luc de Lerne, le pirate aux mille têtes.

10

En équilibre sur un fil

C'est le milieu de la nuit. La pièce où est enfermé Joseph Mars est éclairée par la lampe du charpentier Jacques Poussin. Il a salué Joseph en entrant comme s'il ne s'attendait pas à le trouver là.

Poussin a laissé Abel Bonhomme monter la garde devant la porte et il est en train de prendre des mesures avec sa toise. Dehors, le vent et la mer sont retombés. Le bateau glisse dans une nuit calme.

– Qu'est-ce que vous faites ? demande Joseph après un long silence.

– Je compte le bois qu'il me faudra, répond Poussin.

En réalité, il aurait pu commencer son travail à l'autre bout du bateau mais il est curieux de ce garçon qui s'est retrouvé pendu dans la mâture de manière inexplicable, comme une chauve-souris qui aurait des diamants plein les poches.

– Le bois qu'il vous faudra pour quoi faire ? demande Joseph.

– Ça ne te regarde pas.

– Je vous ai entendu dire que l'ancien charpentier est mort…

Cette fois, Poussin s'arrête. Il regarde Joseph qui est assis sur le sol et qui tient ses genoux entre ses bras.

– Oui, répond Poussin. Il est mort quelques jours avant le départ. Il s'appelait Clément Bassompierre. On l'a retrouvé dans le port de La Rochelle avec son apprenti.

– Son apprenti ?

– Son apprenti de quinze ans.

Poussin s'accroupit, pose sa lampe, soulève le verre et s'applique à recouper la mèche sans l'éteindre.

– Ils avaient dû travailler très dur. Je sais ce que c'est. Le bateau n'était pas neuf. Ils ont repris toute la charpente, changé les mâts, les vergues, le plancher du faux-pont. Ils ont même entièrement doublé la coque...

– Pourquoi ?

– Pour les vers qui attaquent le bois sur la côte de Guinée. Rien que ce doublage en cuivre doit coûter vingt mille livres. Tout était fini. Ils avaient même passé une dernière couche de goudron sur le cuivre. Du beau travail.

Poussin baisse le verre de la lampe et regarde Joseph.

– On raconte qu'ils étaient ivres, reprend-il, et qu'ils sont tombés d'une passerelle dans le port. Je n'y crois pas. Pas plus qu'à un gamin pendu dans les haubans au petit matin...

Là-haut, la cloche du bord sonne quatre coups. C'est le signal d'un changement de quart. Certains marins se lèvent. D'autres se couchent enfin. Les deux bordées échangent leurs rôles pour veiller sur la course du navire.

– Alors ? Qu'est-ce que vous croyez ? demande Joseph.

– Moi, je ne crois jamais rien. J'essaie de faire tenir les bateaux debout. C'est bien assez.

Poussin bredouille encore quelque chose que Joseph n'entend pas, puis lève très haut la lampe.

– Cette chambre, elle fait quelle taille à ton avis ?

– Je ne sais pas, dit Joseph.

– Moins que celle du capitaine qui est juste au-dessus. Vingt-quatre mètres carrés, pas plus. Combien on peut y mettre de captifs ?

– Un seul. Et c'est déjà trop.

– Comment ?

– Un captif, répète Joseph. Moi.

– Tu sais où on va ?

– Oui.

– Cet hiver, ils seront quatre-vingts entre ces cloisons. Uniquement des femmes et des enfants. Et cent autres femmes dans l'entrepont juste à côté. Et trois cent vingt hommes parqués à l'avant du grand mât.

– Je sais, dit Joseph.

– Cinq cents, en tout.

– Je sais.

Mais il sait bien qu'il ne sait pas vraiment. C'est la grande ombre qui pèse sur son aventure. Il vient d'embarquer dans une prison flottante, un navire négrier parti faire le plein de captifs en Afrique, et Joseph fait comme s'il n'y allait avoir à bord que des sacs de café ou des barriques de sucre.

Depuis le début, il ne veut pas y penser. Il est là dans un seul but. Rien ne l'en détournera.

– Pour faire tenir dans cette pièce quatre-vingts femmes, continue Poussin, je dois construire deux plateformes de dix pieds de large, comme un balcon de chaque côté. Ici, et dans tout le pont inférieur, on pourra ranger les captifs sur deux épaisseurs.

Il ajoute froidement, pour se défendre de jouer les sensibles :

– Voilà pourquoi il me faut du bois.

Joseph écarquille les yeux. On tient à peine debout sous ce plafond. Avec ces nouvelles plateformes, il faudra rester couché entre les planches.

– Soixante-dix centimètres de hauteur, dit Poussin, comme s'il lisait dans ses pensées. Pendant plusieurs mois de voyage.

– Ce n'est pas mon problème, répond Joseph. Qui a pris ma veste ?

Le charpentier est trop malin pour croire à cette indifférence. Il approche la lampe du visage du jeune homme.

– Qu'est-ce que tu es venu faire ici, petit ?

– Et vous ? répond une voix, derrière le charpentier. Dites-moi tout, Poussin. Qu'est-ce que vous faites ici ?

Poussin se retourne. Il salue d'un mouvement de tête le capitaine qui vient d'entrer.

– Je prends les mesures. On va manquer de bois.

– Vous vous débrouillerez, dit Gardel. Démontez la chaloupe et le canot s'il le faut. Et les cages à poules. Mais sortez immédiatement d'ici, nom d'un nœud de grappin. Laissez-moi cette lampe.

Le charpentier pose la lumière sur le plancher, se dirige tranquillement vers la porte.

Joseph regarde le visage de Gardel dans la pénombre. Il vient d'apercevoir dans l'œil du capitaine la petite lueur qu'il cherchait.

Il s'est passé quelque chose.

La porte claque. On entend se fermer les trois loquets.

Gardel jette à Joseph la boule de vêtements puis il s'adosse à la porte, les pouces dans les poches de son gilet.

– Tu as de la chance que j'aie retrouvé tes habits.

– Merci.

– Ils ne sont pas grands mais c'est du bon coton. Le chirurgien aurait pu en faire des bandages. Le cuisinier y a mis ses poissons.

– C'est pas grave, dit Joseph. C'est pour le souvenir.

Gardel sourit.

– À propos de souvenir, il faudra s'attaquer à l'odeur. Ça peut tenir longtemps, l'odeur de poisson. J'ai remis l'aiguille et le fil dans la poche. Il y a un peu de couture à faire sur la veste.

Joseph ramasse les vêtements et les déplie. Il regarde le pan de tissu décousu, tourne les yeux vers Gardel qui s'est mis à rire.

La lumière éclaire le corps du capitaine jusqu'aux épaules. On ne voit pas sa tête. On dirait qu'elle a été tranchée et qu'elle ricane dans l'au-delà.

Enfin, Gardel s'approche. Il s'accroupit et chuchote :

– Je vais te dire un secret…

Joseph essaie de se détourner mais le capitaine le saisit par la nuque et murmure tout près de lui :

– Il ne faut jamais sous-estimer les gens. C'est un petit conseil que je te donne même s'il ne te servira plus. Je m'appelle Lazare Bartholomée Gardel…

Il se rapproche encore de l'oreille de Joseph.

– Lazare Bartholomée Gardel. Tu entends ? Ce nom fait fuir n'importe quel voyou de Nantes ou de Saint-Domingue et tu ne t'es méfié de rien ?

Joseph ne répond pas.

– Moi, au contraire, alors que je ne connais pas ton nom, alors que tu ne ressembles à rien, j'ai fait comme si tu étais un génie, comme si tu étais l'ange des voleurs.

Il insiste :

– L'ange des voleurs. Tu entends ? Il ne faut pas sous-estimer les gens.

Le capitaine se relève, secoue la poussière de ses vêtements.

– Et j'ai eu raison. Ma récompense pèsera plus lourd que ton poids en or et en pierres précieuses.

Il demande :

– Où as-tu trouvé ce papier ?

– Quel papier ?

– Arrête.

Silence.

– Si je vous le dis, qu'est-ce que vous ferez de moi ?

Gardel hurle :

– Réponds-moi ! Où as-tu trouvé ce papier ?

Joseph n'a jamais sous-estimé le capitaine. Il sait que le crâne de cet homme renferme à la fois la poudre et l'étincelle. Une explosion n'est jamais loin.

– Je l'ai trouvé à Amsterdam, dit-il, dans les affaires d'un marin, il y a un an.

– Quel marin ?

– Samuel Braams. Il est mort.

Aucune réaction de Gardel. Pourtant, Joseph sait bien la valeur que ce nom donne au testament de Luc de Lerne.

– Samuel Braams ? Comment es-tu certain qu'il est mort ?

– C'est moi qui l'ai enterré.

– Ça ne veut rien dire.

Joseph lève une paupière. Gardel continue :

– Braams est comme son maître, Luc de Lerne. Et comme le maître de Luc, Black Bart. Aucun d'eux ne meurt jamais. Vingt fois leurs têtes ont été accrochées à l'entrée des ports du monde entier. Vingt têtes différentes suspendues par les cheveux avec leur nom écrit en grand pour décourager les pirates qui voudraient faire comme eux.

Joseph écoute Gardel qui conclut :

– Le vrai Luc finit toujours par réapparaître dans la brume sous les quatre mâts de sa goélette…

– Il est mort.

– Comment tu le sais ?

– J'ai beaucoup cherché.

– Pourquoi ?

– Comme vous. Pour déchiffrer ce message.

– Et alors ? demande Gardel en essayant de cacher sa curiosité.

– Alors, j'avance.

– Par exemple ?

Joseph hésite quelques secondes avant de raconter :

– Samuel Braams a été le second de Luc de Lerne pendant trente ans. Ils ont finalement été capturés ensemble…

– Je connais l'histoire, ne te fatigue pas.

Gardel se dirige vers la porte. Joseph accélère :

– Luc s'est fait pendre par les Anglais à la Barbade mais Braams, lui, a été libéré à condition qu'il dénonce dix noms de pirates et leurs repaires.

– Je sais tout ça, petit.

– Ce n'était pas vrai.

Le capitaine s'arrête.

– Samuel Braams n'a pas été libéré, explique Joseph. Il s'est évadé. Les Anglais ont préféré raconter qu'il avait trahi. C'était le meilleur moyen de le faire liquider par ses amis.

– Et alors ?

– Cette fois, ça a marché. Il a été abattu à Amsterdam, alors qu'il cherchait à armer un bateau. Les tueurs n'ont rien trouvé sur lui. Pourtant, Braams allait partir récupérer le trésor de Luc de Lerne.

– Et toi ?

– Moi je passais par là. On m'a dit de l'enterrer et de me payer avec ses bottes.

– Ses bottes ?

– Oui.

Gardel se mâchouille un peu la langue. Il ferme un œil. Rien ne se passe comme il l'avait prévu.

– Tu… Tu as trouvé ça dans ses bottes ? demande-t-il en brandissant le parchemin.

– Oui.

Le capitaine déplie le papier et le regarde en silence.

– Comment t'appelles-tu ? dit-il sans lever les yeux.

– Joseph Mars.

– Tu penses donc, Joseph Mars, que tu pourras y comprendre quelque chose ?

– Oui. Avec du temps.

Le capitaine recule d'un pas pour retrouver l'ombre. Il grommelle quelques mots incompréhensibles.

En entrant dans cette pièce, il comptait se débarrasser du gamin et rester seul avec la promesse de ce trésor. Mais il se rappelle aussi sa règle d'or : ne jamais sous-estimer quelqu'un.

Joseph Mars a travaillé un an sur le papier de Luc. Il a parcouru une partie du chemin. Et si c'était bien l'ange des voleurs dont il parlait ? Il faut toujours essayer de se servir d'un ange avant de lui brûler les ailes.

À côté de lui, Joseph regarde fixement la lampe. Chaque mot qu'il a prononcé aurait pu le faire tomber. On croit que l'art du mensonge est l'art de la vraisemblance. C'est faux. Rien ne semble plus vrai que l'invraisemblable. Joseph pouvait-il inventer avoir trouvé le testament de Luc de Lerne dans les bottes d'un mort ? C'était trop énorme pour ne pas être vrai. Et Gardel l'a cru.

La porte se referme. Le capitaine a emporté la lampe. Seul dans le noir, Joseph est soulagé d'être vivant. C'est déjà beaucoup pour lui. Recroquevillé, les genoux toujours serrés entre ses bras, il tremble comme s'il venait de traverser un précipice en équilibre sur un fil.

11

À bord

Le lendemain, la porte s'ouvre en grand au lever du jour. C'est Vaugelende, le second du capitaine.

– Tu sais naviguer ?

– Un peu.

– Ça n'existe pas, « un peu ».

Vaugelende le regarde en biais. Il lui manque un œil.

– Tu sais naviguer, oui ou non ?

– Oui, dit Joseph.

– Sors d'ici.

– Moi ?

– Tu seras de la bordée de tribord. Va trouver Absalon. Il est à l'avant avec Palardi, le chirurgien. Il te donnera du travail. Moi, je ne comprends plus rien aux ordres du capitaine.

– J'ai faim, dit Joseph en enfilant sa veste qu'il a recousue dans la nuit.

– Ce n'est pas l'heure. Tu attendras.

Joseph sort devant Vaugelende, il monte une volée de marches, arrive aux cabines des officiers, puis grimpe encore, juste en face.

Le voici enfin sous le ciel et les voiles, en plein milieu de la mer, dans le vent. Vingt-cinq voiles éclatantes. Il tourne sur lui-même. On dirait qu'on a étendu au soleil tout le linge blanc d'un couvent ou d'un pensionnat de jeunes filles. Trois mille mètres carrés de voilure bien tendue. Et l'immense pavillon blanc des navires marchands qui flotte à l'arrière. Le souffle du vent, les gerbes d'eau qui s'écartent au passage du bateau, les cris des derniers oiseaux de la côte font oublier les craquements de la coque et des mâts. Il a fallu une forêt entière pour construire ce navire. Chênes, ormes et peupliers, des milliers d'arbres naviguent au milieu de l'océan.

La Douce Amélie mesure trente-cinq mètres de long et huit de large. Joseph rejoint les passavants, ces passerelles qui longent la chaloupe suspendue au-dessus du pont. Il a l'air de connaître parfaitement le navire. Il lève les yeux au ciel. Il y a un marin, là-haut, au sommet du mât, à trente mètres au-dessus de la mer, comme un insecte posé sur un drap en plein soleil.

Joseph aperçoit à l'avant les deux hommes dont parlait Vaugelende. Il ralentit le pas. Derrière eux, on voit la chevelure et les épaules de la figure de proue sculptée dans le bois de noyer et peinte en jaune de Naples. Elle représente Amélie Bassac, quatorze ans, la fille unique de Bassac, en chemise de nuit au-dessus des flots. C'est elle qui a donné son nom au navire : *La Douce Amélie*.

Les deux officiers regardent Joseph approcher.

– C'est toi, Joseph Mars ? dit Absalon.

– C'est moi.

– On te connaissait vu d'en dessous et la tête en bas, plaisante l'autre en le dévisageant.

– Il paraît que vous avez du travail pour moi.

– Poussin dit que tu connais bien son métier.

Joseph ne réagit pas. Pourquoi le charpentier a-t-il inventé cela ?

– Pour l'instant, tu vas travailler avec lui.

– Dans moins de deux mois on sera sur la côte de Guinée. Il faut préparer le bateau.

– Il y a de quoi faire, ajoute inutilement le chirurgien, à côté.

– Descends. Le charpentier est en bas.

Joseph salue les deux hommes d'un geste du pouce, comme s'il soulevait une casquette invisible. Il descend du gaillard, se glisse par la grande écoutille ouverte sur le pont. Il a juste le temps d'entendre les derniers mots échangés au-dessus de lui :

– Il faut qu'il soit un peu sorcier. Comment a-t-il fait ?

– Je ne pensais pas qu'on le reverrait vivant. Gardel ne pardonne jamais.

Le bruit du rabot de Jacques Poussin couvre la voix des deux hommes. Joseph s'enfonce dans les entrailles du navire.

– Te voilà, dit Poussin.

Deux hommes sont avec lui.

– Va trouver ce garçon là-bas avec la scie. Il ne fait rien de bon.

Joseph obéit. Le garçon en question s'appelle Abel Bonhomme. Il est content qu'on vienne l'aider. Il ne voudrait pas qu'on le prive de cette tâche qui lui convient bien. Le travail du bois lui rappelle la terre et lui fait enfin oublier la violence de l'océan.

Bonhomme et Mars se calent des deux côtés de la scie. Ils se mettent à travailler en tirant sur elle, chacun à leur tour. Quand ils s'arrêtent, ils entendent dans la cale, juste en dessous, le mouvement de l'eau douce dans les tonneaux. Ils prennent leur temps, respirent l'odeur de la sciure, et quand leurs regards se croisent, ils se remettent au travail.

En quelques jours, la vie du navire a déjà pris son rythme. Tout le monde sait que c'est le meilleur morceau de cette route sans fin qui va les mener en Afrique, puis dans les îles d'Amérique, puis de retour sur la côte d'Europe.

Ils sont seulement quarante à bord. Si c'était un bateau de guerre de la même taille, ils seraient trois cents. Et dans quelques mois, si tout va bien, ils seront peut-être six cents. Alors, pour l'instant, il faut profiter de l'air pur et de l'espace. *La Douce Amélie* ressemble à un grand chantier qui se laisse encore explorer.

Pourtant, les matelots ne s'arrêtent pas un instant. Vaugelende fait respecter le rythme infernal qu'impose le capitaine. Frotter, cirer, goudronner, gratter, porter, grimper, nouer, hisser, border, serrer… Et dormir très peu, manger très mal, risquer à tout moment les punitions, les coups de chanvre sur le dos.

Le capitaine a décidé de tracer droit vers le sud. Il n'a pas peur des pirates de Salé ou de Rabat qui s'attaquent aux bateaux qui passent trop près de ces côtes désertiques. Certains navires font un détour prudent par l'ouest des îles Canaries. Gardel n'aime ni les détours, ni la prudence. Il file vers l'Afrique. Il croit à ses dizaines de voiles tendues, à sa coque doublée de cuivre qui accélère encore la course. Il croit à la vitesse.

Très vite, pour expliquer sa présence en liberté à bord, Joseph a parlé d'un pacte conclu avec Gardel. Il explique autour de lui qu'il travaille sans salaire. En faisant gratuitement les journées d'un mousse qui coûterait normalement vingt livres par mois, ce sera comme s'il avait remboursé Gardel de plus de trois cents livres à son retour en France.

Bien sûr, cela ne couvre pas le prix de la montre et surtout de l'insulte faite au capitaine… Alors, parce que Joseph sait lire et écrire, Gardel exige aussi de lui des travaux d'écriture dans la salle des cartes entre ses tâches de matelot. C'est ce que Joseph raconte à tout le monde. Et en effet, tous les jours, on voit Lazare Gardel et Joseph Mars concentrés sur le livre de bord avec plusieurs cartes déroulées devant eux. Joseph reste seul à travailler quand le capitaine est appelé ailleurs.

Le reste du temps, il suit la cadence de l'équipage. Il sait qu'il doit se fondre dans la vie du bateau. Il connaît le jeu des privilèges, des clans et des jalousies qui menacent tous les marins. Il est plus rapide, plus efficace que beaucoup d'autres mais s'oblige à faire les bonnes erreurs au bon moment pour avoir son lot d'injures et de privations. Les moussaillons ont été inventés pour supporter les moqueries et la méchanceté, pour qu'on les traite de demi-portions, et qu'on leur rappelle quand ils hissent une voile qu'ils ne sont pas assez solides pour soulever un anchois.

Joseph essaie donc de rester dans la moyenne. Il fait semblant de boire un peu d'eau-de-vie quand il le faut, il triche au jeu, il chante horriblement en travaillant.

Mais le vrai secret de sa tranquillité, c'est qu'aucune pièce d'argent ne passe entre ses mains. Pas un sou. Tout l'équipage le sait.

Parce qu'il ne reçoit pas d'argent, parce qu'il a les poches toujours vides, Joseph ne compte pour personne. C'est le destin des marginaux, des pauvres et des poètes. Ils deviennent transparents aux yeux des autres. Ils n'existent plus.

Pour tous ces marins, Joseph est comme la mouette posée dans les haubans ou comme le chat Hercule qui poursuit bénévolement les rats et se réchauffe ensuite près du feu de Cook.

Quand Joseph se retrouve seul avec Gardel, il change encore de rôle. Il se penche sur l'énigme de Luc de Lerne. Il fait mine de déchiffrer le message. Son seul but est de se rendre indispensable au capitaine, et surtout de le rester. Il lui faut apprivoiser la lenteur. Sortir des clés, une à une, sans jamais offrir le trousseau entier.

Au début, il ne donne rien. Pas une avancée en plusieurs semaines. Gardel est d'une humeur épouvantable. Il hurle que Joseph ne lui sert à rien, qu'il aurait dû l'envoyer par le fond.

– Faire tourner du papier sous une loupe, hurle le capitaine, c'est à la portée de n'importe qui. Avec le roulis du bateau, je pourrais même le faire sans les mains !

Il attrape le jeune garçon par les cheveux et lui écrase le front sur les cartes marines.

Joseph sent que ça ne pourra pas durer plus longtemps.

Et un soir, en effet, il croit vivre sa dernière heure.

C'est le milieu de la nuit. Il veut se lever mais ne parvient pas à bouger. On a cousu ensemble au-dessus de lui les deux côtés de son hamac. Il pousse un cri. Maintenant, on tranche les attaches qui le suspendaient aux poutres. Il tombe violemment au sol, se tortille comme un ver. On le traîne sur le pont, enfermé dans son sac, on met un crochet à ses pieds. Il sent le vent à travers la toile, les poulies grincent au-dessus de lui. On le soulève et on le plonge dans l'eau, exactement comme on jette à la mer les matelots morts cousus dans leur hamac, croyant protéger leurs corps des requins. Mais après quelques secondes, Joseph sent qu'on le remonte par les pieds. La toile collée sur la bouche et le nez, il n'a même pas le temps de reprendre sa respiration qu'on le noie à nouveau. Cette fois, il reste plus longtemps sous l'eau. La vitesse du bateau risque de l'arracher au crochet. Après un troisième plongeon, il est déposé sur le pont, presque assommé.

Le capitaine Gardel chasse les deux matelots terrorisés qui l'ont aidé pour ce supplice. Il ouvre au couteau le hamac comme une papillote en fin de cuisson. Le visage de Joseph Mars apparaît. Gardel se lève. Il regarde le garçon livide et suffoquant à ses pieds. Il se tait. Il n'a rien à ajouter à cet avertissement.

Quand Joseph se retrouve seul, il rassemble lentement, en reniflant, ce qui reste de son hamac, se traîne jusqu'à une écoutille. Il descend se cacher dans une petite soute, près du grand mât, où s'entassent des voiles de rechange. Joseph se couche dans ce nid, encore tout tremblant de fatigue, de peur et de froid.

Dès le lendemain, sous une pluie torrentielle, il décide de passer à l'action. C'est le moment. S'il ne fait rien, il sera trop tard.

Il est minuit. Gardel est en train de dîner dans la chambre de l'arrière avec son état-major. Près de lui, autour de la table, il y a Vaugelende et quelques lieutenants, mais aussi le chirurgien Palardi, le maître d'équipage Absalon et l'un des deux jeunes pilotins, Morel, qu'on accepte parfois à dîner parce qu'il a des histoires à raconter et se nourrit de presque rien, ce qui est parfait.

Dans les appartements du capitaine, on mange bien. Impossible de deviner que tout près d'ici la pluie crépite sur les voiles, inonde le pont, ou que la bordée de bâbord, au travail dans la mâture, rêverait simplement d'une timbale d'eau bouillante avec un peu de mélasse dedans.

Dans la grande chambre, la lumière des lampes tient chaud. Au milieu de la porcelaine et de l'argenterie, à côté des restes d'un potage, s'étalent de la poitrine de bœuf d'Irlande, deux poulets dégoulinants sur des marrons confits, et six bouteilles de vin ouvertes.

Lazare Gardel sait parfois faire plaisir à sa garde rapprochée. Il pense qu'ils le lui rendront bien quand les heures seront plus sombres et surtout plus maigres.

Il est dix heures du soir. Cook vient ramasser les assiettes sales du potage. Le pilotin Morel est en train de raconter un souvenir : l'histoire d'un pingouin qui s'était endormi dans sa couchette lors d'une expédition à Terre-Neuve. La cabine est agitée de rires. Le chirurgien Palardi n'est pas loin de s'étouffer.

En passant, le cuisinier se penche vers le capitaine et murmure à son oreille :

– Le petit vous attend devant la porte.

Gardel ne bouge pas, termine vaguement d'écouter comment Morel s'est débarrassé de son pingouin, puis il s'essuie la bouche. Il se lève au milieu du vacarme. Les autres continuent leur cirque.

– Est-ce qu'au moins c'était une dame pingouin ? interroge Palardi pour relancer les rires.

– Aucune idée, répond Morel. Comment savoir, monsieur ? Je n'ai pas fait comme vous le collège de chirurgie…

Gardel retrouve Joseph Mars, les cheveux trempés, devant la porte. Le petit a dû traverser la tempête pour rejoindre l'arrière. Son corps est encore rompu par le supplice de la veille. Gardel ferme la porte pour couvrir les éclats de rire.

– Parle, dit le capitaine qui a gardé sa serviette nouée autour de son cou.

– Le tonnelier Tavel a joué son salaire entier aux cartes.

– Il peut aussi jouer sa mère et ses enfants, ça m'est égal. C'est pour cela que tu me déranges ?

– Je l'ai vu poser un louis d'or devant lui…

Le capitaine attrape Joseph par le col. Il se fiche de leurs histoires de matelots. Il y a deux poulets qui l'attendent derrière la porte avec du vin de Vosne, des plaisanteries, et des marrons plein la sauce.

Joseph bredouille :

– Écoutez-moi, capitaine. Les lettres gravées sur le dos de son louis d'or… Ce sont les mêmes que sur le message.

Gardel relâche lentement le col de Joseph. Ils ont passé des nuits à travailler sur cette ligne à moitié recouverte d'encre, la partie la plus obscure de l'énigme… Il connaît par cœur les lettres qui sont restées lisibles :

… ET-NAV-REX

Gardel sort une pièce de sa poche. Il l'approche de la lampe. Oui, le petit a raison, on peut lire ces lettres sur tous les louis d'or.

– C'est le montant du trésor, dit-il…

– Et il y a beaucoup de chiffres cachés sous les taches d'encre, ajoute Joseph.

Devant les petits yeux brillants de Gardel, il continue :

– J'ai peut-être aussi trouvé quelque chose à propos du dessin de la tête de taureau. Vous connaissez la Bible ?

Gardel fait la même tête que si on lui avait demandé s'il dansait le rigaudon ou s'il jouait du cornet à bouquin, instrument de musique qui n'est plus à la mode depuis au moins cent ans.

– Dans les églises, explique Joseph, on représente saint Luc avec une tête de taureau.

– De qui tu parles ?

– Saint Luc, c'est l'un des quatre auteurs des Évangiles.

– Qu'est-ce que tu as ? Tu as avalé un curé ? Qui te l'a dit ?

– C'est Poussin.

– Tu parles de ça avec Poussin ? aboie Gardel.

– Jamais. C'est lui qui me raconte pour m'apprendre. Il a construit des églises en Italie. La tête de taureau, c'est saint Luc…

– Luc de Lerne, dit Gardel en hochant la tête longuement.

Il fait alors à Joseph le compliment le plus chaleureux, le plus enthousiaste qu'il soit capable de faire :

– Bon.

Il lui tourne le dos, franchit la porte mais revient vers lui.

– Et… Méfie-toi du cuisinier, murmure-t-il. Je crois qu'il cache quelque chose.

– Cook ?

Joseph ne peut pas s'empêcher de sourire.

– Je ne sais pas… Les traîtres, je les sens venir à trois lieues. Celui qui se mettra en travers de mon chemin, je le rectifie. Je l'écrase. Je le nettoie.

Le capitaine s'en va.

Joseph Mars reste seul, les lèvres bleues, les pieds glacés, les cheveux dégoulinants. Il se réjouit du répit que permettent ses trouvailles mais il ne voudrait pas que le pauvre Cook soit victime de la soif de l'or qui s'est emparée de Gardel.

Joseph descend vers la cale. Au lieu de rejoindre l'avant du navire où l'attend son hamac raccommodé, il a emprunté une lampe. À cette heure de la nuit, quand il n'est pas à courir sur le pont dans la tempête ou à grimper sur les vergues pour serrer des voiles, il commence sa troisième vie, la vraie, celle que personne ne voit.

Il se glisse au milieu des caisses de verroterie et de tissus, des bassines de cuivre ou de faïence, dans le double-fond des soutes remplies de fèves et de biscuits, au milieu des tonneaux de vivres, des barriques d'eau potable. Il cherche. Il ouvre les malles, écarte les amoncellements de sacs. Il fouille chaque recoin du navire.

Car le seul trésor qu'il est venu chercher n'est pas sur un morceau de papier ou dans un trou sur un rivage lointain. Ce n'est ni la fortune de Luc de Lerne, ni celle du redoutable capitaine Kidd, de la Buse, de Jack Rackham, Black Bart ou de tous les forbans du monde.

Non. C'est beaucoup plus simple que cela.

Depuis bien avant le premier jour, il en a la certitude : quatre tonnes et demie d'or pur sont cachées à bord.

12

Le petit cheval

Ils sont une douzaine d'hommes accroupis sous les arbres à regarder les traces de pas dans la terre. Pendant longtemps, ils ne disent pas un mot. Ils écartent les herbes pour observer les empreintes. Ils veulent comprendre où elles vont et à qui elles appartiennent.

Ils sont étrangement habillés : pantalons à galon doré, chapeaux de toutes les formes, morceaux d'uniformes désassortis. Certains portent un châle sur les épaules, un sac ou un vieux fusil en bandoulière, mais ils n'ont souvent en haut que leur peau noire, celle des guerriers ashantis venus des collines de Kumasi.

Ils n'ont jamais été si loin de leur pays. Ils sont partis depuis très longtemps. Il est tard. Le soleil du soir vient les chercher sous les arbres.

Deux hommes se mettent à parler. L'un est très jeune et très sûr de lui.

Il dit :

– C'est un cheval dongola.

– On ne peut pas savoir, dit l'autre. Il a des fers aux pieds comme les chevaux des Blancs.

– Moi je sais, dit le jeune homme, froidement. C'est un dongola de quatre ou cinq ans avec un cavalier léger.

– Arrête, Awoshi.

– Il lui manque un fer devant.

L'autre s'énerve. C'est le chef, il a trente ans de plus. Il porte une perruque blanche poudrée qui devrait lui donner de l'autorité. Mais cette perruque est ridicule. Aussi ridicule que lorsqu'elle est portée par un Blanc à la cour de Versailles ou de Vienne.

Ses hommes ont d'ailleurs préféré se tourner vers le jeune Awoshi avec admiration. Le sabot avant gauche n'a pas de fer, en effet. Ils le remarquent tous, maintenant qu'il l'a dit. Mais par quel prodige peut-il connaître l'âge du cheval, sa race, et le poids de son cavalier en regardant simplement l'empreinte de ce pied et sa profondeur dans la terre ?

– On le rattrapera, dit le chef, imperturbable. Il faudra le suivre quand la nuit reviendra. Et dormir en attendant sous ces arbres.

Il lève le regard vers le feuillage, sans voir, juste au-dessus de lui, collée contre une branche horizontale, une ombre qui se fond dans l'écorce. Alma a eu le temps de baisser les paupières pour cacher le blanc éclatant de ses yeux.

Pendant des jours et des nuits, portant son grand arc en bandoulière, elle a suivi la piste de Brouillard. Lorsqu'elle se perdait, elle laissait son corps la guider et finissait par retrouver les traces. La force nouvelle qui l'a envahie à la sortie de sa vallée d'Isaya ne la quitte jamais. Cette force lui fait toujours rejoindre sa route et dénicher de la nourriture quand elle a faim.

Parfois, elle ne se reconnaît pas. Ses flèches atteignent à cent mètres les petits vanneaux qui volent en zigzag. Quand elle ne chasse pas, Alma chaparde la nuit dans le garde-manger des bêtes sauvages. Elle sait différencier l'eau qu'elle peut boire de celle qui tue. Elle dort le soir dans les arbres, se repose le jour en haut des rochers pour voir loin. Puis elle repart.

Elle les a découverts il y a quelques heures. Elle sentait leur présence dans l'air depuis plus longtemps. Elle s'est approchée par les hautes branches, passant d'un arbre à l'autre, et le feuillage ne bougeait pas plus sous son poids que dans le vent du soir.

Ils se sont maintenant installés dans l'herbe, juste en dessous d'elle. Ils ont déroulé entre leurs mains des feuilles dont ils sortent une pâte presque transparente. Ils mangent. Ils parlent entre eux une langue qu'Alma n'a jamais entendue. Elle reconnaît quelques mots attrapés au vol : « longtemps » et « fatigue ». Elle comprend qu'ils n'ont pas encore trouvé ce qu'ils cherchent. À côté d'eux reposent leurs chapeaux. Cela fait un assortiment de toques, de tricornes, de feutres à plumes posés au milieu des herbes.

Après un temps passé contre le tronc d'un arbre à nettoyer son fusil, le jeune Awoshi rejoint son chef. Il s'assied à côté de la perruque blanche qui ressemble à une bête assoupie près de son maître. La pleine lune se lève. Le soleil traîne encore. Awoshi regarde au loin sans un mot.

Le chef a allumé une petite pipe de corne.

Alma est juste au-dessus d'eux dans le feuillage.

– On a marché une lune entière, dit Awoshi.

– C'est vrai.

Cette fois, Alma comprend tous les mots qui montent avec l'odeur du tabac. C'est l'une des langues qu'elle a apprises de son père.

– Chef, continue Awoshi, je ne comprends pas. Tu cherches pendant des jours et quand tu trouves les traces d'un cheval tu pars dans le mauvais sens ?

– Je ne pars pas dans le mauvais sens. Je vais suivre ces traces. Les Okos ont peut-être appris la science des chevaux.

– Chef, si un Oko est sur le cheval, il ne faut pas le suivre.

Le jeune homme l'appelle « chef » mais c'est le seul signe de respect dans sa bouche. Il lui parle comme à un enfant.

– En les suivant, dit Awoshi, tu ne trouveras qu'un seul homme. Mais en remontant vers l'endroit d'où il vient, il y en aura peut-être beaucoup d'autres. Il faut trouver leur nid.

Le chef tape nerveusement sa pipe contre les racines pour vider la cendre.

– Il n'y a pas de nid, dit-il.

Il parle très bas dans cette langue que les autres ne semblent pas comprendre. Il sermonne le jeune homme.

– Awoshi, c'est toi qui nous as conduits si loin. Où sont les captifs que tu nous avais promis ? Tu finiras par nous perdre. Je te l'ordonne : tu vas suivre ces traces avec nous. Beaucoup disent que tous les Okos sont morts depuis longtemps. Il faut rentrer chez nous avant d'arriver au bord du monde.

Son compagnon ne répond pas tout de suite. Il continue à regarder l'horizon. Au-dessus d'eux, Alma frémit contre l'écorce de l'arbre. Qu'ils suivent les traces ou qu'ils les remontent, il y aura ceux qu'elle aime au bout de leur chemin…

– Écoute-moi, dit doucement Awoshi à son chef. Quand tu donnes des ordres dans le village, je t'obéis et je veux bien mourir pour toi.

– C'est bien.

– Mais, si loin de chez nous, c'est comme si je n'entendais pas ta voix qui est restée là-bas. Je tends l'oreille et je ne t'entends même pas.

Le chef se tourne vers lui avec inquiétude.

– Tu comprends, chef ? Tu parles et je ne t'entends pas. Alors, écoute-moi encore. Je vais prendre tout de suite deux hommes et les emmener vers le levant. Toi, tu continueras ton chemin. Oui, tu prendras peut-être un captif. Tu le vendras sur la côte. Tu partageras son prix avec tes huit hommes. Cela te paiera une perruque neuve pour faire honte à ton peuple. D'accord?

Awoshi hait tout ce qui déshonore son peuple. Il a dans la voix la fierté des Ashantis qui règnent depuis des siècles sur un territoire immense et peuvent lever une armée de huit mille hommes s'ils le décident.

Le chef essaie de se lever. Awoshi le retient.

– Ne dis rien aux autres contre moi, dit-il. S'ils doivent choisir, c'est moi qu'ils suivront. Ils te laisseront seul ici. Je vais même te faire un cadeau...

L'autre attend avec terreur ce qui l'attend.

– Comme cadeau d'adieu, je te laisse te lever et me dire en parlant fort que je dois partir de mon côté avec deux hommes. Grâce à moi, ils croiront peut-être encore que tu es leur chef.

Alma voit le vieux chef hésiter, ranger en tremblant sa pipe dans sa ceinture, se lever enfin, ramasser et coiffer de travers sa perruque. Il s'éloigne, lance d'une voix fêlée quelques consignes à ses hommes. Deux d'entre eux rejoignent Awoshi. Les autres les regardent.

– Puisque tu me le demandes, dit Awoshi en se levant, je vais remonter ces traces. Je trouverai les derniers Okos.

Il fait un pas, prend entre ses mains celle du chef, la garde bien serrée. Il s'incline avec un respect exagéré jusqu'à ce qu'il sente contre son front les doigts tremblants du vieil homme.

Alma voit s'en aller Awoshi et ses deux chasseurs vers la vallée d'Isaya. Toujours tapie contre la branche, elle pense au mot «Okos» qu'elle vient d'entendre. Chez elle, ce mot signifiait simplement «les gens» et il désignait leur famille puisqu'il n'existait personne d'autre.

Les hommes ont aussi parlé de captifs. Ils en parlaient

comme d'un gibier qui ne se mange pas. Alma se demande à quoi sert de faire des captifs si on ne peut ni les manger ni prendre leur fourrure pour se tenir chaud. Que font-ils de ceux qu'ils attrapent ?

Elle écoute le chuchotement des hommes sous son arbre. Ils ont l'air de se plaindre tout bas de leur chef. Le départ des trois chasseurs sème le doute parmi eux.

Alma n'ose plus bouger. Dans quelle direction doit-elle aller ? Vers Lam ou vers la vallée ? Elle pense à ses parents et à Soum qui ne savent pas qu'ils sont menacés. Elle espère que les falaises et les épines les protégeront.

Alma a choisi. Elle n'abandonnera jamais Lam. Qui le retrouvera si elle ne le fait pas ? Qui le ramènera chez eux ? Aucune falaise, aucun ravin pour le défendre. Il n'a avec lui que le galop de Brouillard.

– Cheval…

Elle connaît maintenant l'autre nom du zèbre sans rayures.

– Cheval.

Elle se rappelle comment les hommes l'ont appelé. Et, dans son arbre, elle prononce une troisième fois ce mot juste en bougeant les lèvres sans un son :

– Cheval.

Il y aura encore beaucoup de mots à apprendre. Des mots cruels et des très doux. Certains mots qu'elle voudra n'avoir jamais connus.

Alma se tourne vers le chemin qui l'attend. Elle regarde la lune passer entre les feuilles de l'arbre. Elle fait semblant de croire qu'au loin, elle aperçoit déjà le petit cheval.

13

Moïse Shackle

C'est un des secrets les mieux gardés des grandes plaines.

On croit que le lion ne chasse pas, qu'il laisse faire les lionnes. Il les attend à l'ombre et quand elles sortent en bande parmi les herbes, on ne voit qu'elles. Elles surprennent ou épuisent leurs proies, commencent à les dévorer en plein soleil. On voit alors le lion les rejoindre en s'étirant et réclamer sa part.

Mais ce que personne ne sait, c'est que chaque nuit, dans le plus grand secret, à l'endroit où la savane est plus haute, le lion chasse en solitaire. On ne le saura jamais parce qu'il fait nuit noire et parce que, dans la seconde où le lion a bondi, ceux qui pourraient en témoigner ne sont déjà plus en vie.

Les trois hommes avancent l'un derrière l'autre. Awoshi est en tête. Cela fait quelques jours qu'ils ont quitté les autres. La lune est encore immense. Elle s'est levée devant eux. Elle remplit une partie du ciel.

Ils longent des bois très verts. Leurs épaules frôlent les buissons des deux côtés. Ils n'avaient pas vu la forêt depuis des semaines.

L'un des hommes qui marchent derrière Awoshi est aussi jeune que lui. Vingt ans à peine. Il s'appelle Baako. Il a un fusil sur l'épaule et un couteau à la ceinture. Derrière Baako, il y a Eeko, son père, sec et vif comme un lézard. Il marche pieds nus, une toile de coton rouge autour de la taille. Il porte curieusement sur la tête le large béret d'un régiment disparu depuis longtemps et, en bandoulière, un sabre d'officier des dragons.

Leur nouveau chef, Awoshi, se penche de temps en temps pour observer les traces du cheval à la lumière de la lune. Il n'y a pas eu une goutte de pluie pour brouiller la piste. Les empreintes se sont durcies dans le sol. Il semble que le cavalier avançait au hasard. Pour Awoshi, cette errance est la preuve qu'il faut chercher l'endroit d'où il vient et non celui où il va.

Parfois, la file indienne s'étire un peu. Les deux jeunes chasseurs prennent de l'avance. On entend juste la voix d'Eeko qui chante tout bas à l'arrière, bouche fermée, au rythme de leurs pas.

C'est la meilleure heure pour marcher. Ils ont dépassé toute fatigue. La lune est comme une huile brillante sur leur corps. Il leur semble que l'air ne résiste pas et qu'il suffirait d'un coup de talon pour s'envoler. La lune efface toutes les étoiles. On voit seulement étinceler dans les branches le regard jaune des galagos, ces petits animaux aux yeux plus grands que le corps.

Les trois hommes passent maintenant sous une voûte d'arbres. Le chemin est plus large. L'air devient humide. La lumière de la lune parvient à s'infiltrer dans le sous-bois. Le feuillage se referme au-dessus d'eux et retient l'odeur de tisane qui monte de la terre.

Soudain, Awoshi s'immobilise. Il tend l'oreille.

Là-bas, derrière eux, le chant d'Eeko s'est arrêté au milieu d'un refrain.

Les deux jeunes gens se retournent dans la pénombre. À vingt-cinq mètres à peine, une masse claire soulève le corps du vieillard. La mâchoire plantée dans sa hanche, un lion le secoue sans faire plus de bruit qu'un chat qui joue avec une souris. Baako épaule son fusil, hésite.

– Non, murmure Awoshi.

Impossible de tirer sans risquer de toucher Eeko. Mais Awoshi sait surtout qu'à cette distance un coup de feu ne fera que blesser la bête de deux cents kilos et la retournera contre eux.

Baako baisse son arme. Il regarde la scène en tremblant.

Soudain, tout se brouille. Comme dans un rêve, les deux hommes voient une forme noire ailée tomber de la voûte des arbres, au-dessus du lion, et s'abattre sur lui en silence. Deux détonations et deux éclairs jaillissent en même temps. Un homme vient de rouler dans l'herbe avec un pistolet fumant dans chaque main. Les ailes de son manteau retombent contre lui.

Le lion s'écroule d'un côté, le corps d'Eeko de l'autre.

Baako se précipite vers son père. Il traverse le nuage de fumée qui grossit dans la nuit.

Eeko respire encore. Baako lui parle. Il s'écarte un peu pour laisser la lune éclairer le corps. Il soulève le vêtement taché de sang.

Il se penche sur la plaie de son père.

– Mon fils, balbutie le vieil homme, dis-moi si c'est fini.

Baako n'en croit pas ses yeux. Il chasse de la main la fumée.

– C'est fini. Mais pas pour toi...

La blessure n'est pas profonde. Le fourreau du sabre est plié en deux et a sauvé Eeko.

– Tu es si léger, si desséché par les années qu'il t'a porté comme un lionceau.

La voix du fils est tranquille. Il sourit.

– J'ai mal, dit Eeko avec un petit couinement d'enfant.

– Il n'a rien trouvé à manger sur toi. Il a seulement laissé la trace de ses dents.

Le vieil homme gémit. On ne sait toujours pas s'il rit ou s'il pleure. Il tient la main de son fils. Ils sentent la chaleur du corps du lion près d'eux.

Awoshi garde son fusil braqué sur l'homme aux pistolets. Celui-ci s'est un peu redressé dans l'herbe. Il porte un manteau noir et un chapeau bordé d'or.

Cet homme, c'est Mosi, le père d'Alma. Il a posé ses pistolets. Il regarde la nuit, droit devant lui.

– D'où viens-tu ? demande Awoshi.

Mosi fait un geste vague.

– Qu'est-ce que tu cherches ?

Mosi ne répond pas. Il dormait dans les branches après avoir échappé au même lion. Il a entendu approcher les trois hommes à ce moment-là. Il les aurait laissés passer si ce vieillard n'avait pas été attaqué à son tour.

Awoshi s'approche de Mosi. Il repousse les pistolets avec le pied pour les éloigner de lui. Il se demande comment il va lui passer les fers.

De l'autre côté, Baako aide son père à s'asseoir.

– Regarde-toi, tu marcheras dès demain !

– Je n'ai plus la force, dit-il en gémissant. Je ne veux plus savoir d'où le cheval est parti.

Mosi ferme les yeux. Il vient de comprendre. Ces chasseurs ashantis sont en route vers sa vallée.

– Qui es-tu ? lui demande Awoshi.

Mosi n'a toujours pas prononcé un mot. Est-ce que le monde a si peu changé pendant son absence ?

– Personne ne s'éloigne autant de la côte, dit Awoshi à ses hommes. Il n'y a que les marchands du désert qui traversent par ici. Et quelques hommes qui se cachent…

– Et toi ? demande enfin Mosi. Tu viens du désert ou tu te caches ?

La fumée des coups de feu s'est dissipée autour d'eux.

On entend la voix grave d'Eeko dans la nuit :

– Moïse Shackle…

Le vieil homme s'est levé. Il s'appuie sur son fils. Il a un trait de sang sur le front.

Eeko montre Mosi du doigt.

– Je reconnais cet homme. Il s'appelle Moïse Shackle.

14
Un autre chasseur

Awoshi a souvent entendu ce nom. Un homme tenait autrefois dans sa main tous les trafiquants d'esclaves de la côte, du Vieux-Calabar à la lagune d'Assinie. Un jeune Fanti qui vivait comme un Blanc et avait sa place à la table des gouverneurs des forts. Le plus terrible des chasseurs d'hommes.

– Je l'ai vu juste avant qu'il disparaisse, continue Eeko. On venait de lui vendre des captifs. Je me souviens très bien de lui.

– Tu es Moïse Shackle ? interroge Awoshi. On dit qu'il est mort en poursuivant les derniers Okos.

– Il n'y a plus de peuple oko, dit Mosi. C'est fini. J'ai cherché longtemps. J'ai continué après le désert, jusqu'à une autre mer et je me suis arrêté.

Awoshi regarde Mosi. Il a bien le visage des Fantis. Depuis la nuit des temps, le peuple fanti est l'ennemi de son peuple, mais les besoins du commerce les ont peu à peu rapprochés : des Ashantis font des captifs dans les terres et des Fantis s'occupent de les vendre aux forteresses et aux navires de la côte.

– À quel prix se vendaient les Okos en ce temps-là ? demande Baako.

– Cent barils de poudre pour les hommes quand on les proposait directement aux bateaux. Ou un million et demi de coquillages. Et les femmes valaient plus cher encore.

– C'est le prix de dix captifs aujourd'hui, dit Baako.

– Certains disaient qu'une fois pris, ils ne survivaient pas, souffle Eeko à son fils.

– Mais les bateaux étaient déjà loin, lui répond Mosi. Et quand les capitaines revenaient pour un nouveau chargement, c'était comme s'ils avaient perdu la mémoire. Ils voyaient un Oko dans le fort de Juda ou sur la plage blanche d'Anomabou, ils devenaient fous. Ils étaient prêts à tout pour les acheter.

Awoshi écoute. Il a déjà renoncé à faire de lui un prisonnier. Les hommes comme Shackle font peur aux marchands de la côte. Ils en savent trop. Ils organisent des révoltes sur les bateaux. Et même s'ils traversent la mer et deviennent des esclaves, leur famille se débrouille parfois pour les faire revenir.

– Tu vois, tu n'as rien oublié de ce temps-là, dit Awoshi.

– Je me suis installé sur un rivage très calme, de l'autre côté du désert. J'ai passé vingt années à faire un jardin et à chasser les tourterelles.

– Et maintenant ?

Mosi se tait quelques secondes puis il dit :

– Je ne sais pas encore. Je cherche ce que je vais faire. J'ai remonté jusqu'au bout les traces de ce cheval. Elles ne mènent qu'à un village brûlé. Ça ne sert à rien.

Baako regarde Awoshi se baisser pour ramasser les pistolets de Mosi.

– Tu sauves ce vieux, dit Awoshi en rendant ses armes au chasseur fanti, et ensuite tu nous expliques le chemin. Ce n'est pas ce qu'on disait de toi.

– Je ne sais pas ce qu'on disait de moi.

– On disait que tu ne connaissais pas la pitié.

– Je suis parti longtemps…

Mosi reprend ses pistolets et ajoute :

– Ne vous occupez pas de ces traces. C'est un cheval échappé d'un village en flammes. Qu'est-ce que vous êtes venus chercher par ici ? Il n'y a plus assez de captifs à faire près de chez vous ?

– Il faut aller loin pour en trouver, dit Awoshi.

– Certains vendent des voisins qu'ils trouvent sur les chemins, ajoute Eeko. On les amène par pirogues entières, aussi nombreux que les grains de sable portés par l'eau des rivières. Et les grands bateaux ont toujours faim.

– Pendant toutes ces années, tu ne savais rien ? demande Awoshi.

– J'étais occupé par mon jardin et ma famille.

– Pourquoi tu les as quittés ?

Mosi prend encore quelques instants avant de répondre :

– J'ai perdu l'un de mes enfants. Je le cherche.

Awoshi le regarde fixement.

– Quel âge ? demande-t-il.

– La moitié de ton âge. Si vous l'aviez eu avec vous, je vous l'aurais payé très cher.

– Aussi cher qu'un enfant oko ?

– Plus cher, répond Mosi.

Silence. Il se lève. Il remet les pistolets à sa ceinture et demande :

– Vous allez retourner sur la côte ?

– Oui, si tu dis qu'il n'y a rien là-haut, répond Awoshi.

– Je te le dis. Il ne reste que de la terre brûlée et des arbres noircis.

– Et toi ?

– Moi, je vais couper vers là, répond Mosi en montrant une direction derrière lui. L'enfant y est peut-être. Je vais rejoindre Chama.

– Ça a beaucoup changé là-bas.

– Ça ne changera jamais assez pour moi, dit Mosi en s'en allant. Je ne suis plus le même homme.

Eeko n'a pas quitté des yeux celui qui l'a sauvé. Il le regarde s'enfoncer dans la nuit. Il se tourne alors vers son fils qui semblait attendre son signal. Baako détale en direction de Mosi.

– Où va-t-il ? demande Awoshi.

– Il va lui parler. Je ne l'ai pas remercié pour ma vie.

Agenouillé près du lion, Awoshi a sorti son couteau. Il veut faire des provisions pour le reste du chemin.

– C'est bien le Moïse Shackle que j'ai connu, dit Eeko en s'asseyant, mais on dirait qu'il a été lavé de tout ce qu'il était.

Awoshi essuie son couteau dans l'herbe.

– Ne crois pas cela. Il y a des taches qui ne s'en vont jamais.

Tout près de là, Baako vient de ralentir le pas en approchant de Mosi.

– Mon père voulait te parler de quelque chose, dit-il.

Mosi s'est retourné vers lui.

– Quelque chose qu'il ne pouvait pas dire là-bas, dit Baako, essoufflé.

Silence.

– Cet enfant dont tu parlais…

– Oui.

– Mon père a vu un enfant de cet âge. La moitié de mon âge.

Mosi ne bouge pas.

– C'était la nuit. Il y a quelques jours. À peu près au milieu de cette lune. On était douze hommes dans un campement. Mon père s'est éloigné de ceux qui dormaient…

Mosi l'écoute toujours.

– Il a vu l'enfant qui se lavait dans l'eau du ruisseau.

Silence.

– Il ne l'a dit qu'à moi, dit Baako.

– Où ? Où était-il ?

– Je ne sais pas. On a changé trois fois de direction. Mais l'enfant était en liberté.

« En liberté », se répète Mosi. Si Lam est libre, tout est possible.

– Pourquoi ton père n'a rien dit aux autres ?

– Les enfants…, répond Baako comme si c'était suffisant pour expliquer le silence de son père. Il n'aime pas qu'on prenne les enfants.

Baako reste silencieux à se demander ce qu'il aurait fait à sa place, puis il dit :

– Une fille dans un ruisseau…

– Une fille ? s'écrie Mosi.

– Une fille.

Mosi bondit vers lui.

– Dis-moi que c'était un garçon.

Baako se tait. Le regard de Mosi lui fait peur.

– Dis-le-moi !

– Je pourrais te le dire, mais c'était une fille. Même sans la lune, il ne se serait pas trompé. Il a des yeux d'aigle pêcheur.

Mosi hurle :

– Ton père ne m'a pas vu venir, il n'a pas remarqué le lion à deux pas de lui, et tu dis qu'il ne se trompe pas ? Ton père, c'est un aigle pêcheur avec les yeux crevés ! Ça ne peut être que mon fils qu'il a vu ! Combien d'enfants peuvent se promener seuls si loin du monde ?

Baako s'éloigne en reculant, comme s'il avait blessé accidentellement quelqu'un. Il s'enfuit. Il regrette l'espoir si fugitif qu'il a fait naître.

Quand il retrouve les autres, son père s'est endormi dans l'herbe. Autour d'eux, la forêt a repris son ronronnement de forêt. Elle craque et bourdonne tout doucement.

Il admire le sommeil profond de son père. Dans ce monde dangereux, si les vieillards sont respectés, ce n'est pas parce que le grand âge leur a soudain donné la sagesse, mais parce que, s'ils ont réussi à vieillir en restant en vie, c'est que, dès l'enfance, ils étaient déjà les plus sages.

– On repartira demain, dit Awoshi à Baako.

– Vers la côte ?

– Non.

– Mais tu disais…

– C'est Shackle qui le disait. Pas moi. On continue.

– Il a dit qu'il ne fallait pas remonter la piste du cheval.

Awoshi sourit.

– Est-ce que je dois suivre les conseils de Moïse Shackle ? Si un voleur tend une main pour montrer qu'elle est vide, moi je regarde l'autre main dans son dos. Et quand Moïse Shackle montre une direction, je me tourne vers celle qui part à l'opposé. On va remonter les traces du cheval jusqu'au bout.

Awoshi observe en souriant la surprise de Baako. Le pauvre garçon s'imaginait déjà de retour au village, asseyant son père au pied d'un arbre pour qu'il finisse paisiblement ses jours.

– N'aie pas peur, dit Awoshi. Il a survécu à cette bête. Il te survivra peut-être. Mais n'oublie pas ce que je t'ai dit : ne suis jamais le chemin que t'indique un autre chasseur.

15

D'or et de rouille

– De l'or ? murmure Poussin. Pourquoi veux-tu qu'il y ait de l'or sur ce bateau ?

Joseph Mars tend l'oreille. Il a surpris ces mots au moment où il descendait dans l'entrepont. Il se glisse derrière une cloison de chêne pour écouter. À quelques pas de lui, le charpentier parle avec Abel Bonhomme. Des petits carrés de jour tombent sur eux par le caillebotis du plafond.

– Si tu cherches de l'or, dit encore Jacques Poussin à Abel, tu n'es pas au bon endroit. Mais y a sur ce navire de quoi ouvrir des épiceries, des quincailleries, une cordonnerie, une taverne et tous les commerces que tu voudras...

Joseph est toujours caché dans la pénombre.

– Avec ce qui est entreposé sous nos pieds, Bonhomme, tu pourrais aussi remplir une boulangerie, une armurerie, un magasin de tissus ou de vaisselle... On trouve à peu près tout sauf de l'or.

Poussin s'est soudain retourné.

– C'est toi ?

Joseph ne voulait pas qu'on le remarque. C'est raté. Il fait un pas vers eux, les mains dans les poches.

– Oui, c'est moi.

Le charpentier semble tout voir et tout savoir. Avec lui, Joseph hésite du matin au soir entre la méfiance et l'admiration.

– Aide-nous un peu, dit Poussin. Le tonnelier est malade depuis dix jours. Il dort dans la chaloupe suspendue là-haut. Elle sert d'infirmerie. J'essaie de faire avancer son travail sans lui.

En effet, aidé par Abel, Jacques Poussin est en train d'assembler un des tonneaux qui ont été mis en fagots dans la soute pour cette première partie du voyage. Sur la côte de Guinée, ces tonneaux compléteront les réserves d'eau potable car il faudra embarquer au moins cent cinquante mille litres pour rejoindre les îles sans que meurent de soif l'équipage et les captifs.

– Alors ? Toi aussi, tu cherches de l'or ? demande le charpentier à Joseph.

– Comme tous les marins du monde...

Joseph sourit pour ne pas montrer son trouble. Il a répondu sans réfléchir. Qui peut se douter qu'il cherche à bord depuis des semaines quatre tonnes et demie d'or pur ? Derrière ses airs d'enfant tombé de la lune, Joseph Mars ne pense qu'à cet or.

– Vous ne m'avez pas compris, s'écrie maladroitement Abel Bonhomme. Je disais qu'il faudra de l'or au capitaine pour acheter les captifs quand on arrivera sur la côte. Et je vous demandais, par curiosité, si cet or était à bord.

– Par curiosité ? ricane Poussin.

Abel hausse les épaules.

– Ça ne marche pas comme ça, Bonhomme, soupire Poussin. Et pas simplement pour décourager les curieux dans ton genre ou les aventuriers comme Joseph Mars.

– Qu'est-ce qui ne marche pas comme ça ? demande Joseph.

Poussin pose ses outils. Là-haut, l'état-major doit commencer son repas. Il faut profiter du seul moment où la surveillance se relâche.

– Écoutez-moi, dit-il.

Poussin s'assied, les bras croisés. L'énorme verticale en pin à laquelle il appuie son dos est la partie profonde du grand mât qui plonge ses racines sous le pont et traverse le navire jusqu'à la quille.

– Je vais vous dire le secret de ce commerce : pas un gramme d'or ne doit quitter les frontières du royaume.

Il prend une grande inspiration.

– Il faut d'abord rendre l'or invisible.

– Invisible ?

– Ils le font disparaître. Ils le dispersent.

Poussin fait en l'air un petit geste magique avec ses doigts. Abel et Joseph s'approchent de lui sans oser s'asseoir.

– Ils commencent par enrichir les chantiers où on construit les bateaux, ils paient les forestiers, les marchands de bois, les artisans, tous les gens du port, puis les manufactures de France et d'ailleurs, les fabricants de biscuits ou de mauvais fusils, de taffetas, de soieries, d'eau-de-vie, les assembleurs de couteaux, les marteleurs de bassines de cuivre ou d'étain… Ils achètent tout cela en quantité. Ils se débarrassent de l'or. Et depuis les ports, cet or remonte les fleuves et les rivières, comme dans les veines du pays, pendant que les produits redescendent. Le navire se transforme en un grand bazar flottant, une caverne de planches remplie jusqu'aux sabords. Le navire s'en va. En arrivant en Afrique, le capitaine échangera ce chargement contre des captifs…

Abel et Joseph écoutent attentivement. La nuit précédente, en travaillant au fond de la cale, Poussin leur racontait la charpente d'une cathédrale en la comparant à l'architecture d'un nid d'oiseau. Il parvient à tout démonter avec la même précision et la même passion.

– Mais avant de partir, continue-t-il, ils ont aussi laissé beaucoup d'or aux assurances qui en ont donné à d'autres assurances. Si le bateau coule avec son chargement, tout sera remboursé et tout pourra recommencer. C'est de la magie, je vous dis.

Il refait son geste avec ses doigts épais comme des manches de marteau.

– On aura l'impression que personne n'a rien perdu.

– Personne ? demande Abel.

– Je n'ai pas dit que tout le monde gagne autant…

Il se tourne vers Joseph.

– Toi, petit, par exemple, j'ai cru comprendre que tu ne gagnais rien… Il faudra m'expliquer un jour ton arrangement avec Gardel.

Silence.

– Mais il y a pire que cela. Il y a ceux qui ne gagnent rien et qui paient pour tous les autres.

– Qui ? demande Abel.

– Puisque presque tout le monde s'enrichit, il en faut bien pour payer. Ceux-là, ils paient les voiles et la coque, ils paient les assureurs de la Lloyd's de Londres, ils paient le boucher de La Rochelle qui a fumé la viande du capitaine…

Poussin n'arrive pas à s'arrêter.

– Ils paient le matériel et l'équipage. Ils paient tes trente livres de salaire par mois, Bonhomme. Ils paient le seigneur Bassac qui est le propriétaire de ce bateau, ses chevaux, son tabac, les fontaines de son jardin. Ils paient sa serre remplie d'orangers d'Espagne, les bottines à lacets de sa fille. Ils paient la pierre de toutes les grandes maisons qu'on voit dans les ports. Ils paient les dîners aux chandelles des planteurs dans les îles, leurs orchestres, le cuir de leurs fouets. Ils paient leur générosité quand ces planteurs donnent une pièce à la sortie de l'église. Ils paient la nourriture d'Hercule, le bon chat du cuisinier. Ils paient les impôts qui remontent à Versailles, ils paient donc les plumes plantées dans le chapeau du roi, ses carrosses, ses maîtresses, quelques-unes de ses guerres contre l'Angleterre. Ils paient aussi la petite ferme que la reine Marie-Antoinette est en train de se faire construire et le toit de chaume de son pigeonnier. Oui, ces gens-là, les seuls qui ne gagnent rien, ils paient pour tout.

– Qui est-ce ? demande Bonhomme, émerveillé par ces bienfaiteurs. Comment s'appellent-ils ?

Poussin a le regard brouillé. Sa voix devient plus sourde.

– À l'heure qu'il est, ils n'ont déjà plus de noms. Ils marchent sur des chemins de terre. Ils sont enfermés dans des parcs à bétail ou dans des caves sur la côte. Dans huit jours tu les verras. On les montera à bord un par un. On les entassera ici. Trois par mètre carré. Si tous les autres gagnent, c'est parce que ceux-là ont tout perdu. Ils ont même perdu leur nom et celui de leur village qui n'existe plus. Ils ont perdu leurs enfants. Ils n'ont plus rien et ils paient pour tout.

Joseph oublie de respirer. Il comprend dans quel monde il a mis les pieds. Il devine aussi que Poussin n'est pas un rouage comme les autres dans cette machine.

Ils restent tous les trois silencieux. Abel est le premier à reprendre ses esprits. Il essaie de conclure avec logique :

– Et le jour où ils seront vendus dans les îles, quand le bateau reviendra vers La Rochelle, quand il n'y aura plus de captifs, il y aura enfin de l'or dans la cale !

– Pas du tout, répond Poussin. On aura abandonné les captifs à Saint-Domingue contre du sucre dans des tonneaux, du café, de l'indigo, du poivre, du coton dans des sacs, mais pas une seule pièce d'or. On les aura échangés contre ce que d'autres esclaves auront eux-mêmes ramassé dans les plantations des îles. La canne à sucre, le café, ce sont encore eux qui les paieront de leur sueur et de leur sang. Je vous le redis : si vous cherchez de l'or, ce ne sera jamais ici que vous le trouverez. Il réapparaîtra à la fin, sur la bonne terre de France, de Hollande ou d'Angleterre. Là-bas, le dernier chargement sera vendu très cher. Et on enfermera tout cet or dans des banques et dans de grandes maisons.

Joseph regarde Poussin se lever. Il se demande ce que cet homme est venu faire dans cette histoire.

– Je sais à quoi tu penses, petit, lui dit Poussin, l'œil brillant. Écoute-moi. Je n'avais pas mis les pieds sur un navire négrier depuis vingt ans. J'avais tout arrêté. Je suis revenu pour des amis.

– Des amis ? demande Joseph.

– Je leur donne un coup de main.

– Ils sont à bord ?

– Non. Je fais pour eux un dernier tour de piste et je m'en vais…

On entend une cavalcade au-dessus d'eux sur le pont, puis des cris, puis un grand silence.

– Allez voir ce qui se passe, dit le charpentier.

Les jeunes gens détalent, laissant Poussin tout seul avec son tonneau et ses états d'âme.

Joseph est le premier à monter sur le pont. Il s'immobilise. Il voit les hommes rassemblés à bâbord, penchés au bastingage.

– Qu'est-ce que c'est ? demande Abel en passant à son tour la tête dehors.

– C'est l'Afrique, murmure Joseph.

Et en effet, il y a cette ligne sombre qu'ils aperçoivent au loin. Quelque chose a changé. Ils ont dans le nez et la bouche un goût de terre chaude. Les matelots restent sans voix. Ils regardent la surface de l'eau et l'horizon. De petites îles de branches et de noix de coco germées dérivent et viennent battre contre la coque.

– Regardez, crie un homme.

Sur la crête d'une vague, on a vu passer le dos et l'aileron noirs d'un requin. Puis d'un autre.

Derrière Joseph, une voix murmure avec une sorte d'attendrissement :

– Regardez-les. Ils nous attendaient…

C'est Lazare Gardel. Il a dit ces mots en voyant surgir les premiers requins, comme un chasseur retrouve ses chiens en rentrant chez lui après un long voyage.

Même l'écume blanche qui jaillit à la proue du bateau a changé de couleur. Elle a pris la couleur du feu.

Là-bas, sur la côte, les fleuves Sénégal et Gambie doivent jeter leur boue dans l'océan et le teinter d'or et de rouille.

16

À quoi pourra bien ressembler l'enfer ?

Le chirurgien-major émerge de l'ouverture de la grande échelle en bâillant. Il sort de table. Il est le dernier à rejoindre le pont. Joseph le voit regarder l'horizon et se précipiter vers Lazare Gardel.

– Capitaine, à droite de la pointe que l'on voit là-bas…

– Oui ?

– C'est l'île de Gorée.

Le capitaine reste interdit.

– Ah oui ? dit-il.

– Vous arrivez cent vingt milles trop au sud. On a dû dépasser Saint-Louis il y a plusieurs jours.

– Expliquez-moi, monsieur le chirurgien, dit le capitaine d'une voix mielleuse, continuez vos explications. Vous me passionnez…

– À Saint-Louis, vous auriez trouvé des captifs. Mais à Gorée…

– Vous voulez dire qu'il ne faut pas faire étape à Gorée ?

– Vous feriez plaisir à la garnison du fort. Elle s'ennuie beaucoup. Mais pour les affaires… Je me permets de vous donner mon avis…

– Votre avis m'intéresse, Palardi ! Parlez-moi encore de l'Afrique et de son commerce.

Le chirurgien rajuste son chapeau. Il joue les modestes sans deviner l'ironie du capitaine. À côté, le pilotin Morel essaie de lui faire des signes.

– Je ne suis pas exactement un spécialiste, reprend Palardi, mais je suis bien content si je peux vous être utile.

– Utile ? Vous ne m'êtes pas seulement utile, vous êtes mon sauveur, Palardi. Je me suis donc trompé de plus de cinquante lieues ? Vous entendez ? Morel ! Vaugelende ! Absalon ! Même un tireur ivre vise mieux que moi. Bon Dieu de bon Dieu, nous sommes à plus de cent milles trop au sud. Je suis un incapable, nom d'un nœud de chaise !

Gardel se frappe la poitrine comme un mauvais tragédien. Il prend les autres à témoins :

– Un débutant ! Voilà le capitaine qu'on vous inflige, messieurs.

Palardi commence à s'inquiéter de ce spectacle. Le capitaine s'approche de lui.

– Dites-moi, monsieur le chirurgien…

– Oui.

– S'il me venait à l'idée…

– Oui ?

– S'il me venait à l'idée de vous ouvrir doucement le ventre pour vous opérer de la rate ou du foie avec les ciseaux de la voilerie, si je faisais cela maintenant sur le pont devant tout le monde, en vous recousant ensuite avec du fil de pêche…

Palardi avale anxieusement sa salive.

– Pardon ?

– En seriez-vous heureux ? continue Gardel.

– Je… C'est plutôt le travail de…

– D'un chirurgien ?

– Oui.

– C'est vrai. Vous avez raison.

Le capitaine fait mine de s'éloigner, s'arrête et revient sur ses pas.

– Et vous ?

– Moi ?

– Êtes-vous le capitaine de ce bateau, Palardi ?

Il attrape le chirurgien par l'oreille, ne hausse même pas la voix mais le soulève presque.

– Non ?

– Non...

– Alors pourquoi essayez-vous de m'expliquer mon métier ? Comment pouvez-vous croire que je ne sais pas où je vais ?

Les pieds de Palardi ne touchent plus le sol. Il geint doucement.

– Je n'ai jamais pensé une seconde m'arrêter à Saint-Louis, dit le capitaine. Je sais qu'il n'y a rien à espérer en ce moment sur cette partie de la côte. Quant à Gorée... Trois navires de La Rochelle doivent y être en ce moment, sans compter ceux de Nantes ou de Honfleur qui se battent pour deux captifs maigrelets et de l'ivoire jauni.

Le capitaine lâche enfin l'oreille du chirurgien. Il tourne sur lui-même pour parler à l'équipage.

– S'il y en a d'autres qui pensent qu'on est arrivés qu'ils lèvent la main !

Il les regarde un par un.

– Vous croyez que c'est fini alors que ça commence à peine. Il faudra encore dix jours avant d'arriver à Elmina. Écoutez-moi bien. On ne touchera pas terre avant ce jour. C'est là que commencera notre traite. On achètera tout ce qu'on trouvera. Et puis on dérivera le long de la côte, jusque chez le roi du Congo s'il le faut. Et plus loin ! Jusqu'à ce qu'il n'y ait plus la place pour un nouveau-né dans la coque de ce navire, qu'il n'y ait plus une bouffée d'air à respirer sous ce plancher. Vous avez compris ?

Ceux qui sont dans les haubans s'accrochent au chanvre pour ne pas s'évanouir. L'équipage semble avoir compris.

– Le bateau doit être prêt dans dix jours. Jusqu'à aujourd'hui, certains d'entre vous ont pu se cacher, mais dans les temps qui viennent, je vais les faire sortir de leur trou un à un. Ils vont travailler jusqu'à tomber devant moi. Je préfère qu'ils s'écroulent maintenant plutôt qu'avec cinq cents captifs à bord. Vous venez de passer deux mois au paradis. Préparez-vous à l'enfer !

Abel Bonhomme s'appuie au grand mât en tremblant. Il est sûr que Gardel parlait de lui.

– Où est Tavel, le tonnelier ? hurle le capitaine.

– Il est malade, dit timidement le chirurgien en se frottant l'oreille.

– Malade ?

– Il se repose un peu dans la chaloupe, ajoute Palardi en montrant la barque bien arrimée au-dessus du pont.

– C'est vous le médecin, Palardi. Si Tavel n'est pas sur pied demain soir, je vous débarque tous les deux dans les îles Bijagos. Il y a de belles plages et des serpents de dix pieds de long. Vous avez compris ?

– Oui, capitaine…, souffle Palardi.

– Et Poussin ? Qu'est-ce qu'il fait, Poussin ?

– Je suis là, dit le charpentier en passant la tête dehors.

– Où en est cette barricade ?

– On va manquer de bois pour terminer, je vous avais prévenu, mais les trois quarts sont prêts à être montés.

– Combien d'hommes il vous faut ?

– Huit.

– Et combien de temps ?

– Cinq jours pour tout assembler.

– Vous irez chercher du bois sur la côte de l'Or quand on arrivera à Elmina ou à Cape Coast. Installez déjà ce que vous avez. Je vous donne quatre hommes et trois jours.

– Cinq. J'ai demandé cinq jours. Et huit hommes.

– Puisque vous vous plaignez, vous n'en aurez que deux.

– Pourquoi ?

– Parce que c'est mon bon plaisir. Et si ce n'est pas terminé à temps, vous rejoindrez MM. Tavel et Palardi dans leurs îles, au milieu des moustiques et des serpents mambas.

Gardel tourne les talons en criant :

– Sud, sud-ouest à la barre ! Abattez au grand largue ! Au travail, tous ! Et le fouet pour celui qui se plaindra.

Il s'éloigne. Tout l'équipage se met en mouvement. Des hommes rejoignent le charpentier.

– Descendez et attendez-moi dans l'entrepont, leur dit tranquillement Poussin, j'ai une dernière chose à régler.

Il suit des yeux le chirurgien, qui s'est engagé sur l'un des passavants et met un pied dans la chaloupe. Il le rejoint.

Là, sous un toit de lin goudronné, est allongé le tonnelier Tavel, la tête posée sur un sac de paille.

Poussin regarde Palardi qui se penche vers lui et lui pose la main sur l'épaule.

– Comment vous sentez-vous, Tavel ? interroge bêtement le médecin. Il va maintenant falloir penser à guérir.

Le malade agite la tête.

– Et vous le soignez comment ? demande Poussin en écartant Palardi.

– Je lui fais le matin des saignées au bras. Ça va finir par faire de l'effet.

– Des saignées ?

– Cinq onces de sang à chaque fois.

– Où avez-vous appris cela ?

– À Rochefort. À l'École de chirurgie.

– Vous avez certainement connu Eugénie ?

– Qui ?

– Une petite femme, rousse, de cinq pieds de haut. Elle habitait Doëlan, près de Quimperlé. J'ai logé dans sa ferme une année entière.

– Pardon ?

– Elle est morte depuis longtemps, la pauvre femme. Elle avait quatre-vingts ans, des yeux bleus, vous ne voyez pas ?

– Je... Doëlan ? Je ne connais pas Doëlan...

– Eugénie... Douce et dure comme le bois de hêtre, vraiment, ça vous dit quelque chose ?

– Je ne crois pas... Elle était dans le métier ?

– Pas du tout, mais je la voyais tuer le cochon chaque année en janvier...

– Et alors ?

– Alors j'aurais juré qu'elle avait fait la même école que vous.

Palardi veut attraper Poussin à la gorge, mais le charpentier le balaie d'un revers de la main et le fait rouler au fond de la chaloupe à côté de Tavel.

– J'essaie de vous sauver la vie, Palardi. Ne faites plus rien à ce malade. Donnez-lui à boire l'eau de cuisson du riz. C'est la seule chose à faire contre la dysenterie. Demandez-en à Cook. Ouvrez le toit pendant la nuit, laissez Tavel à l'air libre, et attendez. Il lui faut du temps. Je vous demande d'attendre.

– Je ne peux pas attendre, gémit le médecin. Vous avez entendu ce qu'a dit le capitaine ?

– À votre avis, pourquoi Gardel veut-il absolument que le tonnelier guérisse ?

Palardi n'hésite pas longtemps.

– Pour qu'il fabrique ses tonneaux.

– Parfaitement. Ce n'est pas juste pour sa bonne santé ! Alors laissez cet homme tranquille. Moi, je me charge du capitaine.

Poussin se penche vers le malade avec un sourire réconfortant.

Il lui souffle :

– Dormez, Tavel. Ne vous inquiétez de rien. On va vous sortir de là.

À côté d'eux, le chirurgien cherche quelque chose à dire, mais le charpentier a déjà quitté la chaloupe. Palardi reste seul avec les petits gémissements du tonnelier. Il a envie de pleurer aussi. Il sait bien qu'il n'a jamais guéri personne. Il s'est tourné vers la marine marchande parce qu'il n'en pouvait plus des navires de guerre où, pendant les combats, il soignait à la scie, un tablier de boucher autour des reins.

Poussin est descendu retrouver ses hommes.

– La barricade partage le pont en deux parties, explique un matelot à Abel Bonhomme. Elle sépare l'avant et l'arrière. Si les captifs se révoltent, cette barrière nous sauvera.

– Il suffira d'être du bon côté, ajoute Poussin en entrant.

Absalon, le maître d'équipage, surgit juste derrière lui. Il vient chercher Joseph Mars.

– Moi ?

– Le capitaine veut te parler. Dépêche-toi.

Joseph obéit. Poussin le regarde partir et dit aux autres :

– Devinez ce qu'on va faire maintenant.

– La barricade.

– Non, dit le charpentier.

Il sourit devant la surprise des matelots et déclare :

– On va faire des tonneaux.

Après les mots terrifiants du capitaine, le cœur d'Abel Bonhomme se remet à battre. Sur les deux jours de travail qu'on lui accorde, le charpentier en donne la moitié pour tenter de sauver le tonnelier. Un tout petit peu de clarté vient de se poser dans le regard d'Abel Bonhomme qui depuis des mois souffre de chaque seconde passée à bord.

En commençant à cercler le premier tonneau, Abel repense à la monstrueuse déclaration de Gardel. Il essaie d'imaginer son avenir. Si ces deux derniers mois étaient vraiment un paradis, à quoi pourra bien ressembler l'enfer ?

17

La fortune

Joseph est passé dire un mot au cuisinier puis il a volé vers la chambre du capitaine. Très concentré, il frappe deux coups à la porte.

C'est la première fois qu'il revient ici depuis cette nuit du mois d'août où il a emprunté les diamants et la montre. Au bruit que fait la porte en s'ouvrant, il comprend qu'on a ajouté une autre serrure. Désormais, Gardel se méfie. Voilà pourquoi Joseph n'a jamais pu y remettre les pieds.

– Assieds-toi, dit le capitaine.

Joseph entre. Il reconnaît tout de suite le bruit de l'horloge. Il s'assied. Devant lui, le plateau de la table est en acajou. Deux pieds ont été coupés pour qu'elle reste horizontale malgré la forte pente du plancher à l'arrière du navire. Des cadres dorés pendent au mur. Les rideaux sont relevés et font un drapé autour de chaque fenêtre, comme au théâtre. Ici, tout est raffiné. Comment croire qu'à deux pas de là, le reste du navire ressemble de plus en plus à une prison ?

Très haute, recouverte de rouge, la couchette du capitaine est comme un lit oriental. De l'autre côté, dans l'angle des dernières fenêtres, s'ouvre un petit cabinet d'aisances. Ce sont les toilettes personnelles du capitaine: sûrement le plus grand privilège sur ce navire. Le reste de l'équipage se partage une plateforme percée en plein air sur les poulaines, à l'avant, avec le vent et les vagues qui vous frappent au pire moment.

– Tout à l'heure sur le pont, dit Gardel, je parlais des faibles qui se cachent… Tu te souviens?

– Oui.

Le capitaine se promène dans la pièce. Il ouvre et ferme son coupe-choux, un de ces grands rasoirs pliables qui sont ses jouets préférés.

– Quand j'en parlais, je ne pensais même pas à toi.

– Merci.

Joseph sent cette présence qui passe très près de lui dans son dos.

– Je ne te mens pas. Il y a quelques marins à bord que j'oublierai peut-être dans une crique de la Côte-au-vent ou que j'échangerai avec un autre navire. Mais je ne t'ai jamais compté parmi ceux-là.

Joseph entend derrière lui le petit claquement du rasoir que Gardel replie dans son manche en ivoire.

– Non, je ne te range pas dans ce lot, Joseph Mars.

Il s'immobilise.

– Toi, je te mets plutôt avec les cafards et les rats. Pour ceux-là, je ne prends pas la peine de descendre le canot que tu vois ici, pendu juste au-dessus de la fenêtre, et de les amener sur une plage déserte. Un rat, c'est plus rapide de le couper en deux, la nuit, par surprise dans le fond de la cale.

Nouveau claquement sec du rasoir suivi d'un long silence.

– Un parasite. Une bouche que je nourris inutilement. Il faut que tu me comprennes, petit. Tu ne fais rien de ce que je t'ai demandé. Pas un progrès de plus en un mois. Est-ce que tu sais ce que tu me dois ?

– Non.

– La vie. Tout simplement.

Joseph se tait. Le capitaine s'est arrêté derrière lui.

– Petit, j'ai beaucoup réfléchi, dit-il. J'essaie de comprendre ce que tu es en train de faire. Soit tu es sincère et tu n'as rien trouvé à propos du parchemin du vieux pirate. Soit tu ne veux pas me dire ce que tu sais. Dans les deux cas, ton sort sera le même.

L'horloge est fixée à la cloison, juste devant Joseph qui ne la quitte pas des yeux. Au-dessus du cadran est sculptée une petite fille noire qui a dans les cheveux une fleur de coton.

Joseph la regarde. Il semble compter sur elle. Il attend quelque chose.

– Pour ma curiosité, continue le capitaine, et avant qu'on en finisse, veux-tu me dire laquelle des deux explications était la bonne ? Réponds franchement, cela ne changera rien.

– La seconde.

– La seconde ?

– La seconde explication, oui. Je ne sais pas ce que vous ferez de moi le jour où j'aurai tout résolu. Alors je ne dis peut-être pas tout ce que j'ai découvert. C'est humain.

Gardel ricane doucement.

– Humain ?

Il fait le tour de la table, tire une chaise et s'assied en face. Il attend un peu et plante soudain la lame de rasoir dans le plateau juste devant Joseph.

– Tu crois que tu peux négocier ?

– Oui.

– Qu'est-ce qui me prouve que tu en sais plus que ce que tu dis ?

– Et vous ? Qu'est-ce qui me prouve que vous m'emmènerez avec vous le jour où vous saurez où se trouve le trésor de Luc de Lerne ?

Gardel se remet à rire en silence. Puis il se tait.

Il réfléchit un peu et demande :

– C'est ce que tu voulais ? Des garanties ?

– Oui.

– Écoute, petit. Tu vois l'aiguille de cette horloge ? Dans deux minutes, elle sonnera midi. Si avant le dernier coup, j'ai la preuve que tu progresses, je jure que tu seras avec moi quand je déterrerai le trésor.

– Vous le jurez sur quoi ?

– Ma parole d'homme.

Cette fois, c'est Joseph qui fait un grand sourire.

– Quoi ? demande Gardel.

– Je ne crois pas à votre parole d'homme.

Le capitaine serre les dents.

– Alors ? Qu'est-ce qu'on fait ? demande-t-il.

– Jurez sur la mer et les tempêtes, dit Joseph.

– Comment ?

– Jurez sur la mer et les tempêtes.

Gardel change de visage. Il hésite. Il est le seul marin au monde à mépriser toutes les superstitions. Et pourtant ce serment lui fait peur. Il ne croit en rien, trahirait tous les dieux du ciel, mais on ne plaisante pas avec la mer et les tempêtes.

– Dépêchez-vous, dit Joseph, l'horloge va sonner.

– Je le jure, grogne Gardel.

– Sur la mer et les tempêtes ?

– Sur la mer et…

– Les tempêtes.

– Sur la mer et les tempêtes, dit enfin le capitaine, le visage aussi blanc que le grand pavillon des navires de commerce qu'on voit flotter dans le vent derrière les fenêtres de la chambre.

À peine ont-ils scellé ce pacte que l'horloge se met à sonner. Au-dessus du cadran, la petite fille à la fleur de coton s'est mise à frapper sur la cloche avec une fine baguette dorée. Un coup, deux coups…

Comment Joseph a-t-il pu prendre ce risque ?

Sept, huit.

Le neuvième coup vient de sonner. Gardel reprend des couleurs en surveillant Joseph. Dans trois secondes leur pacte ne vaudra plus rien.

Mais au moment où la petite fille à la fleur frappe une douzième fois sur la cloche, de grands coups retentissent contre la porte.

Le capitaine arrache la lame plantée dans l'acajou de la table.

– Qu'est-ce qui se passe ?

Il se lève et va ouvrir la porte.

– Vous m'avez demandé ? interroge quelqu'un.

Assis à la table, Joseph a reconnu l'accent de Cook.

– Vous pouvez entrer, ordonne-t-il de loin, comme s'il était dans sa chambre.

Gardel s'écarte et laisse passer le cuisinier.

– On m'a dit que vous m'attendiez à midi.

– Asseyez-vous en face de moi, lui dit Joseph.

Gardel regarde la scène, incapable de réagir. Il a l'impression d'être le valet de cet enfant qui se prélasse chez lui.

Au moment où il va refermer la porte, le chat se glisse dans l'entrebâillement, entre dans la chambre et saute sur les genoux du cuisinier qui vient de s'asseoir.

Toujours plus ahuri, le capitaine claque la porte. Il se retourne vers eux. Cook caresse tranquillement la tête de son chat.

– Il ne peut pas se passer de moi, s'excuse-t-il.

Il sourit et ses joues se gonflent comme des voiles dans un coup de vent.

– Comment s'appelle ce chat ? demande Joseph.

– Hercule, répond Cook avec tendresse.

Gardel est de plus en plus désemparé.

– Hercule ? demande encore Joseph.

– Oui.

– Pouvez-vous expliquer au capitaine pourquoi vous lui avez donné ce nom ?

Cook ne sourit plus du tout. Il ne répond pas. Il jette un œil vers Gardel.

– Dites-nous pourquoi vous l'avez appelé Hercule, ordonne Joseph.

Le cuisinier regarde maintenant Joseph. Il croit comprendre avec horreur ce qui l'a fait convoquer à l'arrière.

– C'est une vieille histoire, dit-il. J'ai déjà payé pour ces années.

– Quelles années ? hurle le capitaine qui ne comprend toujours rien.

– C'est Abel qui t'a raconté ça ? demande Cook à Joseph.

Mais il n'attend pas la réponse.

– Je lui pardonne. J'aime bien Abel. C'est moi qui lui ai trop parlé.

– Expliquez-moi ! ordonne Gardel. Je ne comprends rien !

– Hercule, c'est le nom d'un canon qui tirait de la fonte de quarante-huit livres. Il était sur la goélette où j'ai servi pendant quinze ans. Les boulets pouvaient traverser les coques de deux navires rangés l'un à côté de l'autre.

– Ne me prenez pas pour un crétin. On n'a jamais vu de canon de quarante-huit, dit Gardel.

– Moi, j'en ai vu.

– Comment s'appelait ce bateau ?

– C'était un quatre-mâts qui s'appelait *L'Hydre*, répond le cuisinier.

Gardel se tourne vers Joseph. Ce gamin est un démon. Il va encore sauver sa peau.

– *L'Hydre* ? répète Gardel.

– Oui.

Le regard de Gardel revient lentement vers le cuisinier. Il n'a connu qu'un seul quatre-mâts sur toutes les mers. C'était celui de Luc de Lerne.

– Bon Dieu, dit -il.

Il dévisage Cook.

Avec son accent de Londres et ses joues comme des balles de croquet, ce drôle aurait navigué quinze ans avec le célèbre pirate.

Cook baisse les yeux.

– Comment Abel Bonhomme est-il au courant ? demande le capitaine.

– Il a vu le tatouage dans son dos, répond Joseph.

Gardel passe derrière Cook et déchire violemment sa chemise. Il voit apparaître en haut du dos du cuisinier un pirate debout en équilibre sur deux crânes. C'est le dernier pavillon noir de Black Bart, le drapeau que Luc de Lerne avait hérité de son maître à l'âge de vingt ans. Cook ne ment pas. La preuve est là, gravée à la poudre à canon sur sa peau noire.

Le capitaine rabat la chemise du cuisinier. Il savait que cet homme cachait quelque chose. Il ne se trompe jamais.

Devant son regard exalté, Cook s'est levé brutalement.

Le chat a bondi sur le plancher et va se cacher sous le lit.

– J'ai payé, dit-il. J'ai passé quatre ans dans la boue de la prison de Portchester. On a failli m'enlever les deux jambes à cause de la gangrène. J'ai payé pour ces années.

Le capitaine s'approche de lui.

Joseph a malheureusement encore raison. Cook est l'homme qu'il leur faut. Qui est mieux placé que lui pour les aider? Quinze années passées auprès de Luc! Il suffira de l'interroger et de jouer assez finement pour qu'il ne puisse pas se douter de ce qu'ils cherchent.

La voix de Gardel est suave comme elle ne l'a jamais été.

Il lui pose la main sur l'épaule.

– Ne t'inquiète pas, dit-il. Retourne travailler. J'avais du respect pour le vieux Luc. Un jour tu me raconteras des choses. Je suis content que Mars m'ait parlé de toi.

Mais Joseph Mars semble très loin dans ses pensées.

Il a suivi des yeux le chat Hercule.

– Mars?

Le capitaine Gardel regarde Joseph se lever à son tour et venir s'agenouiller devant la banquette. Il glisse la main entre les plis de toile rouge qui tombent du lit. Les deux hommes l'entendent appeler le chat.

Joseph écarte le couvre-lit.

– Hercule, chuchote-t-il.

Le matelas est simplement posé sur deux caisses de presque trois pieds de haut. En glissant sa main sous le lit, Joseph sent les gros cadenas de fer forgé qui les ferment. Il saisit le chat par la peau du cou et le tire vers lui. La toile retombe jusqu'au plancher et fait disparaître les caisses.

Joseph se relève. C'était la seule chambre inaccessible de tout le navire. La seule qu'il n'a pas pu fouiller de fond en comble.

– Je l'ai. Je le tiens, dit-il en montrant Hercule.

Cook vient récupérer son animal et le serre contre lui.

– Sortez, maintenant! dit le capitaine que ces niaiseries commencent à exaspérer.

Cook et Mars s'en vont. La porte se referme sur eux.

– Pourquoi tu as fait ça? chuchote Cook quand ils arrivent près des cuisines. Tu veux ma mort?

– Je crois plutôt que je t'ai sauvé la vie, répond Joseph mystérieusement. Et j'ai sauvé la mienne en même temps.

Cook regarde avec méfiance s'éloigner le pas léger de cet étrange enfant.

– Et j'ai surtout trouvé ce que je cherchais, lance Joseph avant de disparaître.

– Le chat? demande Cook.

On entend juste la réponse joyeuse de Joseph:

– Non! La fortune.

DEUXIÈME PARTIE

18

Un éléphant dans une boîte à chapeaux

Il faudrait être un courant d'air pour se glisser sous l'énorme porte de l'hôtel de Bassac, rue de l'Escale, à La Rochelle, ne pas être arrêté par le cocher dans la cour, souffler sur les feuilles mortes, passer sous la dernière grappe de raisin de la treille, franchir une porte vitrée et pénétrer dans la maison.

On pourrait alors s'enfoncer dans les salons aux plafonds couverts de sirènes et de goélettes, aux tapisseries représentant tous les dieux de la mer, éviter les valets postés sur chaque palier, et, arrivé à l'étage, entrer par la serrure d'un vaste bureau en se cachant des deux hommes qui sont en train d'y parler, s'envoler doucement le long des miroirs, atteindre enfin une galerie longeant les plus hauts rayons de la bibliothèque, et surprendre la jeune fille qui semble endormie au milieu des livres.

Mais Amélie Bassac ne dort pas. Elle a été interrompue par l'arrivée de son père et du comptable Jean Saint-Ange. Elle a préféré ne pas signaler sa présence. Depuis quelques minutes, à moitié écrasée par l'énorme troisième volume du *Dictionnaire universel du commerce* posé sur son ventre, elle essaie de comprendre le sens de ce qui se dit gravement en dessous d'elle dans le bureau.

– Je ne dors plus, Saint-Ange. Toutes mes nuits sont blanches.

– Ne vous empêchez pas de dormir, monsieur Bassac, vous n'avez rien à craindre, répond le jeune Saint-Ange, un sourire rassurant dans la voix.

– Mais c'est tout ce que j'ai, souffle Bassac. Tout ce que j'ai au monde, avec cette maison, ces quelques meubles. Et ma fille.

– Et quatre cents hectares de plantation à Saint-Domingue, ajoute Saint-Ange. Et cent cinquante Noirs qui y travaillent !

Silence. Amélie entend craquer le parquet ciré sous les pas de son père.

– Et si quelqu'un l'avait découvert ? continue-t-il.

– Vous savez bien comme nous avons été prudents. Ce n'est presque rien, d'ailleurs. Ça ne se voit pas.

– Presque rien ? tonne Bassac.

– Est-ce que vous me croirez si je vous dis qu'on aurait pu tout faire tenir dans quatre ou cinq caisses d'un pied de côté ?

Amélie tend l'oreille. Elle ne voit pas du tout de quoi ils parlent. Qu'y a-t-il de si précieux qui tiendrait dans des cubes hauts comme une pile de livres ?

Quelques années plus tôt, après la mort de sa femme, Bassac a vendu des bijoux parce que sa fille lui jurait qu'elle ne les porterait jamais. Mais reste-t-il d'autres souvenirs de valeur quelque part ? Amélie pense aux papiers de famille que son père accumule, les contrats de mariage de ses ancêtres, les factures de la petite épicerie de l'arrière-grand-père, au temps où la famille Bassac était encore dans son village.

– Même le capitaine Gardel ne sait rien, dit Saint-Ange. Il n'y a qu'un seul homme dans l'équipage qui est au courant. Il nous tiendra informé de tout.

– Est-il fiable ? D'ailleurs, vous ne m'avez toujours pas dit son nom. Quatre mille cinq cents kilos, tout de même, comment voulez-vous… ?

Ces derniers mots de l'armateur sont couverts par l'entrée précipitée d'un bolide. C'est Mme de Lô, la redoutable préceptrice d'Amélie. Elle a ouvert d'un coup d'épaule les deux battants de la porte. Emportée dans son élan, elle glisse sur le parquet et s'arrête juste devant Bassac.

– Je vous prie de m'excuser, dit-elle.

– Vous cherchez quelque chose, madame ?

– Non.

– Rien ?

Mme de Lô reprend son souffle.

– Un livre peut-être, je ne sais plus.

Saint-Ange la regarde. Elle est compacte, haletante. Son œil pétille. Sa haute coiffure semble doubler sa taille. Sa robe a un siècle de retard sur la dernière mode, avec des broderies vertes à feuillage et des rubans qui soulèvent l'étoffe sur les côtés.

– Monsieur, dit-elle à Bassac, je vous signale en passant, puisque je suis là…

Mme de Lô jette des coups d'œil par-dessus l'épaule de Bassac. Là-haut, Amélie se baisse pour ne pas être vue.

– … qu'on s'apprête à vous faire savoir que le repas est servi sous la verrière.

– Ma fille y est déjà ?

– Je… Je ne sais pas. Sans doute.

– Alors je descends, dit Bassac.

Il se tourne vers son comptable.

– Saint-Ange, dites-moi, vous n'avez rien reçu depuis le premier courrier de Lisbonne ?

– Rien pour l'instant. Notre homme a dû confier un autre message à un bateau quand le navire a touché l'Afrique. Nous aurons aussi les lettres officielles de Lazare Gardel. Il ne nous reste qu'à attendre.

Bassac soupire.

– Vous me coupez l'appétit. Revenez demain avec de bonnes nouvelles, s'il vous plaît.

La porte gémit et claque. Le silence retombe dans la pièce. On entend des pas résonner sur le palier.

Amélie attend encore un peu. Elle se lève enfin, range le dictionnaire et s'engage dans le colimaçon de l'escalier qui descend de la galerie. Les pieds nus enfoncés dans le tapis profond, elle s'approche du bureau de son père.

Une immense maquette de navire est suspendue au plafond. C'est *La Rose pourpre,* le premier bateau de Bassac, perdu depuis bien longtemps. La maquette est accrochée par un jeu de poulies qui la retient au-dessus du bureau et donne à la pièce un air de haute mer.

Quand elle était plus petite, Amélie détachait la corde et descendait lentement *La Rose pourpre* sur le cuir du bureau pour promener son œil par les ouvertures à l'intérieur de la coque.

Mais ce matin-là, il n'y a sur le bureau qu'un carré de papier avec quelques mots griffonnés.

– Amélie ?

Elle se retourne et découvre Jean Saint-Ange près de la fenêtre.

Il n'est pas sorti avec les autres. Il l'a surprise quand elle descendait de la galerie.

– Vous êtes attendue sous la verrière, il me semble. Votre gouvernante…

– C'est ma préceptrice. Elle ne gouverne personne, monsieur.

Il sourit.

– Elle vous cherchait mais ne l'aurait jamais avoué, même morte d'angoisse et au bord de l'apoplexie !

Amélie n'a pas bougé. Appuyée sur le bureau, les mains dans le dos, elle regarde Saint-Ange dans les yeux. Elle est furieuse de se présenter pieds nus devant cet homme. Elle creuse la laine du tapis avec son gros orteil.

– D'ailleurs, ne m'appelez pas Amélie.

Cet homme est amoureux d'elle. Elle le sait. Elle n'aime pas les gens amoureux. Elle n'aime ni l'amour ni les gens, d'ailleurs.

Elle aime juste son père qu'elle trouve émouvant.

Et aussi Mme de Lô qui est folle mais qui connaît la chimie, le grec, l'anglais et l'arithmétique, et ce que l'on doit savoir en philosophie et en casuistique. Elle lui apprend aussi le piano et l'astronomie. Elle n'est sûrement pas sa gouvernante. Amélie l'appelle son gouvernail.

– Pardonnez-moi, mademoiselle, répond Saint-Ange d'une voix blanche, je vous appellerai « mademoiselle ».

En plus, cet homme est un escroc. Elle a relu les comptes des derniers bateaux. Il manque vingt mille livres, rien que sur le navire *L'Africain*. Et dans un autre bateau deux hommes et trois négrillons se sont effacés par magie des registres entre l'arrivée à Saint-Domingue et le marché aux esclaves.

Elle en a parlé un soir à son père qui a dit en riant :

– Tu n'es pas obligée de l'accuser de vol pour ne pas avoir à l'épouser ! Tu sais bien que tu feras ce que tu voudras même si cet homme a du talent. Il promet beaucoup.

Tous les hommes promettent beaucoup. Ce n'est pas une raison pour les croire. Amélie ne veut pas qu'on touche à la maison Bassac.

Chaque jour, elle dessine des courbes avec le prix du sucre, du coton et du café. Elle compte et recompte les captifs dans les registres. Elle contrôle. Elle prévoit. Elle calcule les saisons les plus rentables, la bonne trajectoire des vents et des courants. Elle aurait voulu que le navire qui porte son nom arrive à

Saint-Domingue avant Noël, au moment des récoltes de canne à sucre, quand flambe le prix des captifs.

Tant qu'elle est en vie, rien ne pourra venir ternir la splendeur de la maison Bassac.

– C'est votre père qui demande que je vous appelle Amélie, explique Saint-Ange. Il dit qu'on a presque le même âge.

– Le huitième de votre âge est la racine carrée du mien, répond Amélie Bassac avec une prétention qu'elle regrette déjà. On ne peut pas dire que nous avons le même âge.

– Pas tout à fait le huitième, mademoiselle. Je crois que vous êtes du mois de décembre.

Elle en était sûre. Elle se mord l'intérieur de la joue. « Le pire, pense-t-elle, c'est qu'il sait compter. » Voilà pourquoi elle ne lui pardonne pas les grands trous dans les livres de comptes.

– Savez-vous, Saint-Ange, que Mme de Lô vous écrit la nuit dans son bain des lettres d'amour qu'elle cache ensuite dans sa coiffure ?

Amélie a lancé ces mots au hasard, le plus vite possible, pour profiter du trouble de l'homme et pouvoir attraper derrière elle le petit papier sur le bureau.

– Pardon ? demande Saint-Ange.

– Rien. Oubliez.

Elle froisse le papier dans sa main et le fait disparaître.

– J'avais cru comprendre...

– Ne prenez pas vos désirs pour des réalités, dit-elle. Le cœur de Mme de Lô est déjà pris. Elle est fidèle à son mari, vous n'y changerez rien, même s'il l'a ruinée jusqu'au dernier sou et qu'il est mort il y a au moins cent ans.

Saint-Ange est assommé. Mission accomplie. Il ne sait plus où il en est. Pour Amélie, ce n'est pas le moment de lâcher. Elle s'élance vers la porte et, en passant tout près de lui, elle murmure :

– Mais je lui dirai vos sentiments.

Avec sa robe blanc et bleu, avec le bruit du tissu sur le parquet ciré, le tambourin de ses pieds nus, on dirait une de ces petites vagues qui galopent sur le sable et ne se laissent arrêter par rien.

– Oui, je lui dirai, on ne sait jamais, dit-elle avant de s'évaporer.

Dans l'escalier, elle passe une main sur sa robe froissée. Elle pense être débarrassée pour longtemps de l'attachement de cet homme.

Elle se trompe.

Car Jean Saint-Ange est accablé d'amour, étourdi, noyé par cette vague. Renversé contre la fenêtre, il n'est pas loin de traverser le carreau, de tomber dans les buis du jardin ou de rester accroché aux rosiers grimpants. Il cherche l'oxygène. Il veut qu'elle l'aime. Il pourrait presque oublier le grand projet qu'il prépare depuis deux ans.

Saint-Ange essaie de respirer profondément. Il doit rester calme.

Il faut faire les choses dans l'ordre.

En dévalant l'escalier, Amélie déplie la feuille attrapée sur le bureau de son père. Elle s'arrête à la dernière marche. Elle n'a pas rêvé. Quatre tonnes et demie. C'est bien ce qui est écrit. Elle l'a entendu au moment où entrait sa préceptrice. De quoi est fait ce chargement secret de quatre tonnes et demie ? Il faudra encore aller fouiller les inventaires.

Elle passe le vestibule, le petit salon. Elle entre sous la verrière. Son père est déjà à table. Il y a un beau soleil d'octobre et l'air semble vert et gris comme la mousse des arbres du jardin.

– Ma fille ! s'écrie-t-il. Te voilà.

– Papa, dit-elle doucement.

Il se lève un instant, le temps qu'elle s'asseye en face de lui. Le maître d'hôtel se présente aussitôt avec un plat sous une cloche d'argent. Un autre a surgi des rideaux et pose une serviette sur les genoux d'Amélie. Elle déteste ces politesses. Et pourquoi pas lui essuyer la bouche ou lui rajuster le jupon ?

– Tu as vu Saint-Ange ? demande son père.

– Non.

– Il aurait sûrement aimé te croiser.

– Sûrement.

– C'est un garçon gentil.

– Non.

Amélie répond distraitement. Elle est ailleurs. Elle ne voit plus son père, ni le maître d'hôtel debout contre sa chaise, ni l'autre qui s'approche encore avec ses gants blancs pour soulever la cloche et la servir de champignons à la crème, ni Mme de Lô qu'on voit au loin et qui la cherche encore au fond du jardin.

L'esprit d'Amélie est entièrement occupé par des raisonnements de physique et de géométrie.

Le mystérieux chargement pèse quatre tonnes et demie. Et Saint-Ange disait pouvoir le faire tenir dans quatre cubes d'un pied de côté. Il y a quelque chose qui ne va pas dans cette histoire. Autant ranger un éléphant dans une boîte à chapeaux.

19

Si c'était eux

Impossible de continuer à remonter les traces. Awoshi est arrivé le premier au bord du ravin. Le cheval ne pouvait pas venir de plus loin. Les pas commencent là, brutalement, près d'un gouffre rempli de végétation, comme si le cheval était apparu de nulle part à cet endroit.

Awoshi se retourne. Baako et son père sont encore loin derrière lui. Ils marchent lentement, accablés de fatigue. Ils ne croient plus à cette quête impossible. Depuis de nombreux jours, ils ne voient même plus les empreintes que poursuit leur jeune chef Awoshi. Elles n'existent plus sur le sol. Le temps a piétiné les traces du cheval.

Pourtant, Eeko et Baako, terrorisés par leur chef, continuent à le suivre. Ils ont surtout l'impression de suivre les traces de sa folie.

Mais pour la première fois, devant ce ravin inaccessible, Awoshi pense comme eux. Il ne doit pas continuer ainsi. Il sait qu'il est dévoré par la légende des derniers Okos. La nuit, il ne rêve même pas du prix auquel il les vendra mais seulement de l'ivresse de les tenir enfin.

Parvenu à cet endroit, si loin de son pays ashanti, il est prêt à renoncer. Il faut s'arrêter. Awoshi est assis sur ses talons et attend ses hommes. Il regarde le ravin rempli d'épines. Un cheval ne peut pas être sorti d'entre ces falaises.

De loin, la montagne qu'ils viennent de grimper ressemblait à un volcan immense. Ce ravin doit conduire à un cratère de pierre et d'épines. Comment imaginer que quelqu'un pourrait s'y cacher ?

– Awoshi, dit Baako en arrivant, mon père veut te parler.

Très affaibli, le vieil Eeko est derrière son fils.

Awoshi le dévisage et dit :

– Il n'a pas besoin de parler. Ses yeux le font pour lui. Et j'entends ce qu'ils disent. C'est le moment de rentrer chez nous.

Baako et son père se regardent.

– On rentre à la maison, dit Awoshi.

Il est calme, rassuré d'avoir entendu sa propre voix annoncer que c'était fini. Pourquoi s'est-il entêté dans cette longue expédition ? Plusieurs lunes de marche à travers des terres inhabitées alors que son peuple pourrait se contenter de vendre ses prisonniers de guerre, ses voleurs ou ses assassins.

Le vieil Eeko a tourné sur lui-même et s'en va déjà.

– Attends, dit son fils. Il faut t'asseoir un peu.

– Je suis prêt, dit Eeko. Je veux rentrer chez nous.

Baako aide son père à s'asseoir.

– Je ne suis pas fatigué, dit celui-ci.

Le père et le fils sont assis. Des branches au-dessus d'eux les protègent du soleil. Baako a posé la main sur le genou de son père. Il rit de son impatience.

– Tu verras, explique Eeko. À mon âge, chaque heure compte.

Awoshi est à l'écart sur un rocher plat. Il les entend parler. On dirait qu'ils sont déjà de retour, dans l'ombre de leur maison. On dirait qu'on va entendre les voix des femmes près d'eux, ou celles des enfants qui se baignent sous le grand arbre et plongent du haut de ses branches en poussant des cris de joie.

Awoshi se rappelle qu'autrefois cette douceur lui suffisait.

– On s'en va ?

Ses hommes l'ont rejoint. Ils se mettent en marche tous les trois. Eeko est comme un oiseau bavard.

– C'est mon fils qui était fatigué. Tu sais ? Ce n'est pas moi. Il se servait de moi pour pouvoir s'asseoir un peu.

Ils descendent un passage très raide. Face aux rires de ses compagnons, le vieil homme en rajoute :

– Si je ne l'avais pas tiré de là, il aurait passé la nuit assis sur cette pirogue. Et toi, Awoshi, tu dormirais comme un nourrisson.

Baako s'amuse encore derrière lui mais, juste devant, Awoshi s'est arrêté. Il regarde Eeko.

– Qu'est-ce que tu as dit ?

– Je riais. J'ai parlé d'un nourrisson... Mais...

– Avant !

Eeko le regarde, apeuré.

– Qu'est-ce que tu as dit avant ?

– Je ne sais pas. Je ne voulais pas...

– Une pirogue...

– Quoi ?

– Tu as parlé d'une pirogue.

– Sous la mousse où on était assis, il me semblait, je ne suis pas sûr... on aurait dit le dos d'une pirogue.

Awoshi remonte la pente en courant. Quand les autres le rejoignent, il a déjà fait rouler le tronc d'arbre. Il passe la main sur le bois écorché.

– Qui porte des pirogues en haut des montagnes ? demande Baako en riant. Où sont ces géants ?

C'est bien une petite pirogue couverte de mousse.

Baako parle fort. Il essaie de réveiller la bonne humeur retombée. D'un coup de pied, il fait sonner le bois creux. Mais derrière lui, Awoshi s'est tourné vers le ravin rempli d'arbres hérissés, de ronces et d'épines.

– Un jour, il y a eu de l'eau ici.

Baako s'approche de lui.

– Viens, dit-il, on a dit que c'était fini.

– Le cheval est sorti de l'eau.

– Viens…

Baako essaie de lui tenir le bras mais Awoshi se dégage.

– Le cheval n'est pas tombé du ciel, répète-t-il. Il y avait bien un passage.

Baako insiste. Cette fois, Awoshi le jette au sol. Il braque vers lui le canon de son fusil.

– Tu crois que je vais m'arrêter alors que je viens enfin de trouver ?

– Tu n'as rien trouvé ! hurle Baako. Tu es fou, Awoshi ! Je te le dis même si tu dois me tuer. Est-ce que les pirogues traversent les forêts ?

Le jeune homme pleure dans la poussière.

– Mon fils a raison, dit Eeko à Awoshi. Peut-être qu'il y avait de l'eau, il y a très longtemps. Mais on ne peut pas attendre ici que reviennent les pluies.

– Non, on n'attendra pas, dit Awoshi en retrouvant son calme. On n'attendra pas la pluie.

Il baisse lentement son fusil. Les deux hommes le supplient.

– Tu es fou ! crie Baako. Tu veux mettre des ailes à cette pirogue ?

– Viens avec nous, implore Eeko. Il faut retourner chez nous.

Awoshi regarde le ravin. Il frotte entre ses doigts un peu de poudre noire échappée de son fusil.

Il a toujours pris les chemins contraires. Quand il faut suivre les traces d'un cheval, il préfère les remonter. Quand Moïse Shackle indique une direction, il en prend une autre. Et quand l'eau semble être le seul moyen de passer…

– Le feu, dit Nao devant sa maison. Le feu.

Elle est seule. La fumée monte au loin entre les falaises. Soum est parti éteindre ce feu. La journée se termine. Nao est restée près du figuier, fatiguée par les épreuves et l'enfant qu'elle attend.

Et si c'était Mosi, Lam et Alma qui revenaient ? Si c'était eux ?

20

Éparpillés

Dans la vallée, ils n'ont connu le feu qu'une seule fois, juste après la naissance d'Alma. La prairie brûlait. C'était un soir de tonnerre et d'éclairs. On voyait passer dans la nuit, comme des torches bondissantes, les antilopes en flammes. Des oiseaux de proie chassaient sur la ligne de feu. Le ciel brûlait aussi.

Aujourd'hui, c'est là-haut, du côté du ravin. La fumée monte, toute blanche, et retombe en pluie noire jusqu'en bas des falaises.

Depuis qu'ils ont disparu tous les trois en quelques heures… Lam, Mosi, Alma… Depuis ce jour, la vie de Nao se consume. Si tout brûle, que restera-t-il à la fin ? Elle est debout près de la porte où la lance de son mari attend toujours. Elle porte son ventre entre ses bras comme une calebasse.

Le dos contre le mur de la maison, Nao se laisse glisser. Ses paupières tombent aussi. Elle s'endort, accroupie. Le feu du repas est resté allumé dans un trou devant elle. Au-dessus du toit, dans les branches du figuier sycomore, les deux petits singes se cachent les yeux.

La nuit est tombée. Nao est maintenant réveillée. L'incendie semble terminé. Il n'y a plus de lumière du côté du ravin. On sent partout dans l'air une odeur de charbon froid, portée par le vent du sud.

Nao se relève lentement. Elle pousse une branche dans le foyer presque éteint. Elle entre dans la maison.

Elle marche dans la nuit de la pièce. Elle voudrait y trouver tous ses enfants endormis et leurs petits geignements quand ils se retournent dans leur sommeil.

Depuis qu'ils sont partis, Nao a redécouvert Soum. Pendant des années, Alma et Lam se sont partagé toute leur mère. Il ne restait presque rien à leur grand frère. Mais en quelques lunes, Soum le silencieux est devenu beaucoup plus que le gardien de Nao. Il est tout ce qui lui reste. Il est aussi la peau contre laquelle pleurer.

Elle l'appelle. Pourquoi n'est-il pas revenu ? Du fond de la maison elle voit le carré plus clair de la porte. Elle écoute. Un bruit de pas vient de glisser dans l'herbe, derrière la cloison. Dans le ventre de Nao, l'enfant s'est tapi.

– Est-ce que c'est toi, Lilim ? Lilim ?

Elle répète ce mot qui désigne l'ombre des arbres dans sa langue. Le nom très doux par lequel elle appelle chacun de ses enfants quand elle est seule avec lui.

– C'est toi ?

Elle passe le seuil et s'arrête.

Nao vient de sentir une pointe se poser derrière son oreille. Quelqu'un appuie la lance de Mosi sur sa nuque.

– Tu parles la langue oko, dit une voix.

Nao ne répond pas.

– Tu es seule ?

– Oui.

Elle a répondu en fanti pour brouiller les pistes.

– Tu es seule dans cette vallée ?

Elle supplie en silence le fétiche autour de sa cheville et les ancêtres sous la terre. Elle les supplie de faire que Soum reste caché quelque part. Il ne faut pas que son fils se montre.

– Pourquoi dis-tu qu'il n'y a personne d'autre ? Ne mens pas.

– Oui, je mens.

– Quoi ?

– J'attends un enfant.

Awoshi décolle légèrement la lance de la peau, le temps de venir devant elle et de la reposer sur le milieu de sa gorge.

Il ne doit pas se laisser distraire. Ni par sa beauté, ni par cet enfant. Au contraire, il vient de doubler la valeur de sa prise. Il ne peut prendre aucun risque.

– Avance. Viens vers moi.

Elle s'avance. Si cet homme l'emmène tout de suite, Soum échappera à son sort. La lance recule devant elle. Nao voudrait juste pouvoir se retourner, regarder une dernière fois l'ombre du grand arbre qui tient la maison dans ses bras.

– Attends, dit Awoshi.

Il ramasse un bout de bois dans le feu et le jette sur le toit.

L'herbe entassée s'embrase d'un coup. Nao ferme les yeux. La maison brûle. Les flammes lèchent les feuilles de l'arbre.

– Moïse Shackle n'aura pas menti, dit Awoshi.

– Qui ? demande Nao en sursautant.

– Un homme qui disait que j'allais trouver ici un champ de cendres et des arbres brûlés…

Nao détourne soudain la tête de la lumière du feu.

Awoshi repasse derrière elle.

– Si tu es seule dans la vallée…

– Je suis seule.

Ils se mettent en marche. Awoshi prend son temps,

savourant la victoire, comme s'il pouvait y avoir une fierté à pousser une femme enceinte devant soi à la pointe d'une lance.

– Si tu es vraiment seule, répète-t-il, d'où vient ce garçon qui sourit et qui ne parle pas ? Celui que gardent mes chasseurs, là-bas ?

À ce moment, un nuage d'oiseaux-mouches s'échappe de l'arbre en feu, s'abat vers eux et remonte verticalement.

– Qu'est-ce que c'est ? demande Awoshi.

Ils ont disparu dans les ténèbres.

En allant vers le ravin, Nao pense à sa famille, aux derniers Okos vivants. Ils sont comme une poignée de grains, arrachés à l'épi qui les tenait serrés, et qui vont être éparpillés.

21

Le cheval et la lune

Alma retient un cri de joie. Elle se laisse tomber sur ses coudes pour regarder la carrière de terre rouge en dessous d'elle. Elle est morte de fatigue, usée par cette marche sans fin, mais elle voit enfin ce qu'elle a espéré si longtemps. Brouillard ! Il est là. Une tache blanche qui se cabre sur cette étendue rouge.

Alma vient de marcher longtemps à travers des carrés de blé, des champs de riz et d'arachides. Elle est restée sur ses gardes. Le bon ordre du paysage lui faisait deviner la proximité des hommes.

Des lignes bien droites qui séparaient les couleurs. Des chemins d'herbes et de papillons. Des arbres immenses qui restaient sagement à leur place sur le bord. Elle n'avait jamais imaginé de jardin si grand.

Chez elle, quand son père faisait pousser du blé, mélangé au trèfle mouillé, c'était juste un cercle près de la maison, un recoin de blé qui paraissait grand à Alma et Lam quand ils s'y cachaient, mais dont ils sortaient en quelques enjambées.

On dirait maintenant que le pays qu'elle traverse est un tissu cousu de dizaines de ces jardins déroulés à l'infini.

Peu à peu, depuis des semaines, le regard d'Alma a commencé à changer. Elle croyait que sa vallée contenait l'univers entier. Elle comprend que ses souvenirs étaient à l'échelle de sa taille d'enfant. Le monde qu'elle découvre n'a pas de fin et l'horizon recule à chaque fois qu'elle avance.

Après tant de jours dans l'aridité de la brousse, elle est arrivée dans ces nouveaux paysages où la regardent passer des gazelles aux pattes fines comme des brindilles, au milieu de toutes les couleurs vertes possibles, du plus tendre au plus foncé. En grimpant un sentier, elle a débouché sur un vallon encore différent, la carrière de terre rouge dans laquelle elle a découvert Brouillard.

Elle vient de comprendre que le cheval est prisonnier. Il est accroché à un poteau planté au centre. La corde couverte de terre disparaît sur le fond rouge. Brouillard tourne en rond. Son poil est resté parfaitement blanc du haut du corps jusqu'aux genoux. La corde se réduit dès qu'il fait un tour du piquet. Il s'agite encore plus depuis qu'il a senti la présence d'Alma.

– Brouillard..., murmure-t-elle.

Elle est prête à se précipiter vers lui.

Mais juste avant de bondir, elle la voit: une fille accroupie sur le côté qui ne quitte pas des yeux le cheval. Alma n'a jamais vu une autre petite fille qu'elle-même. Celle-ci a peut-être neuf ou dix ans, l'âge de Lam. Elle a dû être jetée plusieurs fois au sol en tentant de s'approcher de Brouillard. À force, elle a des traînées de boue rouge sur les jambes et les épaules. Elle ne porte que deux larges bracelets d'étain aux poignets et un cordon de coquillages autour de la taille.

La fille se lève. Elle est très fine, presque invisible dans le paysage. Même son visage a des traces de terre rouge. Elle fait un dernier essai pour venir toucher Brouillard, mais le cheval lui tourne le dos et la menace de ses sabots. Furieuse, elle se met à lui hurler des reproches en pleurant et en brandissant le poing. Elle dit au cheval d'autres choses qu'Alma n'entend pas, puis elle s'en va sans l'avoir remarquée.

À nouveau, Alma voudrait courir vers Brouillard pour le libérer. À nouveau, elle se retient de le faire. Elle pense à Lam. Ceux qui ont pris Brouillard ont dû trouver Lam en même temps. Il faut qu'elle suive cette fille pour comprendre.

Alma commence à contourner la carrière. Elle passe à côté d'un toit de paille sous lequel on doit charger la terre avec laquelle on construit les maisons. Mais le soir tombe, il n'y a personne.

Alma s'est mise discrètement dans les pas de la fille. Elle ne la quitte pas du regard. Elle pense à Brouillard. Il a dû la sentir passer si près. Que peut-il penser d'elle qui n'est même pas venue vers lui ?

Après quelques minutes de marche, au détour du chemin, le fleuve surgit derrière de grands arbres effondrés. Le fleuve lui paraît si large et si rapide entre les rochers noirs ! Alma ne connaît pas une si grande étendue d'eau.

Le temps qu'elle détourne la tête, la petite a disparu. Alma la cherche autour d'elle. Elle la retrouve plus loin et se cache pour l'observer. La fille a descendu le talus et s'est plongée dans le courant. Sur un banc de sable, des oiseaux la regardent aussi remuer les épaules dans l'eau et se frotter le cou. Elle ressort toute propre avec la peau très noire alors qu'elle semblait claire comme celle de la racine d'igname. Elle s'égoutte sous les arbres. Elle reprend son chemin le long du fleuve.

La petite ne marche pas très vite. Alma doit se forcer à ralentir le pas pour ne pas se faire remarquer. Elle entend la fille se lamenter toute seule avec des petits sanglots de colère. Depuis qu'elle a quitté sa vallée, Alma a découvert ce pouvoir étrange d'approcher sa proie sans être vue, d'être toujours prête à s'élancer même quand elle n'en peut plus.

Elle s'arrête net. Dans un tournant du fleuve, des ombres sont apparues sur l'autre rive. Une maison, puis deux, puis dix, puis cent. Un empilement de maisons de terre et de chaume. Elle ne comprend pas ceux qui les ont tassées ensemble au bord de l'eau plutôt que de leur choisir un arbre à chacune, de leur poser deux petits singes sur le toit et de la prairie à perte de vue.

Au-delà des dernières maisons, là où elles ne sont pas défendues par le fleuve, s'élève une muraille. Et puis, il y a partout de minces silhouettes de toutes les tailles qui se déplacent ou attendent. La nuit approche. Des pirogues sont remontées sur la rive. Des feux commencent à s'allumer. Le seul bruit qu'on entend est celui d'un tambour très grave et très lent qui fait friser la surface de l'eau.

Alma regarde la petite fille entrer dans le fleuve et traverser vers les maisons sur l'autre rive. Elle n'a pas besoin de nager mais il faut qu'elle se batte avec le courant à coups de hanches pour ne pas être emportée. Elle a ses mains sur sa tête, les coudes en l'air comme s'ils risquaient de fondre dans l'eau.

Alma ne bouge pas. Elle ne peut plus suivre la fille.

Elle la voit juste sortir de l'eau entre les pirogues mais elle n'entend pas son prénom qu'un enfant crie plusieurs fois :

– Sirim ! Sirim !

Alma abandonne. Elle revient vers la carrière.

Sans se laisser détourner de son but, Sirim remonte une ruelle creusée par la pluie. Elle se faufile dans le labyrinthe des maisons, effraie les poules en passant dans les cours. Elle monte vers la plus haute façade qui ressemble à une termitière. Sirim s'arrête devant ce palais de terre, appuyé à la muraille, percé de portes très basses et de fenêtres carrées. Elle pense au cheval qu'on lui a confié parce qu'elle en rêvait. Un cheval fou qu'elle n'arrive pas à ramener à la raison.

D'abord, son père n'a pas voulu céder. Il gardait de mauvais souvenirs de la folie des chevaux. Mais il avait cet animal sur les bras. Un échange avec des trafiquants de passage. Il ne savait pas quoi en faire.

Sirim lui a juré en pleurant, le front contre la terre, qu'elle calmerait le cheval avant la pleine lune. Et si elle n'y arrivait pas, il en ferait ce qu'il voudrait. Mais tout va trop vite. En quelques jours, c'est déjà trop tard. La pleine lune sera là ce soir. Le cheval n'est pas plus sage. Et le jour s'éteint déjà.

Sirim est la fille du roi et de la reine de Boussa, à la limite du pays yoruba, royaume béni par la générosité du fleuve Quorra que les gens du désert appellent Niger, ce qui veut dire « le fleuve des fleuves ». Le royaume de Boussa vit à l'écart des guerres et du commerce, même s'il est sans cesse frôlé par les caravanes de captifs, par les lourdes pirogues sur l'eau de son fleuve et par les guerriers fellanis venus du Nord pour piller les régions voisines.

Sirim, princesse de Boussa, franchit maintenant la porte du palais. C'est une suite de maisons ordinaires enduites de bouse séchée et reliées par des passages couverts ou de petites cours.

Une assemblée a lieu dans la première salle que Sirim traverse. Les voix sont assourdies par la terre sur les murs et le sol. L'obscurité l'empêche de voir l'ombre de son père qui doit pourtant régner sur tous ces hommes en palabres. Sirim comprend qu'il est question d'un troupeau mais elle est déjà ailleurs, dans une autre pièce puis dans une succession de couloirs à ciel ouvert. Elle a des affaires plus graves à régler que les problèmes de chèvres volées des adultes.

– Sirim !

Sa mère est assise dans la grande cour. On dirait qu'elle a le même âge. Mais dès qu'elle a vu sa fille, un mélange de préoccupation et de douceur est apparu dans ses yeux. Et elle s'est mise à ressembler à toutes les mères.

Deux petites filles assises en tailleur secouent près d'elle des palmes. Elles remuent l'air et chassent les moustiques montés du fleuve.

Sirim s'effondre sur les genoux de sa mère qui la recouvre d'un coin de sa robe et la serre contre elle.

– C'est ton petit cheval ? C'est encore lui ?

On entend sonner ses huit bracelets de corail. Elle fait signe aux deux filles de s'en aller. Les habitants de Boussa appellent leur reine la Midiki. Ils l'ont adoptée même si elle vient d'une région lointaine tout près de la côte. Elle a appris à sa fille la langue de son pays fanti.

– C'est parce que ton père a peur pour toi, dit-elle à Sirim. Il ne fera pas de mal au cheval. Il le laissera partir. Tu ne lui avais même pas encore donné de nom.

Elle a posé sa main au milieu de son dos.

La cour du palais est devenue très sombre. Des femmes font du feu dans la chambre voisine. Avec la nuit, les éclats de voix résonnent autrement, comme les rires dans la ruelle et le claquement des lézards sur la muraille.

Au loin, le tambour accélère son rythme.

– Il y aura d'autres chevaux, dit doucement sa mère.

– Non, il n'y en aura pas d'autres.

Au milieu de ses larmes, Sirim se demande ce qui pourrait empêcher que se lève la pleine lune. Elle pense à l'éclipse de l'été précédent, à tous les miracles qui peuvent encore se produire. Elle s'endort. Dans son rêve, un cheval couvert de terre rouge mange au creux de sa main.

Quand elle ouvre les yeux, il y a d'abord la lumière de la lune qui fait rosir la cour mais surtout un bourdonnement qui monte de la ville, et la voix de sa mère au-dessus d'elle.

– Je crois qu'il arrive quelque chose. Ils vont au fleuve.

Des ombres passent. On entend des pas précipités dans le palais.

– C'est la guerre ? demande la voix ensommeillée de Sirim.

– Non. Je ne comprends rien. Viens. Ils n'ont tous que deux mots dans la bouche…

– Quels mots ?

– Le cheval et la lune.

22

Apparition

Sirim et sa mère descendent vers le fleuve avec la foule. Elles se cognent contre ceux qui remontent pour aller se poster sur la muraille. Le royaume a toujours su se protéger des ennemis. Les paysans, les artisans, les pêcheurs se changent en combattants à la première alerte. On sait que ce qui arrive d'un côté prépare souvent une attaque venue de l'arrière. Mais Sirim n'a pas peur. Il y a autour d'elle une rumeur d'enchantement.

– Regarde! dit sa mère en montrant l'horizon.

La lune gigantesque pourrait être à elle seule la cause de tout ce désordre. Elle s'est levée de l'autre côté du fleuve, sanguine. Dans le monde de Sirim, la lune rythme toute la vie. Elle règne sur le temps, les jardins, les corps. Mais en arrivant près du fleuve, Sirim et sa mère devinent qu'il n'y a pas que la lune qui les attend.

Quand on les voit venir, on s'écarte avec respect, on laisse la Midiki et sa fille atteindre la rive. Il y a du monde partout, assis dans l'herbe, entassé dans les pirogues ou debout dans le courant. Tous regardent dans la même direction.

La reine tient bien fort la main de sa fille.

– J'ai vu, dit Sirim.

– C'est lui ?

– Oui.

Dans l'eau, près de l'autre rive, il y a un cheval blanc parfaitement immobile. La lune rousse l'éclaire comme en plein jour. Sur son dos se tient une cavalière à la peau entièrement couverte de rouge. Des hommes se sont avancés dans les rapides et la tiennent en joue. Certains ont des fusils entre les mains, d'autres des lances.

Alma ne bouge pas. Elle est bien droite, rouge comme le pistil sur la fleur blanche du safran. Son visage a aussi un masque de terre rouge dans lequel brillent les yeux en noir et blanc.

– Laissez-les venir, dit la reine.

Les guerriers ne baissent pas leurs armes mais ils font quelques pas sur le côté dans le courant pour leur laisser le passage. Le cheval et sa cavalière s'avancent dans le lit du fleuve. Ils laissent dans leur sillage les reflets orangés de la lune.

Alma avait tout prévu. Elle a fait ses peintures de guerre. Elle a préparé son apparition. Et la voici avec son arc. Elle ne s'attendait pas à ce monde autour d'elle, mais les armes qui reculent devant les pas du cheval sont la preuve qu'elle a réussi.

La petite Sirim descend dans l'eau. La reine la suit sans réfléchir.

La fille rouge a dompté le cheval fou.

Alma est maintenant tout près d'elles. Elle ne connaît rien à l'organisation des hommes. Elle ne sait pas ce que c'est qu'un royaume. Mais elle a compris en un instant, aux regards de la foule, que ce sont ces deux-là qu'il faut convaincre.

La femme dit à sa fille :

– Tu es sûre que c'est bien lui ?

Alma répond à sa place :

– Oui. C'est lui. Monte avec moi.

Elle se baisse et tend la main à Sirim.

La reine veut la retenir. Comment la fille rouge peut-elle comprendre le fanti ? Elles sont seules à le parler dans tout le pays. Qui d'autre que les esprits s'adresse à chacun dans sa langue ?

Mais Sirim n'a pas attendu pour saisir la main et grimper derrière la fille rouge. Lentement, elles sortent du fleuve sur le cheval Brouillard. La reine les escorte. Elles fendent ensemble la foule. Le murmure de la ville reprend peu à peu. Le cheval remonte entre les maisons, suivi par la multitude. Alma tient d'une seule main le collier de cuir. Son autre main tombe le long de son corps.

– Qui es-tu ? souffle Sirim dans son dos.

Alma regarde droit devant elle, sans savoir ce qu'elle doit répondre. Soudain, en sentant les bras de la fille autour d'elle, elle se rappelle ceux de Lam quand ils galopaient ensemble avec Brouillard. Elle décide de prendre le risque de la vérité.

– Je m'appelle Alma, dit-elle, la gorge nouée. J'ai besoin de ton aide. Il faut que je passe un peu de temps ici. Je suis fatiguée.

Sirim jette un coup d'œil à sa mère qui essaie de comprendre ce que se disent les deux cavalières, mais Sirim a déjà pris sa décision.

– Arrête-toi là-bas, dit-elle, près de la maison au pied des remparts.

Ils arrivent devant le palais gardé par une quantité d'hommes. C'est là que le roi a été mis à l'abri quand l'alerte a été donnée. Au moindre danger, on l'enferme pour le protéger.

Brouillard s'est arrêté sur la place devant la porte basse. La reine entre seule. Alma et Sirim attendent au milieu de la foule.

Le roi sort enfin. Le silence s'empare brutalement de la place. Le roi s'approche du cheval, suivi de sa femme. Il est vêtu de bleu et d'un bonnet de drap rouge.

– Qui es-tu ?

Alma ne comprend pas ce qu'il dit mais c'est la petite, derrière elle, qui répond :

– Elle a beaucoup voyagé. Elle doit se reposer. Elle est venue pour me confier au cheval.

– Tu parles la langue du pays fanti ? Tu viens de là-bas ?

Sirim traduit à l'oreille de la fille rouge qui répond :

– Je ne sais pas d'où je viens.

Le roi s'approche, attrape le collier de cuir que Brouillard n'a jamais perdu.

Il caresse le cheval entre les yeux.

– Comment t'appelles-tu ? demande-t-il à Alma.

– Elle s'appelle Alma, répond Sirim.

– Et lui ? interroge le roi.

– Brouillard, dit Alma qui a deviné la question du roi.

Il essaie de répéter ce mot. Il sourit parce qu'il n'y arrive pas.

– Tu vois, Sirim, ton cheval a un nom, dit la reine.

– Brouillard, articule la petite princesse.

Le roi s'écarte. Il les laisse entrer dans le palais. Elles se penchent pour passer la porte sur le dos de Brouillard. Une nuée de serviteurs s'affairent autour d'elles. Cet essaim se déplace lentement à travers les couloirs. Des femmes arrivent avec des couvertures alors qu'il ne fait pas froid. D'autres frottent les flancs du cheval. Elles préparent un repas pour Alma, chauffent des bassines d'eau sur les flammes pour la laver. Les deux filles restent accrochées l'une à l'autre sur le dos de Brouillard. Au-dessus d'elles, un essaim d'oiseaux minuscules s'est posé dans les fleurs grimpantes d'une terrasse.

Alma est ivre de fatigue. Elle voudrait que son petit frère soit quelque part au fond de cette maison ou bien qu'il ait assisté, caché dans les roseaux du fleuve, à son apparition.

23

Croire aux éclaircies

Alma est à Boussa depuis quatorze jours. Elle n'a parlé de Lam à personne, même pas à Sirim qui ne la quitte jamais.

Elle attend le bon moment.

Le premier soir, quand elle glisse du cheval sur le sol de terre du palais, Alma est savonnée par trois femmes enveloppantes comme des arbres limbas. Elles la frottent en rythme avec des poignées de paille. Elles dispersent dans un bain le rouge qui couvre sa peau, toute la crasse qui tient son corps debout. Les femmes rient devant la saleté de l'eau. Alma laisse faire ces rires et ces mains sur elle. Elle en sort étourdie. Elle ne peut plus marcher. Elle s'endort avant d'atteindre le tapis où s'est couchée Sirim.

Les jours suivants, Alma reprend lentement des forces. On lui fait manger tout ce qu'il est possible de trouver dans le royaume : les gâteaux cuits dans la cendre, la viande des perdrix ou des hippopotames, et les chenilles qui vivent dans l'arbre à beurre et qu'on fait griller à la flamme. Alma commence à se relever. Elle découvre le monde. Sirim met dans sa main le sel que son père fait venir d'un lac, à dix jours de Boussa vers le nord. Alma pose le sel sur sa langue. Elle ouvre grand les yeux de plaisir. Elle n'a jamais connu ce goût qu'en mordant le cou de son petit frère quand il a chaud.

Chaque jour, à la même heure, Alma laisse Sirim s'approcher de Brouillard, puis elle leur tourne le dos comme si leur histoire ne la concernait pas.

– Aide-nous un peu, crie Sirim, furieuse.

Alma les laisse s'apprivoiser. Elle fait mine de s'occuper d'autre chose. Sirim et Brouillard s'observent, se rapprochent lentement. Et un matin, la princesse de Boussa peut enfin tenir toute seule sur le cheval.

À partir de ce moment, tout commence pour Alma. Elle dit qu'elle se sent responsable d'eux, qu'elle doit les voir chevaucher ensemble. Pendant plusieurs jours, elle leur fait parcourir chaque recoin de la ville, la campagne autour, les rives du fleuve. Assise derrière Sirim, Alma cherche Lam sans le dire.

Pour les habitants de Boussa qui les croisent, elle devient l'ombre de leur princesse. Elle passe pour son écuyère ou sa gardienne, sa demoiselle de compagnie, alors que depuis le premier jour, c'est Sirim qui veille sur elle.

Alma n'a pas encore trouvé son frère au bord du fleuve Quorra, mais elle a trouvé cette fille du même âge qui s'accroupit près d'elle pour lui montrer comment écraser du poivre sauvage. Même quand Alma se réveille au milieu de la nuit, elle sent sur elle le regard de cette fille.

– Tu as soif ?

Une fille qui ne lui a jamais demandé ce qu'elle faisait là, ni d'où elle venait, et qui décourage avec sa tête haute et ses yeux noirs tous ceux qui posent des questions.

Depuis quelques nuits, elles ont tiré leurs tapis dans une petite cour où retombent des fleurs blanches. Elles dorment dehors pour être près de Brouillard quand la lune se cache et qu'il gratte le sol. Elles sont toutes les deux allongées dans le noir.

Ce soir-là, poussée par le silence et l'obscurité, Alma se met enfin à raconter. Elle ne raconte pas tout. Ni la vallée lointaine, ni le reste de sa famille. Elle parle juste de Lam et du cheval Brouillard. Elle parle du chemin pour le retrouver.

Quand elle a fini de raconter, elles restent ensemble à écouter la respiration de Brouillard.

– Je crois que j'ai vu ton frère, dit Sirim.

– Où ?

– Il arrive à peu près à ton épaule, c'est ça ?

Alma frissonne.

– Oui.

– Décris-le-moi encore, pour que je sois sûre, demande encore Sirim.

Alma ne peut pas répondre. Elle ne sait pas ce qui le distingue des autres. Elle ne connaît pas les autres. Doit-elle dire que le nombril de Lam ressemble à la petite colline que font les gouttes de pluie à l'instant où elles touchent la surface de l'eau ?

– Il est différent de tout, dit Alma.

– Alors, c'est peut-être lui, dit Sirim.

Elle laisse s'éloigner le frottement de pieds nus qui passent quelque part dans le palais. Le ciel est couvert, la nuit parfaitement noire. Il n'y a que les fleurs de jasmin qui font des étoiles filantes en tombant.

– Ils sont arrivés de l'ouest, dit Sirim. Ce n'était pas de vrais chasseurs de captifs. Ils prenaient ce qu'ils trouvaient. Ils avaient six défenses d'éléphant en plus du cheval fou et d'un enfant. Ils ont passé une nuit plus haut sur le fleuve.

– Quand ?

– C'était il y a deux lunes… Ou peut-être quatre.

Alma croirait entendre Lam qui date les événements avec une marge d'erreur de trois saisons. Pour eux, le temps est fait pour être gaspillé sans qu'on ait à le compter inutilement sur ses doigts.

– Ils étaient cinq hommes, dit Sirim. Ils creusaient une pirogue pour continuer jusqu'à la mer. Un de nos pêcheurs les a vus. Il est venu parler au conseil. Les sages disaient de les laisser passer. Ils disaient que l'eau du fleuve se charge de laver le sang que font couler ces hommes. À Boussa, on ne s'occupe pas de ça.

Elle a parlé jusque-là avec la fierté d'une future reine mais sa voix devient plus hésitante.

– Le pêcheur a dit que l'enfant avait faim.

Alma se blottit un peu plus dans sa couverture.

– Il y a eu un grand silence dans le conseil, reprend Sirim. Quelqu'un a demandé qu'on apporte au moins à manger à l'enfant. Tous les sages étaient d'accord. Mais mon père a dit qu'il voulait acheter ce petit captif.

Elle se tait. Avant ce jour, jamais son père n'avait voulu acheter de captif.

– Raconte-moi, souffle Alma.

– Le pêcheur a accompagné deux messagers jusqu'au campement. Ils leur ont fait la proposition du roi…

Nouveau frisson d'Alma.

– Mon père promettait des pirogues, des perles de verre, une vache, tout ce qu'ils voulaient. Les trafiquants ont refusé. Il y avait parmi eux un homme très grand. Un géant avec une oreille coupée. Il disait que, sur la côte, les hommes blancs donnaient de l'eau-de-vie, des fusils neufs, des ombrelles en soie avec des pompons.

Alma écoute le récit de ce marchandage. Elle ignore que certaines choses se vendent et s'achètent. Elle n'a jamais vu une ombrelle en soie ni un pompon.

– Ils avaient attaché les jambes du cheval, continue Sirim. Ils l'avaient couché sur le sable près des six défenses d'éléphant. On a promis aux trafiquants beaucoup de vivres en échange du cheval vivant. À condition qu'ils nourrissent l'enfant.

– Alors ?

– Le géant à l'oreille coupée a accepté. Mon père a acheté le cheval. De toute façon, ces hommes ne pouvaient pas l'emporter sur le fleuve. Et un cheval fou ne vaut pas plus que la viande sur ses os. L'enfant a mangé l'igname et le riz sous les yeux de nos hommes. Le lendemain, je l'ai vu pour la première fois.

– Où ?

– Leur pirogue est passée sur l'eau, devant les maisons, devant nous. Elle a descendu le courant. Je me souviens de ses yeux.

Silence.

– Il avait repris des forces mais une boucle en osier retenait ses bras dans son dos. Les autres chasseurs n'attachent pas les enfants. Il avait dû essayer de s'échapper.

– C'était bien Lam, dit Alma.

– Il avait les mêmes yeux que toi.

Sirim sent l'air bouger tout près d'elle. La couverture retombe sur le tapis. Alma est maintenant debout dans la nuit.

– Ils sont loin, Alma. Ils sont peut-être arrivés à la mer.

Aucune d'elles ne sait à quoi ressemble la mer.

– Je pars, dit Alma.

– Prends Brouillard avec toi.

– Non. J'ai vu la forêt le long du fleuve. Les arbres sont serrés, ils ne me laisseront pas passer avec Brouillard.

Sirim se lève aussi. Elle demande :

– Est-ce qu'il va redevenir fou si tu t'en vas ?

– La folie n'existe pas, répond Alma. Il était perdu.

– Et maintenant ?

Alma s'approche de Brouillard.

– Il t'a trouvée.

Sirim les rejoint et dit:

– J'ai une petite pirogue que je cache dans les eaux calmes, plus haut. Elle est pour toi.

Les trois ombres traversent le palais sans un bruit. Brouillard déroule lentement ses pieds sur le sol comme un félin.

Sirim et Alma arrivent à une porte qui ouvre sur les remparts. En longeant de très près la muraille, elles ne peuvent pas être vues des gardiens postés tout en haut. Elles laissent la petite capitale derrière elles et s'en vont, plein nord, vers une boucle du fleuve.

Alma regarde le ciel qui se découvre un peu. Si elle était dans sa vallée, elle emmènerait Sirim s'allonger dans l'herbe pour profiter de la nuit et écouter le grondement profond des lions, si grave qu'il vient remuer l'intérieur du ventre. Mais malgré la douceur de ces jours passés au royaume de Boussa, Alma sait qu'il ne faut pas toujours croire aux éclaircies.

24

Vers la mer

Alma a arrêté brutalement le cheval en posant sa main sur la croupe de Brouillard. Avec l'autre bras, elle entoure la taille de Sirim juste devant elle. Le silence est total à part le ronflement du fleuve sur la droite. Ils sont immobiles. Alma vient d'être à nouveau envahie par l'instinct des chasseurs.

– Par là, murmure-t-elle. Regarde.

Lentement, elles font tourner le cheval face au courant. Leurs yeux cherchent à percer les ténèbres. À force, elles finissent par distinguer des formes pâles au loin et leur reflet sur l'eau noire. Pas une voix, pas un bruit, mais ces traînées blanches dans la nuit. Quelque chose se prépare sur la rive opposée.

– Les Fellanis, souffle Sirim.

Des dizaines de silhouettes d'hommes vêtus de blanc. Elles les voient bien maintenant. On devine aussi leurs chevaux qui attendent dans l'eau ou sur la berge. Les guerriers n'ont pas repéré les deux filles.

Alma remet le cheval en mouvement. Elles s'éloignent sans un bruit. Après quelques minutes, Sirim peut à nouveau parler :

– Il y a toujours des petites bandes qui viennent piller les villages. Mais cette fois, ils sont nombreux. C'est la guerre.

– On doit retourner chez toi, dit Alma.

– Non. S'ils encerclent la ville tu ne pourras plus partir. Va-t'en.

– Je reste avec toi.

– Je ne suis pas seule. Tu me laisses Brouillard. Ton frère a besoin de toi. Il faut que tu t'en ailles. La pirogue est au bout de ce chemin sous un arbre.

Alma se laisse glisser le long du cheval.

– Attention aux tourbillons qui sont après Boussa, là où le fleuve devient dangereux, dit Sirim en lui tendant la main.

Brouillard s'en va au petit trot. Alma court un peu à leur côté.

– Bonne chance, Sirim, dit-elle.

Elle tient encore dans sa main celle de son amie. Quand elle ne peut plus faire autrement, elle laisse Sirim s'en aller. Son ombre disparaît dans une ombre plus grande.

Au bout du chemin, Alma découvre à tâtons la pirogue. Toute légère, elle ressemble aux bouts de bois qu'elle faisait courir dans les ruisseaux de sa vallée d'Isaya, à la saison des pluies. Alma sait que pour descendre le fleuve, elle va repasser devant les guerriers fellanis. S'il doit y avoir des combats à Boussa, il faudra aussi traverser le village avant que tout commence. Elle regarde autour d'elle la nuit très noire.

Alma pousse la pirogue vers l'eau. Elle donne un dernier coup sur le sable avec le pied. Elle saisit la pagaie. Sirim avait raison, l'eau est paisible à cet endroit. Aucun courant pour lui indiquer le chemin. Alma cherche son équilibre dans ce morceau de bois qui roule sur lui-même au milieu du chant des crapauds. La pagaie s'enfonce en silence.

Elle se rappelle sa traversée du ravin inondé. Tout ce qu'elle sait de l'eau, elle l'a appris cette nuit-là en quittant sa vallée après les grandes pluies.

Cette fois, il n'y a pas de lune. La pirogue est invisible dans la nuit. Alma s'oriente au hasard, croyant suivre le bruit d'un courant lointain. Elle pourrait avoir les yeux bandés, cela ne changerait rien. Après quelques coups de pagaie, elle a pourtant rejoint ce courant. Il n'y a plus qu'à se laisser porter.

En glissant sur le fleuve, elle pense à son petit frère. C'est sur l'une de ces rives qu'il a été gardé captif. C'est là qu'il a sûrement tenté de fuir. Elle cherche à se rappeler la dernière fois qu'elle l'a vu. Il était près du feu, dans la maison sous le figuier. Il avait les yeux fermés. Est-ce qu'il dormait vraiment ? Est-ce qu'il faisait semblant ? Même le passé est transformé par tout ce qui est arrivé. Elle est prête à se battre pour le garder intact.

Un petit éboulement sur la rive. Le présent se rappelle à elle. Un cheval fellani a fait rouler une pierre. Ils sont là tout près, toujours aussi silencieux. Ils ont l'air de plus en plus nombreux. Ils attendent.

Alma passe en silence. Elle a sorti sa pagaie de l'eau. La nuit la protège. Elle se croit sauvée.

En tournant la tête, elle découvre d'autres silhouettes, juste devant elle. De nouveaux cavaliers se sont éloignés du bord. Ils sont alignés en plein milieu du fleuve. La pirogue file vers eux. Alma n'essaie même pas de fuir. Elle s'allonge au creux du bois. C'est fini. Elle tient sa pagaie à deux mains contre elle comme un sabre.

Un hennissement a retenti quelque part suivi d'un grand claquement sur l'eau et d'une agitation tout autour. Au fond de sa pirogue, Alma ne comprend pas. Elle entend des bruits étouffés, puis un coup de feu. Elle serre plus fort la pagaie. Elle attend le choc. Mais, à part une légère ondulation de l'eau, rien ne vient changer la trajectoire de la pirogue.

Tout est calme à nouveau.

Alma ne saura jamais que son sauveur est un crocodile d'une demi-tonne. Un cheval fellani s'est couché dans l'eau. Son cavalier a réussi à l'arracher aux soixante dents plantées dans sa cuisse. Il a tiré. Et tous les autres se sont repliés avec lui vers la rive, libérant le passage pour Alma.

Quand elle se redresse pour regarder derrière elle, l'obscurité a tout effacé.

Déjà, les lueurs de Boussa s'annoncent un peu plus loin. Devant le village, la rivière s'élargit, le courant est moins rapide. Sirim a pu avertir les habitants. Des ombres circulent de maison en maison. Des torches s'allument. Alma passe au ralenti. Ses yeux se promènent dans la nuit. Elle contemple le spectacle du calme avant la bataille, les clignotements en haut de la muraille. Elle entend le bruit des pieds frappant la terre. Elle laisse sa pagaie traîner dans l'eau.

Brouillard est au milieu du fleuve, devant elle.

Il a de l'eau jusqu'à l'encolure. Il la regarde venir.

– Brouillard, dit Alma en le découvrant.

Elle attrape son collier de cuir en passant. L'arrière du bateau a pivoté, emporté par le courant. Alma continue à s'accrocher à Brouillard comme à une ancre. La pirogue se range le long du cheval.

– On se retrouvera quand tout sera fini, chuchote-t-elle à son oreille.

L'eau chante en passant sous la pirogue qui lui résiste. Alma a passé un bras autour du cou de Brouillard.

– Alma ! C'est toi ?

Sirim se tient au bord de l'eau. Elle est venue par un banc de sable. Elle cherchait Brouillard qui s'était échappé. Le fleuve est profond. Sirim ne peut pas venir plus près d'eux.

– Sirim ! dit Alma.

Elle regarde son amie sans pouvoir se détacher du cheval. Le courant essaie toujours d'arracher la pirogue.

– Je reviendrai avec Lam, dit Alma. On se retrouvera.

Elle lâche enfin le collier de cuir et se laisse emporter par le fleuve. Elle est de plus en plus petite au milieu de la nuit.

Brouillard n'a pas bougé.

Sirim plonge dans l'eau et nage vers lui.

– Brouillard…

Elle monte sur son dos, le serre fort entre ses jambes, passe sa main sur sa joue. Elle lui parle. Ensemble, ils cherchent du regard une dernière fois Alma devant eux. Mais elle a disparu.

– Viens.

Le cheval hésite, fait un pas de côté et fend l'eau vers les lumières de Boussa.

Ils s'en vont rejoindre les combats qui les attendent.

Alma est déjà dans les rapides. Elle pagaie entre les rochers noirs. L'eau éclabousse tout, dispersée dans l'air par une nuée de petits oiseaux verts dont les ailes battent si vite qu'elles semblent disparaître.

En s'élevant au-dessus des tourbillons, plus haut que les oiseaux et les grands arbres, jusqu'au vertige, on pourrait voir s'étirer le fil du fleuve près de mille kilomètres devant Alma. Il faudrait alors monter encore plus haut, au-dessus du temps, pour découvrir un jour, longtemps après, la petite pirogue glissant enfin sur des eaux calmes vers la mer.

25

Comme un mirage

Depuis la côte, à chaque coup de canon on voit *La Douce Amélie* s'envelopper de fumée et, deux secondes plus tard, on entend retentir la détonation. Le capitaine Gardel a fait jeter l'ancre. Il signale son arrivée en faisant tonner les canons.

Perché dans le mât de misaine, Joseph Mars contemple le village qui s'étire des deux côtés d'une forteresse toute blanche. On devine les couleurs du drapeau au-dessus de ce bâtiment plein d'angles auquel on accède par un large escalier arrondi.

Le fort de Chama a été construit par les Portugais, mais il appartient à la Hollande depuis plus d'un siècle. Les quatre goélettes qui se balancent dans la baie à côté du bateau français arrivent d'ailleurs d'Amsterdam. Des dizaines de places fortes du même genre sont tenues par les Européens le long de la côte africaine et rivalisent pour contrôler le commerce des captifs.

En haut de son mât, Joseph noue un dernier lacet qui tient serrée la voile contre la vergue, il fait quelques pas de funambule, puis redescend par les échelons noués dans les haubans.

Gardel, dans tous ses états, est en train de faire remonter le canot que Vaugelende venait de mettre à l'eau.

– On ne va pas à terre, capitaine ?

– Regardez donc ce qui vient !

Deux longues pirogues ont quitté la plage et s'apprêtent à franchir la vague qui se forme à une portée de canon du navire.

Sur des centaines de kilomètres, la côte est protégée par la barre, cette vague dangereuse qui s'élève comme un mur et se brise à quelques mètres du rivage. Pour la traverser, il faut l'avoir apprivoisée, être né au fond d'une pirogue ou bien vouloir y mourir. Gardel sait qu'à Chama la barre n'est pas aussi redoutable qu'ailleurs mais il ne prendra aucun risque.

Propulsées par une quinzaine de pagaies et des petites voiles jaunes, les pirogues viennent de franchir la vague. Elles se dirigent tout droit vers *La Douce Amélie*.

Abel Bonhomme regarde avec envie Joseph Mars qui descend des haubans. Joseph saute sur le pont et le prend par l'épaule en souriant.

– Je n'y suis pour rien, je te le promets !

Joseph a été choisi pour aller à terre. Il n'a aucune idée de la raison qui a poussé le capitaine à lui faire cette faveur. C'est un repas de bienvenue donné par les autorités du fort pour les officiers du navire. On doit y parler de l'état du marché des captifs dans la région et des négociations des prochains jours.

S'il le pouvait, il laisserait volontiers Abel aller se rouler sur la terre ferme comme il en rêve. Joseph, lui, aurait préféré rester à bord. Il ne veut pas laisser la grande chambre sans surveillance. Il reste convaincu que l'or qu'il cherche depuis Lisbonne se trouve dans les deux caisses verrouillées qu'il a découvertes sous la couchette du capitaine.

– Tu me rapporteras un peu de terre dans ta poche ? demande Bonhomme.

Joseph sourit encore. Comment ce garçon a-t-il pu se retrouver sur un navire de ce genre ? Il y est aussi peu à sa place que les pauvres porcelets malades qu'une vague a cueillis sur le pont quelques jours plus tôt. Comme eux, Abel serait peut-être moins malheureux tout au fond des abysses.

Les deux matelots ignorent que se promène sur eux à cet instant le cercle parfait d'une longue-vue.

Le gouverneur du fort est posté sur les remparts. Il observe un à un les matelots et tous les détails du navire. En chemise à jabot et perruque blanche, il sifflote un air d'opéra, deux flasques d'eau-de-vie posées près de lui. Il constate le bon ordre du pont, les cordages bien roulés. Il s'attarde sur le visage d'Amélie sculpté à la proue du bateau et fraîchement repeint en jaune ces derniers jours. C'est un navire tenu avec soin. Jon Jacobsen examine avec satisfaction les quelques officiers sur le pont qui se sont endimanchés pour l'occasion.

– Les Français..., dit-il. Depuis deux ou trois ans, ils recommencent à venir par ici. Ils s'étaient faits rares pendant la guerre.

Il vient de reconnaître à l'avant la silhouette de Lazare Bartholomée Gardel, redoutable partenaire d'affaires qu'il a souvent reçu à Chama.

– Quelle guerre ? demande une voix derrière lui.

– On voit que tu as été longtemps absent, Moïse Shackle. L'Amérique s'est libérée des Anglais. Et devine quel camp ont choisi les Français ?

Il rit en baissant sa longue-vue.

– Figure-toi qu'ils n'ont pas choisi le camp anglais. Tu devais être très loin pour ne pas savoir ça.

– Très loin, oui, dit Mosi.

– Pendant longtemps, reprend Jon Jacobsen, les navires marchands français ont été pourchassés par les Anglais. On ne les

voyait plus. Ou bien ils étaient escortés par des vaisseaux de guerre avec deux ponts d'artillerie. Ce qui me coûtait très cher en invitations.

Le gouverneur de Chama s'interrompt pour boire une gorgée dans sa flasque d'argent. Il regarde attentivement son visiteur.

À travers les rivières, la savane, les forêts, Mosi a coupé directement vers ce port de la côte de l'Or. C'est de là qu'il veut suivre le rivage, jusqu'en Angole ou même jusqu'à Zanzibar, pour fouiller tous les navires, tous les convois, toutes les baraques à esclaves, toutes les caves de tous les forts, et retrouver son fils.

– Ainsi, Shackle, quand tu sors de ta retraite, le premier homme que tu viens voir est ton vieil ami Jacobsen dans son fort Saint-Sébastien à Chama ?

– Je connais les bonnes maisons, dit Mosi.

Le gouverneur fait une moue satisfaite et remet la flasque d'alcool à sa place. La main un peu plus tremblante, il reprend son observation à la longue-vue.

– Et puis, demande-t-il, ne suis-je pas le seul à mon poste après tout ce temps ?

Il baisse encore sa longue-vue et fait en s'inclinant un salut lamentable.

– Sa Majesté Jacobsen, empereur de la côte !

Il rit tout seul.

– Raconte-moi, Shackle ? Tu reprends les affaires ?

Mosi observe les pirogues qui ont rejoint le navire. Elles sont en train d'embarquer le capitaine, son second, le chirurgien et quelques autres.

– Je cherche un ou deux captifs pour un bon client, dit Mosi.

– Ça tombe mal. Tu arrives en même temps que ces Français. Il y a aussi les quatre petites goélettes d'Amsterdam qui n'ont pas encore un seul nègre à bord. Mais, pour Moïse Shackle, je trouverai peut-être une ou deux pièces d'exception.

– Je veux choisir. Je veux les voir tous. Tous les captifs que vous avez dans vos parcs.

Jon Jacobsen continue à rire.

– Tu n'as pas changé, Shackle. Je vais y réfléchir avec mes conseillers... Reviens nous voir demain.

Sans quitter de l'œil l'océan, le gouverneur ramasse ses deux petites bouteilles, les seules conseillères qu'il ait jamais eues. Il les glisse dans ses poches. Les pirogues sont en train de franchir la barre avec leurs passagers. Elles ont attendu longtemps, tapies dans un creux et bondissent soudain pour gravir le mur d'écume.

Les piroguiers de Chama sont connus jusqu'à Porto-Novo. Ils sont les meilleurs de la côte. Ils jouent avec la vague comme des chatons avec les rouleaux de poussière.

Quand Jon Jacobsen se retourne enfin, Moïse Shackle n'est plus là.

Mosi descend les marches sur lesquelles s'ouvre la double porte du fort. Il regarde le village de Chama. C'est là que, pour Mosi, tout a commencé. Il est arrivé à douze ans, fils de pêcheurs fantis, engagé comme rameur sur une pirogue. Dix ans plus tard, il était Moïse Shackle, l'un de ceux qu'on appelait les *gold takers*, les plus gros négociants d'êtres humains pour les navires qui passaient.

Il se dirige vers la plage. Le sable gris sert de place du village à la moitié ouest de Chama, celle où vivent les pêcheurs et les piroguiers. De l'autre côté du fort, sur la colline, il y a le quartier des paysans, des artisans, de ceux qui vivent de la terre. Ces deux mondes s'opposent depuis la nuit des temps. Le gouverneur Jacobsen a appris à souffler sur les braises de ces guerres qui lui permettent de vendre des armes et de l'alcool.

Les pirogues ont passé la barre. Trop profondes pour aller

jusqu'au rivage, elles sont relayées par d'autres, plus petites, afin que les passagers ne mouillent pas leurs bas de soie et leurs escarpins.

Mosi retrouve la fraîcheur du sable sous ses pieds. Il voit la troupe se diriger vers le fort, grimper les marches et se faire ouvrir les portes par deux jeunes gardes vêtus en bleu et rouge avec des chapeaux trop grands pour eux.

Un garçon a été refoulé à l'entrée. C'est Joseph Mars. Ses compagnons l'abandonnent derrière eux en gloussant.

Un peu perdu, Joseph traîne près de la porte sous le regard méfiant des gardes qui ne sont pas plus vieux que lui. Il finit par descendre les marches. Il rejoint la plage, s'assied contre un rocher à côté des pirogues qu'une petite foule remonte sur un tapis de coquillages.

Au large, les navires regardent la terre.

Un homme s'est approché et s'adresse à Joseph en français.

– Ce sont tes habits qui n'allaient pas ? C'est ça ?

– Comment le savez-vous ? demande Joseph.

Mosi sourit pour la première fois depuis longtemps.

– Je les ai bien connus, autrefois. On parle d'un bon dîner, on fait venir un mousse qui a faim et on le laisse à la porte parce qu'il n'a pas la tenue réglementaire. Ça fait rire les autres.

– Vous croyez vraiment que le gouverneur m'aurait mis dehors pour mes habits ? demande Joseph.

– C'est son seul pouvoir, explique Mosi. Il déguise ses soldats, fait repeindre ses tours en blanc, il boit, joue avec ses vingt canons… Qu'est-ce qui lui reste d'autre ? Il faut bien commander quelque chose. Il veut que ses invités s'habillent comme dans le vieux pays où il ne retournera jamais.

– Pourquoi il n'y retournera pas ?

– Parce qu'il mourra demain de la fièvre comme les autres.

– Qui êtes-vous ? demande Joseph.

Mosi regarde le garçon en face de lui. Quel âge a-t-il ? Il pense soudain à sa fille. Oui, il doit avoir l'âge d'Alma.

– Combien de captifs avez-vous à bord ? demande-t-il à Joseph.

Mosi l'a abordé dans le seul but d'obtenir cette information.

– Je n'ai pas le droit de le dire, répond Joseph.

– Alors je me tais aussi. Adieu.

Il s'en va.

– Aucun ! crie Joseph pour l'arrêter.

– Comment ?

– Aucun captif à bord. C'est la première fois qu'on touche la terre.

Mosi acquiesce et s'éloigne. Il sait maintenant que Lam n'est pas dans le navire français. Il sait que les Hollandais n'ont pas non plus de cargaison. Il n'a plus qu'à voir si son fils est dans les cachots du fort de Chama puis à reprendre sa route.

– Vous ne m'avez pas dit qui vous êtes, dit Joseph qui le suit toujours.

Mosi s'arrête.

– Je m'appelle Mosi.

Il a dit ce nom pour se faire du bien, oublier un instant le nom de Moïse Shackle, effacer l'ombre au chapeau que le soleil projette devant lui sur le sable.

Alors, son regard se porte tout au bout de la plage.

Dans la lumière du soir, une petite colonne vient d'apparaître, auréolée de vapeur, comme un mirage.

26

Les captifs

Ils avancent deux par deux, à tout petits pas rapides. Leurs chevilles sont liées par des chaînes très courtes. Ils doivent être dix hommes. Juste derrière eux, il y a trois femmes et deux enfants qui trottent au même rythme mais sans fers. Et d'autres hommes escortent le convoi. Ils sont noirs, aussi, armés de fusils ou de piques.

Le soleil dans le dos, Mosi a l'air de pousser son ombre devant lui sur le sable. Il marche dans leur direction. Il accélère le pas au fur et à mesure que le groupe se rapproche.

Derrière lui, Joseph Mars ne bouge plus. Il observe ceux qui viennent.

Les captifs. On ne parle que d'eux à bord depuis des mois, mais c'est la première fois qu'il les voit. Il entend maintenant le bruit des chaînes qui se mélange à celui des vagues léchant le sable gris.

Mosi s'est arrêté à quelques pas du convoi. Il ne quitte pas des yeux les deux dernières silhouettes, celles des enfants qui ferment la marche. De très loin, il a espéré reconnaître son fils.

Mais ils sont un peu plus âgés que Lam. La fille et le garçon regardent droit devant eux. Ils suivent le petit trot des autres. Un instant, la fille jette vers Mosi un regard bref comme un éclair. Un regard qui le supplie de l'arracher à ce qui l'attend.

Un des gardiens a vu Mosi venir à leur rencontre.

– Qu'est-ce que tu veux ? aboie-t-il en s'arrêtant devant lui.

– Vous les amenez au fort de Chama ?

– Non. Chez les Anglais, à trois jours d'ici.

– Ah. D'accord. J'attendais quelqu'un...

– Va-t'en.

À moitié tranquillisé, le gardien rattrape la colonne qui a pris de l'avance. Plus loin, les piroguiers s'avancent un à un pour les regarder passer. Les captifs vont bientôt arriver à leur hauteur.

Joseph Mars n'a pas bougé. Depuis le début, il s'est promis que rien ne l'atteindrait. Les captifs, les nègres, les pièces d'Inde. Il connaît tous ces mots sans vouloir penser à ce qu'ils renferment. Plusieurs fois, quand il parlait avec Jacques Poussin, l'enveloppe de ces mots s'est fendue, mais cette fois elle tombe en poussière. Elle vole sous les pieds de ceux qui passent devant lui. Elle se mélange au sable et aux débris de coquillages.

Il ne reste que ces quinze vies qui s'avancent sur la plage. Joseph voit sur leur peau les petites cicatrices qui datent peut-être de leur enfance ou, au creux du cou, la trace laissée par les bouquets de riz qu'ils rapportaient des champs il y a si peu de temps. Il voit des yeux égarés qui font tout pour essayer de ne penser à rien, des lèvres mordues pour ne pas pleurer. Quinze vies entières devant lui.

La petite troupe s'est arrêtée. On entend un cri.

Un piroguier est venu se mettre en travers du chemin. Les gardiens braquent sur lui leurs fusils en hurlant. Les captifs en profitent pour respirer. Pliés en deux, ils tiennent leurs genoux avec leurs mains. Et quand l'un d'eux essaie de poser sa tête sur l'épaule de son voisin, on le pousse pour qu'il se relève.

Le piroguier qui a arrêté le convoi lève les mains en l'air. Il est encerclé. Il ne veut pas se battre. Il veut juste parler à une des femmes. Les gardiens échangent quelques mots. Sans baisser leurs armes, ils le laissent approcher la captive.

– Je la connais, dit le piroguier. Elle est de mon village, à dix jours d'ici sur la lagune. Elle ne peut pas être là.

Il arrive près d'elle. C'est une femme de trente ans, fine et menue, avec des yeux comme deux soleils noirs.

– Qu'est-ce que tu fais là ?

Comme elle ne répond pas, il veut lui toucher le bras mais un garde le repousse. L'homme lève à nouveau les deux mains.

– Qu'est-ce qui s'est passé ? demande-t-il doucement à la femme.

Elle se tait toujours.

– Qu'est-ce qui s'est passé là-haut ?

– Ils sont venus au village, dit-elle avec le regard encore plus scintillant.

– Et ta famille ? Je peux les prévenir que tu es là. Tes enfants…

Il retient sa respiration, ouvre les yeux en grand comme s'il comprenait. Il demande :

– Et les miens ?

Ils se regardent tous les deux. Elle se tient droite. Elle aurait honte de baisser les yeux.

– Il n'y a plus personne à prévenir, dit-elle.

L'homme pousse un hurlement. Les gardiens du convoi le jettent au sol. Il se débat.

– Je la connais, hurle-t-il. Je la connais !

Il crie toujours plus fort. Le sable colle sur sa peau et son visage.

Ses amis viennent l'immobiliser. Ils répètent son nom pour le calmer.

Le convoi s'est remis en marche avec le même rythme, le même bruit de clochettes quand les chaînes et les pieds nus frappent sur le sable.

Les captifs s'en vont le long de la mer, vers l'ouest. On voit leurs dos à contre-jour. Quand ils s'éloignent, un petit plafond de vapeur se forme à nouveau au-dessus de leurs têtes.

Sans parler un mot de leur langue, Joseph a compris tout ce qui s'est passé. Il regarde le piroguier qui vient de se lever, qui remonte la plage en courant, abandonnant tout. L'homme rentre chez lui. Il sait qu'il n'y a plus rien à faire, que tout est fini, mais il rentre chez lui. Ses pieds s'enfoncent dans le sable. Joseph le voit plusieurs fois tomber et repartir.

Au même moment, des éclats de voix résonnent du côté du fort. L'état-major de *La Douce Amélie* descend les marches en grand désordre.

On entend les vociférations du capitaine.

Vaugelende a pris de l'avance. Il arrive à la hauteur de Joseph.

– On s'en va, lui dit-il. Fais mettre les pirogues à l'eau. Le capitaine est en colère.

– Pourquoi ?

– Il n'y a pas un seul captif dans les geôles de ce fort. Jacobsen est un ivrogne. Il voulait gagner du temps, facturer quelques services rendus, attirer d'autres navires grâce au nôtre. Mais il n'y a pas une tête de nègre à vendre ici.

Palardi les rejoint.

– La région est en paix depuis trois ans, dit-il. Je le savais. Rien de pire pour la traite. Pas de guerre, pas de captifs. Je l'ai toujours dit.

– Quoi ? dit le capitaine en surgissant à son tour. Qu'est-ce que vous dites encore, Palardi ?

– Que vous aviez du flair, capitaine, répond piteusement le chirurgien.

C'est une habitude de vieux marchand. Gardel envoie discrètement un de ses hommes explorer les cachots avant de commencer les discussions. Cette fois, il n'y avait rien.

– Je viens de nous faire gagner huit jours. Cet endroit est un asile de demeurés. Vaugelende, prévenez les piroguiers qu'on les garde avec nous. Il nous les faut jusqu'à Juda au moins. On les remorquera. Arrangez-vous avec eux pour deux mois. Deux pirogues et quatorze hommes, pas un de moins. Ils reviendront par leurs propres moyens. Puisque ce Hollandais est une canaille, on lui fauche sa marine à voile.

Les hommes de Chama sont la fine fleur de la côte. Mais Vaugelende les sait aussi très durs en affaires. Il devine que Gardel l'envoie au combat pour cela. Le capitaine a ses plans. Il veut savoir ce que Vaugelende vaudra s'il devait plus tard lui confier des affaires à négocier.

– Et l'eau ? Et le bois ? demande le pilotin Sauvage.

– Pas maintenant, aboie Gardel. On s'en va. On a assez d'eau pour aller jusqu'à Elmina. Sinon, on débouchera les eaux-de-vie. Et surtout, ne dites pas aux autres navires pourquoi nous partons. Expliquez que le gouverneur Jacobsen n'aime pas les Français et qu'il réserve son stock à ses compatriotes. Laissez-les tous perdre leur temps ici. Je ne veux pas les avoir dans les pattes jusqu'à Noël.

Vaugelende a rejoint le chef des piroguiers. Les discussions sont longues. Le chef semble hésiter. Il se tourne vers ses hommes. En réalité, ils savent que l'offre est acceptable. La crise de Chama ne permet pas d'espérer mieux pour l'instant. Mais ils ont un problème qu'ils ne veulent pas avouer. Après le départ d'un des leurs, il manque maintenant un homme sur les quatorze prévus dans l'accord.

Le temps presse. La mer est en train de se retirer. Vaugelende, qui croit à un marchandage, fait semblant de s'énerver. Il leur parle dans un anglais affreux en jetant des coups d'œil à Gardel.

– Décidez-vous. Je ne paierai pas plus cher. Je peux ajouter un peu de tabac pour chacun le dimanche.

Joseph est resté à l'écart. Il regarde Mosi qui se baigne au milieu des vagues. Sur le sable, il y a le petit tas de ses vêtements.

Mosi a de l'eau jusqu'aux épaules. Joseph le voit se retourner. Il regarde le clan des piroguiers. Il hésite, plonge une dernière fois sous l'eau. Puis il sort. Il abandonne ses vêtements sur la plage. Il s'approche du chef qui est toujours avec Vaugelende.

– S'il te manque un homme, dit Mosi, je suis là.

– Tu connais la mer ?

– Je suis né ici.

Le chef hoche la tête, se tourne vers Vaugelende et lui serre la main.

Plus haut, vers le fort, Gardel comprend que l'affaire est conclue.

Joseph Mars est à l'avant d'une des pirogues. À côté de lui, Mosi plonge sa pagaie profondément dans l'eau. Il se démène encore plus que les autres. Il vient de trouver le meilleur moyen de visiter les forts et toutes les esclaveries de la côte, peut-être jusqu'à Bonny et jusqu'au Vieux-Calabar. Il suivra le navire français.

Sur la plage, des enfants ont trouvé le petit tas de ses vêtements et commencent à se déguiser.

Mosi, lui, préfère avoir ses épaules et ses jambes nues. Il préfère l'eau de mer sur sa peau. Il revient au temps où il avait douze ans, au milieu des piroguiers de Chama, au temps où il ne pouvait imaginer qu'il aurait peut-être un fils, un jour, perdu parmi les captifs.

27

Barbare cueillette

À partir de ce soir de Toussaint 1786, le parcours de *La Douce Amélie* est rythmé par la récolte des captifs le long de la côte d'Afrique. De mouillage en mouillage, par grappes de sept ou huit, parfois un peu plus, parfois beaucoup moins, des femmes, des enfants et des hommes viennent remplacer la cargaison de tissu, de fer, d'armes à feu, de mauvais alcool coupé à l'eau, d'ombrelles à franges dorées, qui encombre les soutes. Le beau bateau noir et jaune avec ses voiles immaculées et une jeune fille en chemise de nuit sculptée à la proue devient lentement un navire négrier.

Il ne faut pas toujours croire les grands feux que des villageois allument sur la plage pour signaler que des captifs sont à vendre. Le capitaine scrute la côte. Il n'hésite jamais longtemps. Le navire passe souvent sans se laisser tenter.

La première fois, devant les hautes tours du fort d'Elmina, un homme seul est conduit à bord. C'est le premier. Il est droit et fier comme une figure de bois, la mâchoire serrée, le menton haut. Ses yeux sont rouges à force de vouloir rester ouverts. Les marins le hissent sur le navire mais aucun n'ose regarder tant de dignité en face.

Gardel, sur le gaillard d'arrière, est hors de lui. Il a failli acheter d'un coup un lot de trente hommes en parfaite santé. Cet exploit aurait été un bon présage pour la suite mais un autre navire, un brigantin de cent cinquante tonneaux qui venait de Liverpool, lui est passé devant en ajoutant trois barils de poudre à la négociation. Au lieu de ses trente captifs, il n'en rapporte qu'un, trop vieux, qui ne vaudra pas plus de mille livres à l'arrivée.

À la première page des registres, Vaugelende a appelé ce premier homme Adam en écrivant ce qu'il a coûté : un petit tonneau de cinquante litres d'eau-de-vie, une dizaine de pièces de tissu, trois barres de fer, un peu de poudre et quatre fusils.

Le premier homme est assis tout seul sur le pont, sous la chaloupe suspendue au-dessus de lui. Il garde son espèce de sourire déchirant, ses yeux fixes qui semblent regarder à l'intérieur de lui-même. Il ne laisse même pas entendre un son quand on marque la peau de son épaule droite au fer brûlant avec le grand *A* d'Amélie, entouré d'un cercle.

Joseph s'est réfugié au fond du bateau pour ne rien voir. Il travaille avec Jacques Poussin qui a réussi à rassembler le bois nécessaire. Tavel est avec eux. Le tonnelier est guéri depuis longtemps de sa maladie. Il a une reconnaissance éternelle pour Poussin qui l'a sauvé grâce à un peu d'air frais et à l'eau de cuisson du riz. Il le remercie du matin au soir et ne le quitte plus d'une semelle.

Mais si Tavel a retrouvé la santé, il a surtout retrouvé sa langue. Le tonnelier parle sans arrêt. Il a eu trop peur de devoir se taire à jamais.

– Savez-vous, monsieur Poussin, que je fais en ce moment une petite étude qui vous intéressera.

– Ah oui ? marmonne le charpentier poliment.

– J'ai remarqué que le poids d'un être humain qu'on achète vaut presque celui des marchandises qu'on donne en échange. C'est un hasard merveilleux.

– Merveilleux, oui…, soupire Poussin.

– Cela fait que la ligne de flottaison du navire bouge à peine lorsqu'il se remplit de captifs.

– Quelle chance ! s'écrie-t-il en donnant un grand coup dans une cheville de bois. Et pensez-vous découvrir aussi que, pendant la traversée, l'engraissement du capitaine équilibrera exactement la perte de poids des prisonniers ? Ce serait une nouvelle au moins aussi épatante.

Tavel se met à réfléchir.

– Je ferai mes calculs, dit-il. Je vois que vous avez l'esprit mathématique, monsieur Poussin. Savez-vous aussi que…

– Dites-moi, Tavel, est-ce que vous iriez me chercher ce maillet que j'ai oublié sur le nid-de-pie en haut du grand mât ?

– Oui. Pensez à me rappeler, à mon retour, que j'avais quelque chose à vous dire. J'ai inventé un moyen pour savoir si les barriques d'eau-de-vie ont été mélangées à de l'eau pour nous tromper. J'ai trouvé une méthode redoutable…

– Je pratique déjà cette méthode, dit le charpentier, ça s'appelle la dégustation.

– Non. Ça s'appelle la pesée, monsieur Poussin, car figurez-vous que l'eau est plus lourde que l'alcool…

Il lève un doigt savant et continue :

– Prenez donc une barrique de deux cents pintes et une balance…

– Gardez-nous vos lumières pour tout à l'heure, Tavel. Montez chercher ce maillet. On vous attend ici.

– Vous avez raison. Je reviens. Soyez patients.

– Nous essaierons.

Il disparaît. Le charpentier pousse un soupir de soulagement.

– Il va vraiment monter en haut du grand mât ? demande Joseph.

– Non. Mais ça nous donne un peu de répit. Le temps qu'il invente une machine à voler ou un bras articulé…

– … ou bien, ajoute Joseph, le temps qu'il découvre que vous n'avez pas pu oublier votre maillet là-haut puisque vous l'avez dans la main.

Dès le lendemain, *La Douce Amélie* jette à nouveau l'ancre avec de grands espoirs. Sur les sept cents kilomètres de la côte de l'Or, Cape Coast est le plus important des forts appartenant à l'Angleterre. Posé sur son rocher battu par les vagues, il est entouré d'une nuée de pirogues qui vont et viennent au milieu de quelques bricks ou trois-mâts affamés qui attendent derrière la barre.

C'est à Cape Coast que Gardel réussit à conclure ses premières vraies affaires. Les prix sont trop hauts, la concurrence est rude, mais il faut bien commencer à remplir les cales.

D'ailleurs, le bateau est enfin prêt à accueillir son chargement. Dans la nuit, avec les planches de bois trouvées à Elmina, Poussin et Joseph ont terminé la barricade qui partage en deux le pont du navire. Percée de deux petites portes, cette palissade placée juste devant le grand mât est coiffée de pointes et de lames.

Sept hommes et une femme viennent d'être achetés par Gardel. D'abord parqués dans une paillote sur la plage, ils sont embarqués le lendemain. Quand ils approchent de *La Douce Amélie*, ils découvrent avec stupeur l'unique captif assis tout seul, derrière une barrière démesurée, et les quarante hommes qui le surveillent. On fait monter la femme sur le gaillard d'arrière. On décide de l'inscrire dans les cahiers sous le nom d'Ève.

Adam et Ève ! Sur tous les navires, le jeu sur les noms qu'on invente aux captifs donne toujours une joie rare aux marins. Ils frappent dans leurs mains et se sentent si drôles, si puissants et si savants. Mais, pour Jacques Poussin qui regarde de loin ce spectacle, rien n'est plus terrible que de faire comme si cet homme et cette femme venaient d'être créés. Comme s'ils n'existaient pas avant et qu'ils n'avaient jamais eu de nom, ni de terre. En les appelant Adam et Ève, on fait semblant de leur donner naissance alors qu'on a détruit tout ce qu'ils étaient.

Joseph est perché dans la mâture. Tout en bas, il voit la femme, seule sur le gaillard, debout, tendue, prête à se battre. Elle vient de mordre le poignet du matelot qui veut la faire asseoir. Une pluie de coups lui tombe dessus. Elle découvre l'arme qui régnera sur sa vie : le « chat à neuf queues », ce fouet à neuf lanières terminées par de petits nœuds serrés.

Les autres captifs ne peuvent même pas être témoins de la bravoure de cette femme. Ils sont de l'autre côté de la barricade, serrés autour de celui que les Blancs appellent Adam. Bientôt, ils devront aussi oublier la lumière et l'air. On les enfermera dans l'entrepont.

La pirogue qui a conduit les captifs à bord est amarrée le long du navire. Joseph croise le regard de Mosi qui s'éloigne avec l'autre pirogue. Il emmène le cuisinier Cook qui a convaincu Gardel qu'en allant parler aux bateaux voisins, il pourrait échanger ses fèves et son riz contre de la nourriture fraîche. Les cages à poules sont vides depuis un mois, les cochons se sont envolés, et on mange de plus en plus mal à bord.

– Vous verrez, dit Cook, vous ne le regretterez pas.

Le cuisinier a aussi promis de se renseigner sur les rivières les plus pures de la côte afin de reconstituer les réserves d'eau potable. Pour l'instant, l'eau qu'on tire des tonneaux est devenue marron. Elle sent la grenouille à plein nez.

Tout l'après-midi, Mosi accompagne Cook. Ils abordent un par un les navires et pendant que Cook charme l'équipage avec son anglais parfait et son sourire, Mosi fait discrètement glisser sa pirogue le long de la coque. Par les sabords, il demande dans les ponts inférieurs si un certain Lam Lilim d'Isaya est quelque part.

Ces trois mots commencent à circuler dans les profondeurs des navires. Ils se répandent parmi les captifs invisibles.

Il faut être un père ou une mère pour croire que parmi les dizaines de milliers d'êtres humains arrachés chaque année à ces kilomètres de côte, un enfant peut être retrouvé à coups de pagaie, en faisant courir un nom dans l'entrepont des navires ou dans les caves des forteresses…

Revenu le soir même sur *La Douce Amélie*, Cook servira à la table du capitaine des vol-au-vent aux morilles faits par le chef de *La Bonne Société*, un petit navire rapide qui arrive de La Rochelle et y retourne en ligne directe.

Après quelques étapes décevantes et avec à peine trois douzaines de captifs dans le faux-pont, c'est à Juda que tout doit commencer.

Gardel a décidé que *La Douce Amélie* resterait immobilisée jusqu'à Noël devant les trois rouleaux qui forment la barre à cet endroit. Le fort Saint-Louis à Juda est le cœur de l'activité des Français sur la côte.

Pendant ce temps, Joseph Mars n'a pas le droit de quitter le navire. Gardel craint qu'il lui fausse compagnie avant d'avoir résolu l'énigme de Luc de Lerne en profitant des autres navires français qui grouillent autour de Juda.

L'équipage est divisé en trois groupes.

Le premier va bientôt partir s'installer à Juda, mené par le capitaine et accompagné du chirurgien chargé d'inspecter la marchandise. Ils auront à négocier auprès du fort pour obtenir les centaines de captifs dont ils ont besoin. Le capitaine rendra aussi visite au roi du Dahomey qui vit à une journée de là en traversant les marécages.

La deuxième équipe accompagnera Vaugelende pour une mission à bord de la chaloupe qui va enfin être mise à l'eau. Ils iront préparer la traite de l'étape suivante, du côté de Porto-Novo et Badagri. C'est la nouvelle idée qui est venue à Gardel. Vaugelende rassemblera des captifs que *La Douce Amélie* passera prendre plus tard. Ce sera beaucoup de temps gagné. La rumeur dit que c'est par là-bas qu'on fait en ce moment les meilleures affaires.

Un dernier groupe restera avec le maître d'équipage Absalon et le charpentier Poussin. Ils garderont le navire et les quelques captifs qui sont déjà à bord. Ils feront les réparations nécessaires. Gardel leur a bien sûr laissé le cuisinier Cook, dans l'espoir que Joseph obtienne de lui quelques informations sur Luc de Lerne et son trésor. Il a personnellement confié Joseph à Absalon. Les règles sont strictes. Il doit rester enfermé à travailler dans la salle des cartes du lever du jour à la tombée de la nuit.

Un soir, donc, les trois sections se séparent. *La Douce Amélie* reste à l'ancre. La petite chaloupe met les voiles en direction du levant, partant en éclaireuse avec Vaugelende et son équipage. Et les quatorze piroguiers de Chama emmènent Gardel, Palardi et une quinzaine d'hommes continuer dans le royaume de Juda leur barbare cueillette.

28

Des fleurs sombres

– Ce que nous vivons, c'est exactement l'existence des naufragés, dit un marin. Je peux vous le dire parce qu'il m'est arrivé de rester coincé un mois sur un banc de sable près de l'île Bourbon.

– Sauf que pour nous, cela fera plutôt deux mois, dit un autre.

– ... et que j'ai cinquante personnes à nourrir deux fois par jour, ajoute Cook d'une voix lasse.

– Je vous conjure de vous taire, gémit Absalon.

Le maître d'équipage est couché les bras en croix sur le plancher, fiévreux, un mouchoir mouillé posé sur le visage. Les autres ne sont pas beaucoup plus frais à ses côtés.

Pour la septième semaine, *La Douce Amélie* est à l'ancre au large de Juda. Les requins-tigres tournent autour d'eux nuit et jour. C'est la saison des grandes chaleurs et des brouillards. Tout est blanc. L'équipage baigne dans cette purée de pois et ne voit même pas la côte juste en face. Ils ont démonté les parties supérieures des mâts pour ne pas donner prise au vent. Avec son pavillon baissé, ses mâts tout rognés, le navire ressemble à une galère romaine.

La seule distraction des matelots est de voir, trois fois par semaine, les deux grandes pirogues sortir de la brume. Morel et Sauvage sont fièrement à la tête de leurs quatorze rameurs. Ils vident peu à peu la cargaison de troc qui est dans la soute. Ils entassent tout ce qu'ils peuvent dans les embarcations. Les plus grosses barriques sont jetées à l'eau, reliées les unes aux autres, puis tirées sur la rive. En échange de ce chargement, les pilotins Morel et Sauvage donnent quelques nouvelles à ceux qui restent à bord.

Ils expliquent que Lazare Gardel et ses hommes sont installés au fort Saint-Louis à Juda où ils sont très mal reçus par le gouverneur Montaguère, un bandit qui ne leur est d'aucune aide. Heureusement, le capitaine a pu payer ce qu'il faut au roi du Dahomey pour avoir le droit de commencer à acheter des captifs. Ils les enferment dans des cabanes bâties sur la plage à côté de la marchandise qu'on décharge du navire.

– Ça avance, répond vaguement Morel quand on lui demande combien de temps tout cela pourrait encore durer. Ça avance.

Les matelots de *La Douce Amélie* n'ont jamais droit à plus de détails. Les pirogues s'en vont déjà, chargées de fer, de pipes, de tissus des Indes et de mouchoirs rouges de Cholet.

– Allez avertir Joseph Mars qu'il peut sortir de sa cellule, dit soudain Absalon, toujours aussi pâle sur le plancher du pont. Je l'ai encore oublié.

Depuis qu'il est malade, il ne surveille plus Joseph. D'ailleurs, personne à bord n'a compris ce que le garçon peut faire toute la journée dans cette petite cabine. Joseph raconte que Gardel lui a demandé de recopier plusieurs fois le journal de bord pour le faire envoyer à l'armateur Bassac et à ses associés. Mais faut-il cinquante jours pour ce genre de travail ?

– J'y vais, dit Cook. Je vais libérer le petit.

Il descend la grande échelle. Il arrive devant la salle des cartes, pousse la porte qu'Absalon ne prend même plus la peine de fermer à clef. Joseph lui tourne le dos. Il ne s'est pas aperçu de sa présence. Cook s'approche un peu plus et se penche par-dessus son épaule.

– Alors ? demande-t-il. On voyage ?

Joseph sursaute. Il recouvre la carte sur laquelle il était penché.

– Tu es déjà dans les îles…

– J'aimerais, répond-il. Le temps est si long, ici.

– Et ce n'est pas fini, se lamente le cuisinier en s'éloignant.

– Cook !

Il revient dans l'encadrement de la porte.

– Gardel m'a demandé d'en savoir plus.

– Plus ?

– Sur les années où tu étais avec Luc de Lerne.

– Ah…

Il remue la tête avec accablement.

– Qu'est-ce qu'il veut savoir ?

– Je me débrouillerai avec ce que tu me diras.

Cook s'appuie contre la porte qu'il vient de refermer. Il passe sa main sur son front. Que dire ?

– J'avais ton âge quand je suis arrivé sur *L'Hydre*. C'était le moment où Luc de Lerne naviguait tout près d'ici. Du côté de la Sierra Leone. Il aimait la Côte-au-vent… Très peu de forteresses étrangères, seulement des forêts qui tombent dans la mer. Et des navires surchargés qui passent au loin…

– Comment était-il ?

– Il respectait Dieu et l'or. Rien d'autre. Il trempait la viande fumée dans l'or liquide et il brisait la croûte au marteau pour la servir. Son petit singe portait une cotte de mailles en fil d'or avec, sur la tête, la toque rouge des papes.

Joseph sourit. Oui, cet homme a certainement connu le vieux pirate.

– Pourquoi tu es parti ?

– Je ne suis pas parti. J'ai été oublié sur un vaisseau de la Navy anglaise après une bataille. Luc de Lerne est parti sans moi. J'ai passé quatre ans dans les prisons anglaises.

– Tu lui en veux ?

Cook ne répond pas. Joseph le laisse s'en aller. Il est rassuré. Avec ces confidences, il devrait pouvoir faire patienter Gardel quelque temps. Ses années dans la piraterie ne semblent pas manquer au cuisinier.

Tout va bien. Ce ne sera pas le bon Cook qui dérangera les plans de Joseph. Il ne lui reste plus qu'à quitter rapidement les côtes de l'Afrique, à s'accrocher aux alizés qui soufflent vers l'endroit où on l'attend. Et pendant ce temps, il devra tenter d'oublier les êtres qui respirent sous ses pieds dans l'entrepont.

Quelques instants plus tôt, juste en face, sur la côte, deux captifs se sont assis dans l'herbe au bord de la longue allée de citronniers du fort de Juda. Ils viennent d'arriver par le nord. L'un de leurs gardiens porte un sabre d'officier des dragons, l'autre un fusil de brousse.

– Donne-lui un fruit, dit Baako à son père en montrant la femme.

Il vient de se rendre compte qu'il ne connaît pas son nom alors qu'il marche avec elle depuis deux mois. Elle attend un enfant. Comment peut-elle être encore vivante après tant de fatigue ? Il l'entendait chanter très bas en marchant. Il ne sait pas si c'était pour elle-même, pour son grand fils de vingt ans ou pour celui qu'elle porte. Baako sait juste qu'elle chante comme aucun être humain ne peut chanter.

– Donne-lui un fruit, répète Baako.

Mais Eeko n'ose pas retirer un citron au jardin des Blancs. Et si on le jetait lui aussi dans l'un des bateaux ? Si on se trompait ? Il a peur de se trouver si près de la mer, au bord du vide. Qu'a-t-il de différent de ceux qu'on met vivants dans les bateaux ? Il voudrait que revienne leur chef Awoshi qui est allé chercher le gouverneur du fort.

Finalement, Baako attrape lui-même un citron. Il s'approche de la femme et le lui donne. Elle le fait tourner entre ses doigts. Elle le tend à Soum qui mord dedans, juste pour crever l'écorce. Il le rend à sa mère. Elle jette sa tête en arrière, le presse au-dessus de sa bouche ouverte. Quelques gouttes tombent. Nao ferme les yeux. Ses paupières se mouillent.

Eeko et Baako retiennent leur respiration. Ils se regardent l'un l'autre. Elle est belle. Ils aimeraient se retourner, la laisser s'enfuir. Ils voudraient la rendre à cette vallée dont ils ont frôlé la splendeur.

Là-haut, en quelques heures, en restant au seuil, ils ont vu les troupeaux d'éléphants et de zèbres dessiner des paysages inconnus. C'était le matin. Les cendres de l'incendie étaient retombées. Le soleil se levait pour la première fois. Les girafes dansaient en galopant. Les cigognes et les flamants roses tournaient dans le ciel en attendant que la terre refroidisse.

En s'en allant avec leurs captifs, les guerriers ashantis avaient eu l'impression d'avoir passé la tête dans un rêve interdit et que ce sacrilège les poursuivrait longtemps.

Awoshi revient. Il est accompagné d'un homme blanc qui a les cheveux attachés derrière la tête. Il tient son chapeau sous son bras. Sa chemise fait comme de la mousse blanche sur sa poitrine entre les pans de son manteau. Ce n'est pas le gouverneur du fort de Juda. C'est Lazare Gardel.

Le gouverneur Olivier de Montaguère est parti le matin

même pour une expédition diplomatique. Il était porté dans un hamac tendu entre deux bambous. Il a peur des caïmans sacrés du Dahomey qui grouillent dans les marécages.

Gardel a profité de l'absence de Montaguère pour suivre dans le jardin ce jeune Ashanti qui dit avoir deux esclaves à vendre. Un mot l'a fait venir sous les citronniers. Le mot « Okos ». Il faut être un négrier très vieux et très connaisseur pour que ce mot continue à donner des frissons. Il faut avoir vécu la folie oko.

– Voilà, dit Awoshi.

Il montre Nao et Soum.

– Peut-être les derniers sur la terre.

– Quelle trace ?

– Pour elle, la trace du chant.

Gardel a entendu une seule fois chanter un petit garçon oko qui avait la trace du chant. Il ne l'oubliera jamais.

– Et lui ?

Awoshi vient vers Soum.

– Pousse-toi.

Le garçon ne bouge pas.

– Allez !

D'un coup de genou il le fait rouler sur le sol.

– Seigneur ! s'écrie Gardel. Le jardin !

– Oui, dit Awoshi. La trace du jardin.

Là, à l'endroit où Soum était assis, au milieu de cette étendue d'herbe rase, a poussé un petit cercle d'herbe d'un vert éclatant, avec des plantes grimpantes enroulées sur elles-mêmes, et une fleur grasse qui crépite en se défroissant.

Gardel se frotte le visage. Il suçote sa langue comme une pâte de fruit.

– Ils sont fragiles ?

– Non.

– Ils sont toujours fragiles.

– Ils viennent de marcher deux mois. Et pourtant, elle attend un enfant. Vous avez trois Okos sous les yeux, insiste Awoshi.

Gardel connaît parfaitement les cinq traces des Okos. La trace du jardin et la trace du chant… Il y a aussi la trace de la guérison et celle de la chasse. De quelle trace sera cet enfant? Toutes ont une valeur inestimable. Une seule lui fait peur parce qu'il a vu des bateaux brûler et exploser à cause d'elle : la trace de la guerre.

– Alors? demande Awoshi. Sinon, j'irai parler aux Portugais.

Baako et Eeko admirent l'assurance de leur chef.

Gardel s'approche et murmure longuement à l'oreille d'Awoshi. Il énumère à voix basse une liste de marchandises. Il n'a jamais proposé autant pour des captifs.

– Voilà tout ce que je peux offrir, dit-il.

Awoshi se tourne vers lui.

– Ça, c'est pour l'enfant qui va naître. Mais pour les deux qui sont là devant vous, qu'est-ce que vous donnez?

Gardel soupire. La sueur de son front roule dans ses yeux. Impossible de ne pas voir qu'il est prêt à tout.

– Pour les autres, je donne le double.

– Le double pour chacun?

– Oui, dit-il, ensorcelé.

– Et la pirogue pour rapporter la marchandise par le fleuve, vers mes collines de Kumasi?

– D'accord. Je donne la pirogue aussi.

– Et trois bons fusils en plus pour monter la garde?

Gardel ne se reconnaît plus.

– Oui.

Awoshi se remémore les épreuves des derniers temps. La route sans fin. Il peut rentrer à la maison. Il sera reçu comme un prince.

– Mettez-les dans ma chambre du fort, dit Gardel, toujours

fiévreux. J'aurai des hommes pour les surveiller. Je les transporterai à bord pendant la nuit.

Il craint le retour de Montaguère. Le gouverneur français de Juda détourne les meilleurs lots au profit de son gendre qui fait des affaires dans la région. Ils ne doivent surtout pas apprendre la présence des Okos.

– Tu passeras à l'entrepôt de la plage pour être payé, lui dit Gardel en s'approchant des Okos.

Soum bondit et vient se blottir contre sa mère. Elle le protège de son bras. Entre leurs jambes emmêlées on voit s'ouvrir des fleurs sombres.

29

La mer

La nuit est tombée. Mosi marche sur la plage le long des cages où sont enfermés les captifs. Il les dévisage les uns après les autres. Beaucoup sont retenus avec des colliers de fer ou sont attachés deux à deux par les chevilles. Des enfants circulent entre les corps recroquevillés.

Du temps où il s'appelait Moïse Shackle, Mosi ne regardait pas les captifs qu'il prenait. Ils étaient comme les herbes qui arrivent à la taille et qu'on arrache avec la main en se promenant dans une prairie. On en jette une, on en porte une autre à la bouche, on les sème derrière nous. Combien en a-t-on cueilli à la fin ? Impossible de le savoir. On pensait à autre chose.

Mosi vient de fouiller les cachots du fort William qui appartient aux Anglais, juste en face du fort de Saint-Louis à Juda. Il y a quelques jours, il avait fait la même chose avec le comptoir portugais. Tous les captifs étaient sortis des caves pour être rasés et lavés. Il passait parmi eux, demandait à voir les enfants. Impossible de trouver son fils.

Mosi ne peut plus attendre. Lam est quelque part sur cette côte, prêt à être embarqué. Et *La Douce Amélie* se traîne depuis des semaines. Mosi continuera par la terre. Il ira à Porto-Novo en trois jours et ne s'arrêtera plus. Il retrouvera Lam. Encore quelques lunes avant que la pluie entrouvre sa vallée. Il franchira le ravin avec lui. Ce sera peut-être la nuit. Il verra la maison au loin. Il réveillera Lam assis sur ses épaules.

– On est arrivés.

Il le fera descendre et lui donnera la main.

Personne ne les entendra entrer sur la pointe des pieds. Mosi est sûr qu'Alma se réveillera la première.

– C'est vous ?

Le chef des piroguiers de Chama est avec ses hommes autour d'un feu sur le sable, loin des captifs. Mosi s'assied à côté de lui. L'autre fait comme s'il ne l'avait pas vu.

– Je sais ce que tu vas me dire, dit-il après un temps.

Mosi l'écoute en regardant les braises.

– Je t'observe tous les jours. Tu es le meilleur. Tu connais la vague. Mais je vois bien que tu n'es pas là pour elle.

– Pour qui ?

– Pour la vague.

– C'est vrai. Je ne suis pas là pour la vague.

– Tu t'en vas.

– Oui.

– Attends un peu. Reste cette nuit. La mer n'est pas bonne. On doit emmener deux captifs au bateau. J'ai besoin de toi.

Mosi relève la tête.

– Deux captifs ?

– Les captifs du capitaine.

– Où sont-ils ?

– Au fort Saint-Louis.

L'espoir luit à nouveau dans l'œil de Mosi. Un petit espoir comme il en a chaque fois qu'il arrive quelque part.

– Ils sont arrivés aujourd'hui avec des chasseurs ashantis.

Mosi demande :

– Depuis quand les Ashantis viennent jusqu'à la mer ?

L'autre ne répond pas.

– Il y a un enfant ?

– Oui, dit l'homme en souriant.

– Un enfant de dix ans ? demande Mosi.

– Plus petit. Si petit qu'il n'est pas encore né.

Mosi se dresse. La lumière s'est éteinte dans son œil.

L'homme le rappelle :

– Attends ! Il y a une femme enceinte et son grand fils. Attends un peu et je te paierai après.

– Je ne veux pas que tu me paies. Je m'en vais. Tu ne me dois rien.

Mosi s'enfonce dans l'obscurité et s'éloigne des visages aimés qui sont passés si près de lui cette nuit-là.

Plus tard, quand les piroguiers arrivent au navire avec les deux Okos, ils ont la surprise de découvrir la chaloupe revenue de mission et amarrée au flanc de *La Douce Amélie*.

Vaugelende et ses hommes ont fait des merveilles. Deux cents captifs attendent sur la plage de Porto-Novo à quelques milles de là. Il ne restera qu'à régler la facture car la marchandise promise en échange de ces captifs est toujours à bord du navire. Là-bas, les vendeurs ont même gardé Abel Bonhomme et le tonnelier Tavel en caution. Ils ne les relâcheront que s'ils sont payés.

Apprenant ces bonnes nouvelles, Gardel décide de partir. Il commence par charger dès le petit matin les captifs qu'il a achetés à Juda. Les allers-retours des pirogues de Chama ne suffiront pas. On fait appel à d'autres embarcations qui traverseront plusieurs fois la barre. Tout l'équipage est réquisitionné. Même Joseph Mars.

Le jour se lève à peine. Il se met à pleuvoir. C'est la première fois depuis longtemps que Joseph s'éloigne de *La Douce Amélie*. Il est à l'avant d'une des pirogues.

Dans le long chapelet des tragédies de la traite, il n'y a pas de moment plus déchirant que celui-là.

Peu à peu apparaissent les ombres sur la plage. On mène les captifs par petits groupes vers la mer. Ils commencent à s'avancer dans l'eau. Presque tous sont enchaînés pour ce départ. Lourds et entravés, ils ne parviennent pas à monter dans les pirogues qui sont bousculées par les vagues. Les matelots hurlent autour d'eux.

Les captifs se tiennent les uns aux autres sous la pluie. Leurs yeux se tournent vers la terre. Des coups tombent sur leurs épaules. La plupart n'ont jamais vu la mer. Les rouleaux se brisent et les empêchent de grimper. Ils sentent encore le sol sous eux. Leurs pieds s'enfoncent et dérapent dans le sable, sous l'eau. Ils sont encore là. Parfois, ils profitent de celui qui tombe et auquel ils sont attachés pour revenir en arrière, pour s'attarder un peu sur la terre. Alors on les tire de l'intérieur avec force. Leurs pieds glissent. Ils sont arrachés. Ils ne sentent plus rien sous eux.

Ils sont poussés au fond des pirogues.

C'est fini.

La lisière blanche de leur continent commence à s'éloigner. Entre les arbres, ils croient voir briller des lucioles par millions : les yeux de leurs ancêtres qui les regardent partir.

Sur les pirogues, certains veulent se jeter à l'eau.

Le danger des requins n'est rien à côté de l'incertitude absolue.

Où allons-nous ? Que vont-ils faire de nous ?

La Douce Amélie apparaît, brillante de pluie. On lui a remis ses mâts immenses. Un peu de lumière rose éclaire enfin la mer. Dernière lueur avant que tout s'éteigne dans les ténèbres de l'entrepont.

À midi, il pleut toujours. Gardel a fait sortir les voiles rangées dans la cale pendant la longue halte. Elles pèsent lourd, collées par la pluie. Des dizaines d'hommes sont sur les vergues à les soulever. Ils ont hâte.

Lentement, le navire s'ébroue et reprend sa route.

Le lendemain, dans le mouillage protégé de Porto-Novo, on embarque les deux cents captifs de Vaugelende. Cette fois, tout l'équipage croit en avoir fini. Les piroguiers de Chama sont rentrés chez eux. En rassemblant des captifs en même temps à Juda et Porto-Novo, le capitaine Gardel a fait gagner près de deux mois au voyage. Il y a cinq cent sept prisonniers à bord. Pas encore d'épidémie dans l'entrepont. À peine quelques victimes du temps malsain des derniers mois. C'est inespéré. Il faut profiter de l'avance.

Gardel a convoqué ses officiers dans la grande chambre.

Ils s'attendent à ce qu'il leur présente la route choisie pour traverser l'océan. Mais en ce début d'hiver, il n'y a pas de fantaisies possibles. Tout le monde sait qu'il faut piquer directement vers les îles, le plus droit possible, sans chercher à être plus malin que la géométrie. Quel est donc le nouveau caprice du capitaine ? De quoi veut-il leur parler ?

Au-dessus de la grande carte de l'Atlantique étalée sur la table, Gardel a posé une bande de papier. C'est le plan du navire. Il pose son doigt sur un espace à l'avant du navire, devant le mât de misaine.

– Qu'est-ce que c'est ? demande-t-il.

– La cambuse, répond Morel en bon élève.

– Et qu'est-ce qu'elle contient la cambuse ?

– La nourriture de l'équipage, capitaine. Trois mois de nourriture jusqu'à Saint-Domingue.

– Videz-la-moi.

– Comment ?

– Montez tout cela d'un niveau, sous le gaillard d'avant.

– Et après ?

– Elle fait bien quatre mètres par quatre, la cambuse ?

– Qu'est-ce que vous voulez y mettre ? interroge Vaugelende.

– Des captifs.

À sa droite, Sauvage commence à compter.

– On peut en sortir vingt-cinq du parc des hommes. Ils auront un peu plus de place…

– On n'en mettra pas moins de cinquante, dit Gardel, mais sans vider le parc des hommes.

– Pardon ?

– Je veux cinquante captifs en plus dans ce navire.

Même Vaugelende est désespéré.

– Il n'y a aucune aération dans la cambuse, capitaine. On dépasse déjà les cinq cents têtes fixées par Bassac.

– Ou voulez-vous trouver de quoi nourrir cinq cent cinquante captifs ? demande Cook.

– On gardera toujours au moins trente jours d'avance sur le programme, dit Gardel. Un mois de vivres, c'est plus que ce qu'il faut pour nourrir cinquante nouveaux captifs.

Il a surtout fait ses calculs. Avec ces cinquante captifs, il augmentera d'un dixième ses revenus. Cela fera trois mille livres de prime. Cent mois de salaire d'un matelot ordinaire.

– Mais il n'y a plus un seul homme à acheter sur cette côte, capitaine.

– On ira plus loin, messieurs.

– Où ?

Il balaie le plan du navire et écrase son poing sur la carte, plus à l'est. Là où se jette le fleuve Niger.

– Bonny ! Levez les ancres et emmenez-moi à Bonny.

À l'endroit exact où Lazare Bartholomée Gardel a posé son poing, il y a la petite plage de sable gris où Alma vient d'échouer sa pirogue. Depuis des jours, le fleuve se divise et s'élargit jusqu'à ce qu'elle n'en voie plus les rives.

Maintenant, elle est debout sur le sable. Elle regarde une étendue sans fin devant elle, une étendue comme elle n'en a jamais vu, noir et blanc sous le ciel d'orage.

C'est la mer.

30

Saint-Ange

Quelques heures plus tard, au milieu de la nuit, une ombre mouchetée de lanternes, plus haute que les maisons du quai, s'avance dans le port de La Rochelle. Il ne neige pas encore mais le froid est tombé sur la ville. Dans l'obscurité, quelques silhouettes marchent en équilibre par les rues glacées. Tout est silencieux. On ne peut pas deviner que c'est la nuit de Noël.

Le seul mouvement est à l'entrée du port, du côté de la tour de la Chaîne, où cette ombre s'avance sans un bruit. Le navire à deux mâts termine sa manœuvre pour venir s'amarrer au quai. Autour de lui, la ville semble endormie.

Pourtant, il suffit de faire quelques pas de l'autre côté du port, vers le canal Maubec et ses vieilles maisons, pour se retrouver devant le portail à colonne de l'église Saint-Sauveur. On marche vers le porche en faisant bien attention de ne pas glisser. On pousse la porte et soudain : la lumière éclatante, la foule, l'encens, l'orgue, la fumée des cierges, le bruissement des robes, les chuchotements, les craquements des bancs, la tiédeur humide… C'est l'heure de la messe de minuit.

Aux premiers rangs s'étalent les plus belles toilettes de la ville. Les femmes ont profité de la chaleur des bougies et des corps pour se mettre à la dernière mode des tropiques et montrer leurs épaules jusqu'en bas du dos. Le curé, peut-être plus frileux, rivalise d'élégance sous des épaisseurs de robes et de dentelles. On l'inviterait bien à danser.

Des enfants se laissent glisser des prie-Dieu pour jouer avec les souliers de leurs mères qui se sont déchaussées sous leurs jupons. Les hommes ont mis leurs habits de brocart avec autant de boutons qu'il y a de pions dans leurs jeux de trictrac.

Jusqu'au dernier rang, l'église est une salle de spectacle. Il y a les marins debout au fond, les petits pages noirs qui attendent leur maîtresse, les vieilles femmes qui ont pris une place à midi avec leur quichenotte, cette coiffe blanche de paysanne qui leur fait des oreilles de cocker espagnol.

Au troisième rang est assise Amélie Bassac et son gouvernail, Mme de Lô. Amélie n'est pas décolletée comme les autres. On ne voit pas un seul confetti de sa peau. Elle porte une cape rouge sombre, boutonnée sous le menton, dont la capuche retombe sur son front. À côté, la minuscule Mme de Lô barre la vue à tous ceux qui sont derrière elle à cause de sa coiffure à étages.

De temps en temps, elles se regardent toutes les deux d'un air entendu. C'est juste qu'elles ont reconnu dans le latin du curé, une construction rare qui les intéresse, l'emploi du vocatif singulier «*deus*» qui n'existait pas au temps des Romains ou toute autre curiosité de la langue.

À vrai dire, Amélie voudrait bien se recueillir. Depuis l'enfance, elle aime la veillée de Noël, cette petite flamme au creux de l'hiver. Et bien qu'une nuit de Noël lui ait volé sa mère quelques années plus tôt, elle attend cette fête sans savoir pourquoi dès que les jours se mettent à raccourcir.

Mais ce soir, comme pour gâcher la fête, Jean Saint-Ange,

le comptable de son père, est à quelques mètres devant elle, à droite, près d'une colonne. Il lui jette des regards profonds. Pour lui échapper, elle garde les yeux fixés sur un servant de messe un peu plus jeune qu'elle. À force de sentir ce regard, le petit garçon a sur les joues tout le rouge de sa robe d'enfant de chœur.

Saint-Ange est venu voir Amélie avant le début de la messe de minuit. Il lui a présenté ses hommages. Elle n'a pas enlevé son gant pour lui serrer la main.

– Et votre père ?

– Il n'est pas là, a répondu Amélie.

– Il est souffrant a précisé Mme de Lô à côté d'elle. Ce n'est rien. Un coup de froid dimanche dans le jardin.

– Le pauvre homme.

Saint-Ange s'est éloigné. Il savait qu'il n'obtiendrait pas plus que les cinq mots prononcés par Amélie. Elle ne lui proposerait pas non plus la place libre à côté d'elle, sur le banc réservé où est gravé le nom des Bassac dans l'église Saint-Sauveur.

Amélie pense à son père qui doit être sous son édredon de plumes, tout seul.

Malade, il a fait partir tout le monde à la messe. C'était une tradition de la mère d'Amélie qui libérait tout le personnel de la maison, du soir du 24 décembre jusqu'au matin du 25, à condition qu'elle les voie tous communier à la messe de minuit. Ferdinand Bassac a gardé cette habitude. Et du palefrenier à la lingère, la maisonnée s'est envolée ce soir-là.

Pour la première fois de sa vie, peut-être, Bassac est donc resté seul dans la grande demeure, sans domestiques. Amélie l'imagine bien, la tête appuyée sur ses oreillers, incapable de bouger. Il ne sait même pas se faire du thé. Il ignore où est la cuisine. Il reste dans son lit, tout enchifrené et toussotant en écoutant les battements de l'horloge.

Au moment où le curé se dirige vers la chaire, au centre de l'église, Amélie tourne légèrement les yeux sous sa capuche et voit un garçon blond qui se penche vers Jean Saint-Ange. Dans la seconde qui suit, les deux hommes disparaissent derrière la colonne. Seul le chapeau du comptable est resté sur son banc.

Il est parti. Amélie se détend soudain alors que l'orgue fait résonner un Gloria.

Saint-Ange marche sur le quai désert.

– Attention au givre, dit le garçon qui l'accompagne en enfonçant son bonnet rouge sur ses oreilles.

– Comment s'appelle le bateau ?

– *La Bonne Société.* C'est un brick de moins de deux cents tonneaux. Il est arrivé d'Afrique il y a une heure. Et comme je savais que vous attendiez quelque chose…

– J'attends depuis longtemps.

– C'est ce que je me disais. Et comme je savais que vous étiez à la messe…

– Vous avez vu la lettre ?

– Je ne l'ai pas vue, dit le jeune homme. Mais quelqu'un qui était à bord a dit votre nom. Et comme je savais que…

– J'ai compris.

Ils arrivent au bout du quai. Il y a en effet un brick à deux mâts avec des coulées de glace qui tombent sous les vergues. L'équipage s'agite dans le froid. Ils sont heureux d'être arrivés à temps pour Noël mais cette entrée dans le port en pleine nuit les a privés des hourras et des jeunes filles qui sautillent sur le quai en tapant dans leurs mains.

– Où est le capitaine ?

Un matelot montre un petit groupe sur le côté. Saint-Ange reconnaît ces messieurs de la douane, un représentant de l'autorité du port, et un autre homme qui se balance légèrement sur le pavé comme tous ceux qui viennent de passer des mois en mer.

Saint-Ange se dirige vers eux, suivi de son guide à bonnet rouge qui attend son pourboire.

– Vous êtes le capitaine de *La Bonne Société*?

– Je l'étais encore il y a une heure.

Saint-Ange lui serre la main. Il se présente:

– Jean Saint-Ange.

Le capitaine hoche la tête et sort de sa poche une enveloppe.

– J'avais dit à votre monsieur, là-bas, sur la côte, que cela prendrait un mois. Mais je n'avais pas prévu trois semaines de calme plat. Cela fait presque deux mois en tout. Le vent est plus capricieux que les chevaux de la poste. Tenez.

– Où vous a-t-on donné la lettre?

– À Cape Coast, sur la côte de l'Or, juste après la fête de la Toussaint.

– Merci.

Les deux hommes se séparent rapidement. Un douanier myope a tiré le capitaine par la manche. Le garçon au bonnet rouge court après Saint-Ange.

– Vous voyez! J'avais bien entendu votre nom. Et comme je savais que vous étiez...

– C'est bon. J'ai compris. Tiens. Va-t'en.

Il lui met deux pièces dans la main. Le garçon essaie de compter son salaire dans l'obscurité tandis que Saint-Ange se dirige vers une lampe à pétrole suspendue entre deux abris sur le quai. Il a déchiré l'enveloppe, il est déjà en train de lire.

Autour de lui, les marins parlent d'argent, de projets extravagants pour la nuit. Ils sont contents de rentrer vivants. À l'arrivée, ils ont vu venir le père d'un des trois matelots morts pendant leur voyage. Le vieil homme a bien vu que son fils n'était pas là. On lui a donné le salaire du pauvre garçon, le contenu de son petit coffre et le prix de ses vêtements vendus aux enchères. La vente est toujours faite en pleine mer près du grand mât après la mort des marins. Elle donne lieu à une émouvante flambée des prix. On pense au camarade cousu dans son hamac et jeté dans les vagues. Des marins sans un sou dépensent une fortune pour une chemise élimée, une vareuse ou une mauvaise culotte de peau, juste pour faire gonfler la cagnotte qui sera remise à la famille du mort.

Derrière eux, sourd à tout ce qui se passe autour de lui, Saint-Ange plie précautionneusement la lettre. Il relève la tête dans la lumière de la lampe. Son visage rayonne. Les nouvelles sont excellentes. Inespérées.

Quand on se met à frapper dans la cour, Ferdinand Bassac est à son bureau, en robe de chambre rose, avec des petits chiffons de gaze enfoncés dans les oreilles. Il n'entend rien. Il y a longtemps qu'il s'est levé de son lit, hanté par le rhume de cerveau et les angoisses. Parfois, de toutes petites maladies remettent la vie en question. Il sait que la fièvre fait monter dans des zones inconnues, un peu comme l'air chaud qui, depuis quelques années, fait s'envoler des êtres humains dans des ballons.

Ferdinand Bassac est en train de regarder les papiers étalés sous ses yeux. Il a apporté la lampe de sa chambre. Il l'a posée sur le bureau. Suspendue juste au-dessus de lui, la maquette de *La Rose pourpre* projette son ombre en grand sur le plafond.

Le bateau porte le nom de sa femme disparue, Rose. Ils n'étaient alors que fiancés et elle rougissait quand il lui parlait d'avenir. Il avait donné ce nom à son premier navire de jeune armateur : *La Rose pourpre.*

Il fait froid. Bassac se sent entouré de fantômes. Il n'a pas réussi à ranimer le feu de la cheminée. Il contemple les chiffres sur le papier.

Il sursaute une première fois en entendant enfin les coups à la porte de la maison, retire l'un de ses bouchons pour tendre l'oreille et sursaute à nouveau quand on se remet à frapper.

Il est une heure du matin. Qui peut bien être là ?

Il se lève de son fauteuil, se dirige vers la fenêtre pour essayer de comprendre. Mais le visiteur est juste en dessous et Bassac ne peut pas le voir. De toute façon, s'il a franchi la porte cochère qui donne sur la rue, c'est forcément quelqu'un de la maison qui a oublié une des clefs. Bassac bougonne. Amélie ne doit pas revenir avant deux heures du matin. Il est seul. Il faut aller voir.

Le vieil armateur borde donc sa robe de chambre en tirant fort sur le nœud de la ceinture. Il reprend sa lanterne et met le cap vers la porte du bureau. Accroché à la rampe, il descend péniblement l'escalier.

– Voilà, voilà…, marmonne-t-il pour son visiteur qui ne l'entend sûrement pas.

On frappe à nouveau.

Il y a encore du feu dans la cheminée du hall d'entrée. Bassac manipule longuement la serrure à laquelle il ne comprend rien et entrouvre enfin la porte. Il glisse son nez enrhumé dans le froid de l'hiver.

– Mon Dieu ! Saint-Ange !

31

La conversation

– Je suis confus, monsieur. Où sont vos gens ?

– À la messe. Et vous ? Comment avez-vous passé le portail ?

– J'ai escaladé le mur du jardin.

Bassac écarquille les yeux.

– Qu'est-ce que vous faites là, Saint-Ange ?

– J'ai des nouvelles.

– Des nouvelles ?

– Des nouvelles de la côte.

Bassac dévisage son comptable. Il a craint un instant une demande en mariage ou ce genre d'extravagances qui vont bien avec une brusque apparition en pleine nuit par le mur du jardin. Il est rassuré.

Le jeune homme semble de bonne humeur. Peut-être une petite embellie dans cette nuit de cauchemar…

– Entrez donc.

Il le laisse passer et ferme la porte derrière lui.

– Suivez-moi.

On entend le sifflement des pantoufles sur le sol en pierre.

Bassac s'attaque à l'escalier par la face nord. Dans sa robe de chambre, la lampe à la main, il ressemble à un aubergiste réveillé en pleine nuit par un voyageur.

– Pardonnez-moi, je monte avec vous mais vous redescendrez seul. Je n'ai pas la force. Je suis presque mort.

Arrivé dans le bureau, Bassac montre la cheminée.

– Pouvez-vous faire quelque chose pour ce feu ? Saint-Ange s'agenouille. Il souffle sur le bois. Des petites étincelles jaillissent des braises. L'armateur se dirige vers la table, pose sa lampe. Il s'effondre dans son fauteuil et sort son mouchoir.

– Je ne voulais pas attendre, dit Saint-Ange, encore penché sur le feu. Je sais que ces affaires vous inquiètent.

– Elles ne m'inquiètent pas, répond Bassac en se mouchant, elles m'épouvantent.

Il entend résonner le rire de Saint-Ange dans le conduit de la cheminée. C'est un rire réconfortant, un rire d'adolescent.

– Vous riez, vous riez…, grogne Bassac.

– Oui, dit-il en se relevant, je ris. Vous réussissez tout ce que vous entreprenez, monsieur. Vous réussissez même à vous faire peur.

– Jusqu'à aujourd'hui, quand j'ai eu peur, j'ai toujours eu raison d'avoir peur.

Ferdinand Bassac se rappelle la maladie de sa femme, ces vertiges qui n'inquiétaient personne d'autre que lui.

– Je vais vous donner quelques nouvelles, dit le comptable.

Bassac a les deux coudes sur son bureau. Saint-Ange est resté près de la cheminée, assis sur une chaise de velours vert qu'il a tirée vers lui.

– Notre homme nous a écrit, dit-il. La lettre est arrivée cette nuit.

– Notre homme ?

– Oui.

– Et Gardel ? Pourquoi diable mon propre capitaine ne m'écrit-il pas ?

– Gardel a dû donner son courrier à un bateau moins rapide. Le vent a manqué au large de l'Espagne.

– Continuez.

– Notre homme dit que *La Douce Amélie*…

Saint-Ange s'arrête. Il a toujours une petite palpitation dans le cœur quand il prononce ce nom. Il le redit pour le plaisir.

– … Il dit que *La Douce Amélie* est arrivée sur la côte de l'Or.

– Ah !

– Tout se présente à merveille. La traite comme le reste. Et personne n'a rien découvert à propos de ce que vous savez…

– Même Gardel ?

– Il est tout à sa traite.

– C'est incroyable qu'il ne se doute de rien. Et l'équipage ?

– Aucun soupçon du côté de l'état-major, ni parmi les matelots. Il y a seulement…

– Quoi ?

– Il signale un garçon qui n'est pas sur nos listes.

– Vous voyez ! Vous m'aviez dit que vous alliez tout vérifier ! Chaque être vivant de ce navire ! Son passé, sa famille, le moindre de ses amis !

– Je l'ai fait. Il n'y a que celui-ci qui m'ait échappé. Il aurait été embarqué par accident au dernier moment à Lisbonne. Il n'a pas quinze ans.

– Et l'autre… Ce charpentier dont parlait la lettre de Gardel à Lisbonne…

En cherchant son nom, une ombre passe sur le visage de Bassac.

– Poussin, dit le comptable.

– Sachez, Saint-Ange, que je ne me remets pas de ce qui est

arrivé à l'autre charpentier, Bassompierre, et à son apprenti. Une chute dans le port... Les pauvres gens. L'apprenti avait quinze ans.

– Ils avaient bu, dit le comptable, avec un air de réprobation.

– Comment sait-on qu'ils avaient bu ? glapit Bassac.

– On ne tombe pas dans le port par hasard.

– C'est justement ce qui m'inquiète, mon ami. On ne tombe pas dans le port par hasard.

L'armateur a répété ces mots plus lentement, l'œil fixé sur Saint-Ange. Mais celui-ci fait comme s'il ne le voyait pas. Il reprend vivement ses explications :

– Notre homme précise que le garçon s'appelle Joseph Mars et qu'il a un arrangement avec Gardel.

– Mon Dieu... Et vous parliez de bonnes nouvelles...

– ... C'est un arrangement sans importance mais qui est difficile à comprendre. Heureusement, notre homme dit qu'il s'est débrouillé pour devenir lui-même assez proche du garçon et pouvoir mieux le surveiller. Il semble parfaitement inoffensif. Aucune inquiétude à avoir.

– Vous dites « notre homme »... En réalité, c'est le vôtre. Vous avez toujours confiance en lui ?

– Oui.

– Et vous ne voulez toujours pas dire son nom ?

– Monsieur Bassac, je vous le répète, votre chargement est en sécurité dans votre propre navire.

– Pourquoi ne pas vouloir me dire le nom de notre informateur ?

– C'est lui qui me l'a demandé.

Bassac se cale contre le dossier du fauteuil. Il regarde son comptable.

– J'ai quelque chose à vous dire, mon ami.

Saint-Ange est traversé par un pressentiment.

– Voyez-vous, dit l'armateur, je viens de passer de très mauvais jours…

– Cher monsieur…

– Vous me rendez de grands services, l'interrompt Bassac. Je loue votre intelligence, mon ami, votre aisance de chat dans les branches des affaires. Mais la décision que nous avons prise…

– C'est vous qui l'avez prise.

– Cette décision, je ne voudrais pas la regretter. J'ai mis toute ma fortune à bord d'un bateau pour vos placements américains…

– Ce ne sont pas mes placements, ce sont les vôtres. Ce pays vous donne le privilège de lui prêter de l'argent…

– Le privilège ?

– Le privilège, oui ! Tout cela vous reviendra un jour multiplié par dix.

– Un jour, oui… Et pourquoi ce privilège ?

– Par reconnaissance. L'Amérique est reconnaissante à notre pays de lui être venu en aide dans la conquête de son indépendance.

– Je me passerais bien de sa reconnaissance. Mais dites-moi… Et ces derniers salaires que je vous dois et que vous ne voulez toujours pas vous payer ?

– Ne m'en parlez même pas. Cela m'arrange. Je me paierai en temps voulu.

– Monsieur Saint-Ange, je n'aime rien de tout cela…

Bassac essaie de récupérer son mouchoir dans sa manche. Saint-Ange en profite pour attaquer.

– Laissez donc votre place si vous préférez. Et M. de Cirières prêtera son or à l'Amérique ! Ou bien ce sera votre ami Roussillon qui triplera sa flotte et ses terres. Ils se jetteront comme la vermine sur cette offre. Ce pays est quinze fois plus grand que le nôtre. Les perspectives sont extraordinaires. L'Amérique est à reconstruire après la guerre. Si vous avez peur de vous enrichir, alors oui, abandonnez tout de suite !

– Vous voyez, soupire Bassac, il suffit que je vous écoute et je ne peux pas m'empêcher de me laisser convaincre. Voilà pourquoi je ne dois pas décider tout seul.

Saint-Ange vient de se redresser légèrement sur sa chaise. Bassac range son mouchoir dans sa poche.

– J'ai décidé de parler de tout cela demain à ma fille, dit-il enfin, croyant mettre un point final à la conversation.

32

Ce qui reste de neige

– Amélie ?

– Je sais que vous avez pour elle l'affection d'un frère, dit Bassac avec malice. Vous serez étonné de son agilité dans nos affaires. Si vous êtes un chat très avisé, elle a quelque chose du tigre. Entre félins de bonne éducation, vous tomberez peut-être d'accord, Saint-Ange. Notre or pourrait bien continuer sa course jusqu'en Amérique comme vous l'espérez.

Saint-Ange vient de se lever. Il serre dans ses mains le bois de la chaise sur lequel il était assis.

– Monsieur Bassac, je vous ai recommandé de n'en parler à personne.

– Je n'en parle pas, en effet.

– À personne d'autre que nous.

– Ma fille n'est personne d'autre que moi-même.

Le comptable donne un coup violent sur le parquet avec la chaise. Il la tient fermement entre ses doigts. Bassac s'est immobilisé derrière son bureau.

Saint-Ange essaie de retrouver une contenance. Il respire fort, parle bas.

– Monsieur Bassac, je vous en supplie. Ne faites pas quelque chose que vous regretterez.

Bassac n'est jamais plus calme que dans ces moments. Il a construit sa fortune sur des situations de tension. Il répond d'une voix presque légère, bien assis dans son fauteuil, en levant simplement un de ses sourcils.

– Dites-moi, Saint-Ange, est-ce une menace ?

Le comptable ne répond pas. Le feu commence à reprendre dans la cheminée. On entend les premiers crépitements.

Bassac reste un moment perdu dans ses pensées puis il lève les yeux et, d'un geste, montre le navire au-dessus de lui. On dirait un bateau fantôme. Il mesure presque un mètre de long, entièrement en noyer et en bois de rose. Sa coque commence à briller à la lumière des flammes.

– *La Rose pourpre*... Vous n'étiez pas né... Deux mâts et cent cinquante tonneaux. Mon premier bâtiment.

Il inspire longuement.

– J'ai tout appris avec ce bateau. Compter, anticiper et se faire respecter. Mais le matin du départ, le capitaine n'a pas été loyal avec moi. Un détail à propos d'une escale qu'il prévoyait de faire sans me le dire. Une heure plus tard, *La Rose pourpre* est partie sans lui.

Bassac pose le regard sur son comptable et dit gravement :

– Vous entendez, Saint-Ange ? Sans lui !

Saint-Ange n'entend plus rien. Il serre entre ses mains le dossier de sa chaise.

Il voit seulement bouger les lèvres de Bassac.

Il voit ses yeux qui le regardent avec l'exigence et le calme d'un père.

Faisant un tour complet sur lui-même pour prendre de l'élan, Saint-Ange jette sa chaise de toutes ses forces. Elle tournoie lentement en direction de *La Rose pourpre*.

En regagnant son banc après la communion, Amélie le voit. Saint-Ange! Aussi soudainement revenu qu'il était parti. Le voici perdu dans ses prières, les yeux fermés, à genoux devant son chapeau qui est toujours posé sur le banc. Saint-Ange, sage comme un premier communiant, a retrouvé sa place dans l'église Saint-Sauveur. Comment est-il réapparu?

Maintenant qu'il ferme les yeux, Amélie peut le regarder à son aise. Elle s'imagine à côté de lui un jour sur ce banc. C'est vrai que cela ferait joli, de les voir tous les deux, épaule contre épaule, agenouillés sur leur prie-Dieu. Mais Amélie déteste ce qui est joli. Elle aime ce qui éblouit, ce qui fait mal aux yeux tellement c'est beau. Elle aime ce qui fait presque peur.

La messe se termine. Mme de Lô attrape le bras d'Amélie. C'est le moment où elle doit jouer son rôle: lui faire traverser sans encombre le parvis de l'église. Avec tout le beau monde qui y est rassemblé, le parvis est un terrain miné. Associés, voisins, fournisseurs, prétendants, tous ont une bonne raison de se jeter sur la fille Bassac.

Mme de Lô prend la direction des opérations. Elle tient fermement le bras de la jeune fille. N'est-elle pas son gouvernail?

Amélie marche à ses côtés, la capuche tombant toujours sur ses yeux. Elles commencent par un détour dans l'église pour brouiller les pistes, rapidement suivies par quelques silhouettes qui croient être discrètes. Mme de Lô fait mine de sortir un chapelet devant une statue de la Vierge mais tire soudain Amélie d'un coup et file sans prévenir vers le portail.

C'est là que les attend l'embuscade. Trois femmes munies de leurs grands fils se sont postées dans ce passage. Avec une exceptionnelle virtuosité, au moment d'arriver à leur hauteur, Mme de Lô s'accroche à Amélie et la fait tourner sur elle-même. Les voici qui regardent l'intérieur de l'église, comme si elles en admiraient

le chœur, mais sans s'arrêter un instant. Elles continuent à se diriger vers la sortie, en marche arrière cette fois, toujours aussi concentrées, levant les yeux vers la voûte. Elles franchissent ainsi le mur des fâcheux, et aussitôt dehors, montrant leur dos à toutes les mondanités du parvis, elles se détournent légèrement pour s'en aller vers le clocher en rasant la muraille.

Les voilà dans la ruelle qui longe l'église vers le nord.

Elles sont sauvées. Sauvées et ravies.

– Celui qui m'étonne, dit Mme de Lô, tout essoufflée, c'est votre ami Jean Saint-Ange. Je ne peux pas croire qu'il ne nous ait pas suivies.

– Ce n'est pas mon ami, c'est le vôtre.

La vieille préceptrice glousse dans son col de fourrure et avoue, rêveuse :

– Reconnaissez qu'il n'est ni pouacre ni cacochyme.

– Comment ?

Mme de Lô ne peut pas s'empêcher de lui faire travailler son vocabulaire.

– Il est charmant, résume la préceptrice. J'ai vu des anges avec les mêmes boucles blondes dans des tableaux à Versailles.

– Regardez, dit Amélie, il neige.

– Il faut rentrer.

– Non. Je veux voir la neige tomber sur le jardin des Récollets.

– Votre père vous attend.

– Il dort !

– Peut-être, concède la gouvernante.

– C'est sûr, dit Amélie en riant. Vous auriez dû le voir dans ses draps avant qu'on parte. Le pauvre. Une chose inerte, blanche et molle !

– Une pâte à pain dans son torchon, dit doucement Mme de Lô en rougissant de sa propre insolence.

– Venez !

Elles s'éloignent toutes les deux, louvoient sous les flocons de neige.

– La cuisinière veillera sur lui, dit Mme de Lô pour se rattraper. Elle m'a dit qu'elle allait revenir après la messe. Ses trois fils sont en mer. Elle ne veut pas profiter de son congé.

– Et vous ?

– Un congé ? Moi ?

– Oui, vous !

Elles disparaissent au bout d'une rue. On entend une dernière fois la voix de Mme de Lô :

– Comment feriez-vous ? Il faudrait au moins douze grenadiers à cheval pour me remplacer !

Les grelots de leurs rires sont aussitôt effacés par la neige, comme la trace de leurs pas.

Quand une heure plus tard, elles sont de retour à l'hôtel de Bassac, la porte cochère est grande ouverte. Devant la maison, la neige déjà profonde a été piétinée. Deux voitures sont arrêtées dans la rue, deux autres attendent dans la cour. Les chevaux sont tout fumants dans le froid.

Amélie et Mme de Lô entrent, les épaules couvertes de blanc. Que se passe-t-il ? Des hommes montent et descendent l'escalier. La cuisinière est en larmes sur une banquette devant la cheminée du hall. On lui a donné une couverture avec laquelle elle s'éponge le visage.

Mme de Lô se précipite vers elle.

– M. Bassac… sanglote la femme en la voyant. M. Bassac…

Elle ne peut rien dire d'autre.

Mme de Lô se retourne vers Amélie, mais la jeune fille est déjà en haut des marches. Des policiers essaient de la retenir. Elle force le passage et entre dans le bureau. Elle s'arrête, retire sa capuche et fait tomber de la neige sur le tapis.

Son père est assis dans son fauteuil, la tête posée contre la table. *La Rose pourpre* est en morceaux autour de lui. Le sang a coulé jusqu'au parquet.

Un policier rejoint Amélie, le chapeau à la main.

– C'est la poulie là-haut qui a lâché. La dame de la cuisine a découvert votre père il y a une heure en revenant de la messe.

Amélie marche lentement vers le bureau.

– C'est un accident terrible, mademoiselle.

Elle sent fondre sur ses joues ce qui reste de neige.

33

Si lointain et si proche

Il a suffi que le vent tourne brutalement pour qu'elle sente cette odeur fade venue de l'est. L'odeur triste de la chair d'éléphant.

Alma est assise sur la plage dans la brume. Elle vient de terminer de creuser un trou où elle a caché sa pirogue et son arc. Elle les a entièrement recouverts de sable. Elle lève encore le nez pour respirer l'air, comme un animal qui chasse.

Depuis des mois, Alma traverse des forêts d'odeurs. C'est quand elle a quitté sa vallée qu'elle a ressenti pour la première fois ces bouffées envahissantes. Elle devine la présence de la mangouste avant de la voir. L'oiseau caché sur la rive du fleuve, les agoutis, les chimpanzés... Elle rejette à la main les serpents tombés des branches dans la pirogue. Elle harponne les poissons avec une lance taillée dans un roseau. Elle tire à l'arc les yeux fermés. Pendant la descente du courant, cet instinct l'a sauvée. Grâce à lui, elle n'est pas morte de faim.

Ces derniers temps, elle a traversé la mangrove, une étendue d'arbres emmêlés qui poussent, les pieds dans l'eau, là où le fleuve commence à prendre le goût salé de la mer. Des parfums nouveaux s'échappaient de ce labyrinthe : les tortues et les lamantins qui remontaient respirer en surface.

Puis Alma a découvert la mer. Elle a suivi la côte quelques jours. Elle remontait la pirogue de Sirim la nuit sur le sable. Elle dormait sous les étoiles.

Le second soir, elle a vu passer un navire au loin. Elle ne savait pas ce que c'était. Un oiseau blanc immense. Un oiseau qui n'existe pas. Elle n'avait jamais rien croisé de semblable.

Enfin, ce matin, quand elle s'est réveillée dans les herbes au-dessus d'une longue plage brumeuse, ils étaient là : deux oiseaux arrêtés derrière les vagues, avec leurs ailes carrées. Ils flottaient l'un derrière l'autre, alignés par le vent. C'étaient des navires. Leurs silhouettes se mélangeaient en se balançant. Peut-être qu'à un moment ils ont refermé leurs ailes car tout le blanc est tombé d'un coup. Mais leurs squelettes restaient sur la mer et, quand la brume se dissipait un instant, Alma croyait voir des petits êtres bouger à leurs pieds. Elle se rappelait les histoires qu'elle racontait à Lam, des histoires de maisons géantes avec des ailes blanches.

Alma observe depuis des heures ces formes étranges à travers la brume quand tout à coup lui parvient l'odeur venue du levant. Elle l'a reconnue tout de suite. Elle se souvient de la carcasse d'un vieil éléphant dans sa vallée d'Isaya. Les vautours et les hyènes s'étaient battus pendant un mois autour de la bête. À la fin, à l'heure de la paix, il ne restait même plus les os dans l'herbe.

Alma marque l'endroit où elle a enterré sa pirogue. Elle commence à courir en remontant la brise. Elle sait exactement pourquoi cette odeur l'attire. Elle s'interdit d'espérer.

Soudain, un coup de vent libère la plage du reste de brume.

Alma se jette sur le sol. Son cœur bat contre le sable. C'est bien ce qu'elle croyait.

À une centaine de mètres à peine, elle voit des défenses d'éléphant rangées sur la plage. Elle s'aplatit un peu plus sur le sol. Il y a six défenses et deux hommes qui les gardent. Ce sont les marchands de Lam. Elle en est certaine. Où est passé son petit frère ? Et les autres hommes dont Sirim avait parlé ? Où est le géant à l'oreille coupée ?

– Qu'est-ce que tu fais ?

La voix résonne juste derrière elle.

Alma se retourne. Deux enfants la regardent. Un garçon et une fille qui sourient. Ils ont chacun dans la main un épi de maïs avec les traces de leurs dents.

– Tu as eu peur ?

Elle se tait. Oui, elle a eu peur ! Elle n'a rien senti venir. Il a suffi qu'ils arrivent à l'opposé du vent, avec leur parfum sucré d'enfant et le bruissement de l'herbe qui cachait celui de leurs pas.

– On va te montrer quelque chose, dit le garçon. Viens !

– Tu viens avec nous ? demande la fille.

– Si vous voulez.

Les deux enfants rient. Ils répètent « si vous voulez » avec le même accent qu'elle.

– Toi, tu viens de Nembe !

– Oui, répond Alma qui ne connaît pas Nembe mais veut bien venir d'où on veut si on ne lui pose pas d'autres questions.

La fille tend la main pour l'aider à se lever.

– Tu n'es pas grosse. Tu as oublié de manger ?

Elle lui donne son épi de maïs. Alma mord dedans.

– Il y a des éléphants à Nembe ?

– Oui.

La peau collée de sable, Alma se met en marche avec eux.

– Tu réponds toujours oui ?

– Non.

La petite fille rit encore. Alma s'est arrêtée en regardant les hommes vers lesquels ils l'emmènent. Elle rend son épi de maïs à la fille.

– Tu as peur ?

Elle ne répond pas.

– Allez, viens.

Les deux hommes sont allongés au milieu des défenses d'éléphant. Ils n'ont pas bougé quand les petits rôdeurs se sont accroupis près d'eux.

– Touchez pas, dit l'un des hommes.

Le garçon prend un air digne et lui répond :

– Mon père peut vous trouver le bateau qui vous achètera tout.

Les hommes se redressent sur leurs coudes. Ils discutent entre eux dans une autre langue.

– Vous voulez parler à mon père ? demande encore le garçon.

– Peut-être. Il faut attendre les autres. Ils sont allés sur le bateau français. Ils diront s'ils veulent parler à ton père.

Ils montrent la direction des navires.

– Regarde, les voilà !

Devant les immenses pirogues ailées, une autre, minuscule et sans ailes, essaie d'avancer vers le rivage malgré la mer qui grossit.

Les deux hommes se sont levés.

– Qu'est-ce qu'ils sont allés faire là-bas ? demande le garçon.

– Ils vendaient des captifs.

– Combien ?

– Deux. Un garçon qui a ton âge et un autre.

– Mon père aurait pu les acheter.

– J'ai l'impression que c'est trop tard. Regardez. Ils les ont déjà vendus.

L'homme observe avec satisfaction la petite pirogue et ses deux rameurs.

Alma a aussi tourné les yeux vers la mer pour ne pas montrer l'émotion sur son visage. La pirogue se rapproche encore un peu.

– J'ai vu un homme très grand, l'autre jour. Un géant avec une oreille coupée. Il était avec vous ?

Tout le monde regarde Alma. C'est elle qui vient de poser cette question avec le plus de détachement possible.

– Il était avec nous, répond un des hommes.

Elle n'a jamais vu ce géant, évidemment, mais elle voulait être sûre qu'elle parlait bien aux ravisseurs de Lam. Elle continue à contempler l'horizon.

– Pourquoi tu parles du géant ?

Elle répond en tordant le nez :

– Ça fait mal, l'oreille coupée ?

– Non. C'était il y a longtemps. Quand le géant était petit.

Les deux hommes se regardent. Ils doivent penser au jour lointain où le géant était petit.

Alma ose encore demander :

– Dans quel bateau ils sont allés ?

– Dans le premier. Le français. Celui qui a trois mâts. L'autre est anglais. Ici, il y a surtout des Anglais. Mais les Français paient mieux.

Elle ne connaît aucun de ces mots : « français », « anglais », « trois mâts », « payer ». Elle a pourtant compris la seule chose qui compte. Son petit frère est là, derrière le rouleau de vague. Si elle faisait un feu, il le verrait peut-être. Si elle hurlait tout ce qu'elle a dans le cœur, il l'entendrait.

Les enfants se sont remis à jouer en effleurant l'ivoire et

en retirant très vite leurs doigts comme si c'était brûlant ou sale.

– Allez-vous-en, ordonne l'un des hommes. On vous dira si on a besoin de vous.

Les enfants se sont assis à l'écart et dessinent sur le sable.

– Qu'est-ce qu'ils font avec les défenses ? demande Alma.

– Ils les mettent sur les bateaux, dit la fille.

– Et ensuite ?

– Les bateaux s'en vont.

– Où ?

– Ils s'en vont.

La pirogue est arrivée à terre. Ses deux passagers rejoignent les autres sur la plage. D'un œil, Alma observe les silhouettes au loin. Sirim avait parlé de cinq hommes qui escortaient Lam. Il n'en reste que quatre. Le géant à l'oreille coupée n'est pas là.

L'un des hommes regarde le ciel noir et tourbillonnant. Il se précipite vers les enfants.

– Allez-vous-en, dit-il en arrivant. On n'a besoin de rien. Les Français vont prendre nos défenses d'éléphant. Disparaissez. La tempête arrive.

Traînant les pieds, les trois enfants se lèvent et s'éloignent. Ils remontent la plage l'un derrière l'autre, s'enfoncent dans les herbes hautes secouées par le vent.

Les nuages galopent au-dessus d'eux.

– Et la fille ? demande soudain le garçon qui ouvre la marche.

– Qui ?

– La fille qui était avec nous.

Les deux enfants tournent sur eux-mêmes. La fille de Nembe n'est plus là.

– Je l'avais devant moi. J'ai juste levé les yeux pour regarder les nuages...

– Elle a disparu.

Autour d'eux, les herbes n'ont même pas été piétinées. Ils se regardent en souriant.

– Ou bien elle n'a jamais existé ! C'est un esprit...

– Arrête !

Ils ouvrent de grands yeux pour se faire peur et repartent tranquillement sous le ciel tourbillonnant, sans se presser, comme s'ils ne craignaient ni les tempêtes ni les esprits.

À minuit, le soir même, à quelques pas de là, Alma est réapparue. Elle déterre sa pirogue et son arc. Le vent souffle très fort. La pluie commence à tomber.

Un peu plus tôt, bien cachée dans la dune, elle a suivi des yeux la manœuvre des hommes vers le navire français. Elle a regardé leur façon de franchir la vague, comme on se glisse dans un tunnel. Elle les a vus revenir ensuite vers la côte. Ils n'avaient plus avec eux les défenses d'éléphant.

Maintenant, Alma est seule sur la plage dans la nuit. Elle tire sa pirogue sur le sable. Elle sait qu'elle ne doit pas attendre. Le premier oiseau blanc vient de partir. L'autre risque de s'envoler.

Elle s'avance dans la mer au milieu des rouleaux, se hisse dans sa pirogue trop légère.

Alma vise une lumière jaune qui clignote devant elle. Chaque vague monte tellement haut qu'elle se sent soudain abritée du vent. La vague continue son chemin au-dessus d'elle comme un toit, mais juste avant de l'enfermer complètement et de toucher l'autre côté, la mer hésite, renonce, repart en arrière en s'enroulant sur elle-même et choisit finalement de passer par-dessous. La pirogue s'envole alors, soulevée par le dos rond de cette bête. Pendant un instant, Alma pagaie dans

l'eau calme des sommets, puis la bête tourne sa tête vers elle et ouvre grand sa gueule. Un tourbillon emporte la petite pirogue et tout recommence.

Dans l'obscurité de cette première nuit du mois de janvier 1787, Alma s'en va. Elle ne sent plus ses bras. Au large, sur le navire, le point lumineux lui montre la direction. Elle s'y accroche. Il lui paraît tour à tour si lointain et si proche.

TROISIÈME PARTIE

34

Clandestine

Joseph tient la lampe bien haut malgré la tempête. Il est sur la plateforme de la grande hune, trempé, à mi-hauteur du mât, et il a passé son bras autour du bois pour ne pas tomber. Le vent souffle. La pluie fouette à l'horizontale et le glace jusqu'aux os.

– Éclaire-moi, petit. Éclaire !

Le charpentier Jacques Poussin est suspendu dans le vide. Son sac d'outils bat à sa ceinture. Joseph se penche toujours plus. Par instants, il a l'impression de voir de tout petits oiseaux verts avec des becs d'argent voler autour de lui, attirés par la lumière. La réparation dure depuis quatre heures. Au-dessus d'eux, la flèche du mât traverse la nuit comme l'aiguille d'un métronome au ralenti.

– Éclaire donc !

Pendant toute la journée, Poussin a vu venir la tempête. Il a supplié le capitaine de lui laisser faire ces travaux sans lesquels *La Douce Amélie* ne pourrait jamais repartir. Mais Gardel avait ses priorités. Il voulait que le charpentier tende des filets le long du pont pour empêcher les captifs de se précipiter à la mer quand on les laisserait enfin sortir, les premiers jours de beau temps. Beaucoup tentent de sauter à l'eau au moment où on quitte la côte, poussés d'abord par un fragile espoir de s'enfuir, puis seulement par le désespoir quand leur monde s'efface à l'horizon.

– Je n'aime pas jeter la marchandise par-dessus bord, a dit Gardel. Posez d'abord ces filets. Vous réparerez le reste à l'aube. Et à midi on s'en ira.

– Si la tempête se lève, capitaine, vous ne pourrez même pas lever l'ancre pour aller vous mettre à l'abri.

Le capitaine se moquait de Poussin en montrant le ciel :

– Une tempête sur cette côte, un 1er janvier ? Ça n'est jamais arrivé ! Il faudrait que j'aie embarqué le diable en personne pour mériter ça.

Mais, à huit heures du soir, la tempête était là, rugissante. Le diable était donc bien à bord de ce navire. Et certains pensaient même qu'il avait revêtu la redingote du capitaine.

Maintenant, à une heure du matin, les deux ancres dérapent sur le fond de vase et de coquillages. Le navire se rapproche toujours plus dangereusement de la côte. Jacques Poussin travaille là-haut, encordé au mât qui danse dans la nuit.

À l'arrière du navire, l'orgueil de Gardel l'empêche de reconnaître son erreur. Il a rassemblé les hommes à l'abri du gaillard. Les pouces dans les poches de son gilet, il leur présente la manœuvre qui s'annonce. Lever les ancres dès que le signal, là-haut, sera donné par Poussin, puis établir la voilure et mettre le cap au sud-ouest.

Vaugelende ose lever la main. Il propose à nouveau de ne pas attendre la fin des travaux.

– Réparons plus tard, capitaine. Le reste des voiles suffira. Rien qu'avec la voile de misaine on filera au moins à quinze nœuds...

Gardel fait taire son second. Il ne partira pas avec un

bâtiment boiteux. Il veut quitter l'Afrique triomphalement, toutes voiles dehors, quand ce sera l'heure.

Devant lui, les matelots ne disent plus un mot. On peut croire que c'est la tempête qui les rend si pâles. Mais la vague qui soulève leur cœur vient de sous leurs pieds. C'est cette rumeur qui monte des profondeurs. Car ni la voix de Gardel, ni le sifflement du vent, ni les craquements du bois ne peuvent couvrir les gémissements et les plaintes qui viennent de sous le pont.

Il y a maintenant cinq cent cinquante captifs enfermés dans la cale.

Trois par mètre carré de plancher. Avec les cent cinquante mille litres d'eau douce, les barriques de pois et de riz pour deux mois, la coque s'enfonce dans la mer jusqu'aux canons.

Pour que le navire ne prenne pas l'eau, on a même bouché les ouvertures des sabords qui sont les seules arrivées d'air de l'entrepont.

Aucun captif n'a la place de s'allonger sur le dos. Ils sont sur le flanc. Certains doivent rester accroupis. Gardel compte sur l'espace que libéreront un jour ceux qui ne survivront pas à la traversée.

– Écoutez, dit soudain Gardel en levant le nez et en mettant un doigt en l'air. Écoutez bien.

On dirait qu'il vient de reconnaître un air de clavecin joué par la petite voisine du dessous. Il regarde attentivement ses hommes.

C'est pour cela qu'il les rassemble ici. Ce sont ces plaintes et ces sanglots que Gardel veut qu'ils entendent une fois pour toutes. Il ne veut ni les attendrir, ni les habituer. Non. Il veut qu'ils sentent la force de cette menace qui durera toute la traversée. Il faut être sur ses gardes. Le chagrin et la révolte rendent tout possible.

– Dans les salons, à Paris ou à Londres, on discute pour savoir si ce sont des êtres humains que nous transportons. Moi, je vous promets que leur rage sera surhumaine quand ils comprendront qu'on s'en va.

Dehors, le pont est entièrement vide. Seul Abel Bonhomme est à cheval sur le mât de beaupré qui pointe vers l'avant, juste au-dessus de la figure de proue. Il doit surveiller les deux ancres et la dérive du navire. Même sans toucher les câbles, il sent leur vibration. Ces ancres de deux tonnes chacune ne mordent plus au fond. Elles chassent en grattant le sol et font reculer le bateau.

Entre les vagues, Abel ne peut pas s'empêcher de regarder la figure peinte en jaune en dessous de lui. On lui a dit que c'était Amélie, la fille dont le bateau porte le nom. Elle brave les tempêtes sans quitter son poste. Il pense à la vraie Amélie qui doit dormir quelque part cette nuit du 1er janvier dans des draps secs au milieu des bouillottes, un sachet de lavande sous l'oreiller.

Abel sursaute. Le choc est venu de tribord. Un objet a frappé contre la coque. Trop tard pour avertir l'arrière. En se penchant, il voit un tronc d'arbre s'éloigner, roulant sur lui-même entre les vagues. Au dernier instant, il lui a semblé que c'était une pirogue abandonnée.

La forme a disparu dans la nuit. Il ne semble pas y avoir de casse.

Abel a froid. La pluie se mélange à l'eau de mer autour de lui. Il se passe la main sur les yeux. Le temps qu'il la retire, une ombre a jailli juste derrière sans qu'il la voie. Une petite comète noire. Elle a roulé sur le plancher et disparu. C'était Alma.

– Ohé !

L'appel vient du grand mât. Abel Bonhomme lève les yeux.

Il a reconnu la voix de Poussin. Joseph agite sa lampe, tout là-haut. Ils ont terminé leur travail.

Abel quitte son poste de veilleur. Courbé dans le vent, il remonte vers l'arrière, enjambe une à une les six défenses d'éléphant rangées sur le plancher du gaillard d'avant. Il descend sur le pont. Il secoue la porte de la barricade. On lui ouvre. Il rejoint l'équipage rassemblé, lève les deux bras et dit en claquant des dents :

– Tout est paré, capitaine. Tout est paré. On s'en va.

Les matelots regardent avec soulagement ce messager dégoulinant.

On s'en va.

Peu de temps après, les corps de Jacques Poussin et Joseph Mars s'abattent ensemble sur le sol, à l'abri du gaillard d'avant. Ils sont parvenus à trouver un peu de place dans cet endroit où a été déménagé le garde-manger de la cambuse.

Poussin gémit en retirant sa cape goudronnée.

– Dormir ! dit-il. Dormir un peu !

Joseph a posé sa lampe. Il sent l'odeur écœurante des vivres entassés derrière lui. Le souvenir du vent continue à bourdonner dans ses oreilles. Incapable de faire un mouvement ou de retirer ses affaires mouillées, il attend.

Les ancres ont enfin été remontées. Le navire se couche vers tribord. *La Douce Amélie* a cessé de résister au vent. Elle lui cède enfin. Elle se laisse emmener vers le large.

Pendant quelques secondes, les captifs ne font plus un bruit.

– Cette fois, on s'en va vraiment, dit Poussin.

Il s'appuie sur un coude, rit très bas, comme un ivrogne qui arrive à peine à se redresser sur le trottoir. Ils vont être bien, ici. Le meilleur lieu pour se faire oublier quelques heures. Dehors, tous les hommes s'activent entre les mâts et le pont du navire.

– Dormir ! soupire encore Poussin. Éteins la lampe, petit...

Assommé par la tempête, Joseph regarde autour de lui. En quittant la côte de l'Europe, il y a presque six mois, vingt marins pouvaient tendre des hamacs sous ce gaillard pour la nuit. Maintenant, il y a juste la place pour leurs deux corps lessivés sur le plancher. Du sol au plafond s'entassent des tonneaux et des sacs.

Dans la cambuse, tout à l'avant, mais un niveau en dessous d'eux, à l'endroit où se trouvaient toutes ces réserves, on a jeté les cinquante dernières femmes embarquées par Gardel sur l'île de Bonny. Ajoutées aux cent cinquante qui sont à l'arrière, cela fait deux cents femmes captives pour trois cent cinquante hommes.

La plupart des navires négriers se contentent d'un tiers de femmes et d'enfants, mais le capitaine a bien compté. La cambuse n'est pas aérée du tout. Elle est encore moins vivable que le reste de l'entrepont. Gardel parie sur la résistance des femmes pendant la traversée. Il est sûr que le bénéfice sera meilleur que s'il y enfermait des hommes plus coûteux et moins résistants.

– Éteins la lampe, dit Poussin.

Joseph avance la main et soulève le verre qui protège la mèche. Il se penche très bas pour la souffler mais s'arrête, troublé.

Il pose son doigt sur le plancher, tout près de la lanterne encore allumée.

Sur son index, une tache rouge sombre, parfaitement ronde. Il l'approche de son nez pour la sentir.

Plus loin, Poussin marmonne quelque chose, les yeux fermés.

Joseph saisit la lampe, s'assied sur ses talons. Les petites gouttes dessinent sur le sol une ligne régulière. Il commence à suivre cette piste qui va se perdre le long d'une caisse.

– Éteins la lampe, grogne encore Poussin derrière lui en rabattant son chapeau de pluie sur ses yeux.

– Oui. J'éteins, dit Joseph.

Mais il emporte la lampe avec lui en suivant à quatre pattes les taches de moins en moins espacées. Il contourne trois petites barriques, se redresse un peu, enjambe un sac de farine, s'accroupit à nouveau, et tend la lumière vers un recoin laissé vide.

– Éteins la lampe, répète la voix endormie de Poussin.

S'il l'éteignait maintenant, il resterait assez de lumière pour toute une vie, car deux petits feux viennent de s'allumer devant Joseph. Les yeux d'Alma.

Ils se regardent l'un l'autre comme deux survivants à la fin du monde. Deux uniques rescapés qui auraient erré mille ans de leur côté sur une planète en ruine et se retrouveraient enfin.

Alma sait qu'elle aurait déjà eu le temps de le tuer trois fois.

S'il est encore vivant, c'est qu'elle n'a rien à craindre. Voilà ce qu'elle se dit, car son instinct ne la trompe pas.

Elle n'a jamais vu un visage comme le sien. Une face blanche avec des joues et un nez roses entourés de cheveux fous. De quel monde vient-il ? La pirogue aux ailes d'oiseau appartient-elle à ces petits fantômes aux yeux gris ?

Joseph contemple la fille. Elle tient une de ses épaules avec sa main droite. Son corps est recroquevillé, les bras croisés, les genoux serrés l'un contre l'autre près de son menton. Son autre main s'accroche à quelque chose dans l'ombre.

– Ce n'est pas une captive, dit la voix de Poussin.

Joseph sursaute. Le charpentier est derrière lui.

– Regarde-la bien, ajoute-t-il très bas. Ce qu'elle a dans sa main droite, c'est un arc.

– Elle est libre, dit Joseph.

Quand il a prononcé ce mot, les yeux de porcelaine ont bougé devant lui.

– Qu'est-ce qu'elle fait là ? chuchote Poussin.

À la lumière de la lampe, on voit la prunelle des yeux d'Alma passer de l'un à l'autre avec une grande attention.

– Regardez, dit Joseph en montrant son épaule.

– Quoi ?

Elle garde la main droite serrée sur cette épaule. Un bouillonnement rouge s'écoule entre ses doigts.

Alma tient sa plaie fermée dans sa main. Du sang coule sur son poignet, jusqu'à son coude. Une vague l'a jetée contre la coque au moment d'abandonner sa pirogue.

Alma dévisage Poussin. Elle essaie de lire ce que disent les yeux de ce vieux fantôme qui a un peu le même visage que le petit, la même peau décolorée comme l'herbe à la saison sèche. Étrangement, elle n'a jamais eu peur en voyant apparaître Joseph. Mais celui-là ? Que lui veut-il ?

Le garçon s'est tourné vers le charpentier et l'observe aussi. Il pense à ce monde où chacun cherche à survivre. Un monde d'obéissance et de terreur.

Une fille armée est à bord. Comment Poussin pourrait-il ne pas sonner l'alarme ? Quelle folie lui ferait courir le risque de garder secrète cette voyageuse clandestine ?

35

Une liberté imprenable

– Je connais bien ce bateau, murmure Poussin. C'est mon travail. J'ai exploré chaque espace entre les poutres, la plus petite rainure du plancher. Je peux même te dire où le chat Hercule met les restes de ses rats et dans quel double-fond quelqu'un a caché un fusil de chasse à deux coups...

Joseph patiente. Jacques Poussin ne commence jamais par le commencement. Il prend des détours qui s'éclairent longtemps après.

– S'il y avait un endroit, continue Poussin en prenant son temps, où une fille blessée pouvait rester introuvable pendant les deux prochains mois, je le saurais.

Il répète :

– Cet endroit n'existe pas.

Joseph retient sa respiration. Pourquoi a-t-il l'impression que sa vie dépend des secondes qui viennent ?

– Vas-tu enfin éteindre cette lampe ?

À l'instant où Joseph obéit enfin, on entend le pas d'un homme entrer dans la pièce. Il tient une petite flamme vacillante à la main. C'est Cook. Il ne voit pas les trois silhouettes cachées par les pyramides de vivres.

Le cuisinier pose sa lampe, remplit un seau de riz. Il referme le sac et s'en va.

– Écoute-moi quand je te demande quelque chose, dit Poussin à Joseph. Sinon, nous sommes morts.

À une seconde près, la lumière les aurait trahis.

Le charpentier reprend son raisonnement dans l'obscurité :

– Il faudra aussi recoudre cette épaule et nourrir la fille.

Ils distinguent à peine l'ombre d'Alma, pas plus épaisse que le bois de son arc.

– Alors ? demande Joseph.

– Qu'est-ce qui différencie les captifs de ceux qui sont libres ?

Poussin répond toujours aux questions par d'autres questions.

– Les captifs sont enfermés dans l'entrepont, monsieur.

– Ce n'est pas ce qui en fait des captifs. Bientôt on les sortira dans le vent, à l'ombre des voiles, et ils ne seront pas libres. Un jour, ils auront de la canne à sucre jusqu'au-dessus de la tête, des oiseaux tout autour. Ils iront boire dans un ruisseau en rentrant des champs et, en pleurant, ils respireront l'air venu du levant, parce que cet air portera leur pays perdu. Enfin, peut-être que si leurs maîtres le veulent bien, ils se marieront. Mais je te promets qu'ils ne seront toujours pas libres.

– Alors c'est la couleur de leur peau ! s'écrie Joseph.

– Le cuisinier Cook est noir. Est-ce qu'il est captif ? C'est un Noir libre, comme il y en a sur les navires…

– Dites-moi simplement ce que vous voulez me dire, gémit Joseph. Je vous en supplie. On ne peut pas attendre.

Poussin déclare :

– Ce qui fait de quelqu'un un captif, c'est la marque au fer rouge sur l'épaule et c'est son nom inscrit dans les cahiers du navire.

Silence.

– C'est tout, dit Poussin. Si cette fille n'a pas la marque, si elle n'a pas son nom sur les registres, elle restera libre.

– Mais où la cacher ? demande Joseph.

Il y a quelques instants, il ne la connaissait pas. Il ne vivait que pour un tas d'or sous une couchette, pour la mission qu'on lui avait confiée. Et le voilà qui couine pour elle comme un petit chien blessé.

– S'il vous plaît, demande-t-il une dernière fois, où la cacher ?

– Avec les captifs.

Joseph est prêt à sauter à la gorge de Poussin.

– On va la mettre à l'avant avec les femmes de Bonny, répète le charpentier.

– Et son nom dans les cahiers ?

– Il n'y aura jamais son nom. Les cahiers sont rangés jusqu'à Saint-Domingue. On compte les captifs quand ils sortent le matin sur le pont. Puis on les recompte quand ils rentrent. Elle sera sortie avec eux, elle y retournera aussi.

– Et la marque sur sa peau ? Le *A* de *La Douce Amélie* marqué au fer rouge ? Comment expliquer qu'elle ne l'a pas sur l'épaule ?

Poussin sourit dans la nuit.

– Fais-moi confiance. Personne ne s'en rendra compte. Tu verras.

Ils se taisent quelques instants.

– Il ne reste que deux problèmes, dit Poussin. Le premier, on a quelques semaines pour le résoudre. C'est de la faire disparaître à l'arrivée. Le second problème est plus urgent. Comment lui faire comprendre notre plan ?

Joseph n'oubliera jamais la voix grave qui murmure dans la nuit :

– Et mon arc ? Où vous allez mettre mon arc ?

Le chirurgien Palardi traverse le pont sous la pluie avec sa petite malle. Il vient d'être réveillé par Poussin. Ils ont franchi la barricade ensemble.

– Ce que je ne comprends pas, c'est comment vous avez vu que cette fille était blessée.

– Réjouissez-vous plutôt que j'aie réussi à l'extraire de la cambuse. Il y a un passage grand comme une serviette de table et cinquante femmes à l'intérieur. Par quelles contorsions voulez-vous les faire entrer et sortir ?

– Mais je me demandais...

– C'est le petit voleur qui a bien voulu m'aider... Comment s'appelle-t-il déjà ?

– Mars. Joseph Mars.

– C'est ça, dit Poussin. Il s'appelle Mars. Un bon garçon serviable, quand il ne fait pas les poches de Gardel.

– Voyez-vous, insiste Palardi, ce que je ne comprends pas...

– On ne peut pas tout comprendre dans la vie, l'interrompt fermement Poussin.

Il vient d'attraper le chirurgien par les épaules et le tient face à lui sous la pluie.

– C'est le drame des médecins. Vous ne respectez pas les mystères. Vous m'entendez, Palardi ? lui répète-t-il en écarquillant les yeux.

Palardi acquiesce nerveusement. Il craint Poussin comme un sorcier depuis le jour où le charpentier a guéri la dysenterie du tonnelier Tavel.

– La fille est ici. On l'a mise à l'abri.

Ils se baissent pour entrer dans l'endroit où elle a été découverte. Alma est gardée par Joseph. Son arc a été caché avec les outils de Poussin.

– Le capitaine est au courant ? demande tout de suite Palardi en la voyant.

– Il sera au courant si vous la soignez mal, si vous la recousez comme un sac de jute, si la blessure s'infecte… Oui, je lui dirai comment vous travaillez. Le capitaine n'aime pas le gâchis. Et cette fille vaut quinze fois votre salaire de janvier.

Palardi s'agenouille, livide. Il soulève le bras droit d'Alma.

– Ça saigne beaucoup, dit-il en sortant une petite bouteille de sa poche.

Il dévisse le bouchon.

– Pour les nègres, je nettoie avec l'eau-de-vie des matelots. C'est moins cher.

– Non, donnez-la moi.

– Pourquoi ?

– Parce que j'ai soif.

Il lui arrache l'eau-de-vie, fait semblant de boire.

– Utilisez le produit que vous prendriez pour soigner votre propre fille, dit Poussin en s'essuyant les lèvres dans le creux de son coude.

– Ma fille ?

Il n'a pas de fille.

– Prenez le produit qui coûte le plus cher ! crie Poussin.

Palardi sort à regret une fiole rouge de sa mallette en bois.

Alma ne quitte pas Joseph des yeux quand on recoud sa plaie. Elle ne serre même pas les dents ou le poing. Elle ne bouge pas d'un cil.

Le chirurgien travaille bien. Cet homme aurait dû pratiquer la broderie plutôt que la médecine. Il aurait fait des manchettes et des couvre-lits en évitant bien des morts.

Quand il a terminé, Palardi attrape un morceau de drap propre. Il bande la blessure d'Alma.

– Maintenant, je vais la marquer sur l'autre bras, dit-il.

– Pardon ?

– Avec la cicatrice, on ne voit plus la marque du navire, explique le chirurgien en sortant le fer avec lequel on estampe les captifs.

– Vous plaisantez ? demande Poussin.

– Il faut bien la marquer, dit Palardi.

Poussin sourit en secouant la tête.

– Je comprends.

– Quoi ?

– Vous le savez parfaitement, monsieur Palardi, les captifs marqués au bras gauche sont les achats personnels du capitaine Gardel… Ne faites pas l'innocent. Je vois très bien ce que vous cherchez à faire.

Palardi ouvre des yeux de chouette.

– Ça s'appelle de la corruption, docteur Palardi.

– Enfin, monsieur…

– Vous aviez l'intention d'offrir cette captive à Gardel alors qu'elle appartient à l'armateur Bassac ?

– Mais…

– Tout cela pour retrouver la confiance du capitaine ?

– Je vous promets…

– Taisez-vous. Elle ne va pas s'envoler, cette petite. On en reparlera quand la blessure sera guérie.

Palardi blêmit.

– Disons que pour cette fois, nous n'avons rien vu, chuchote Poussin au chirurgien sous les yeux éblouis de Joseph. On ne dira rien. Ce sera notre petit secret…

Un bruit de pas. Ils voient apparaître Vaugelende qui les rejoint sous le gaillard.

– Jacques Poussin ! Le capitaine vous appelle. Il dit que vous avez assez dormi et qu'il veut vous parler… Et toi aussi, Joseph Mars.

Vaugelende est accompagné d'un matelot. Ils s'arrêtent net quand ils voient Alma.

– Qu'est-ce que c'est que ça ?

– C'est le travail de notre chirurgien, dit Poussin qui saisit sans ménagement le bras d'Alma et soulève son bandage.

Il montre la plaie recousue comme une œuvre d'art.

– Regardez... Avant quinze jours ce ne sera qu'un mauvais souvenir. Le docteur Palardi ne manque pas de talent.

Poussin se lève. Il n'aura pas dormi un instant. Il n'a même pas eu le temps de sécher.

– Remettez cette fille dans la cambuse, dit-il. J'ai eu assez de peine à la sortir. Viens avec moi, Joseph Mars. Laissons ces gens travailler. Le capitaine a besoin de nous.

Ils s'en vont. Vaugelende reste avec Alma, Palardi, et le matelot.

– Qu'est-ce qui vous prend, docteur ? Prévenez quand vous sortez les captifs !

Palardi ouvre la bouche mais Vaugelende se met à glapir :

– C'est la règle ! C'est tout ! D'ailleurs, le capitaine voudrait aussi vous dire un mot.

Palardi referme sa mallette et s'en va.

Vaugelende et son matelot font alors lever Alma. Ils la sortent sur le pont, remontent vers le gaillard. La jeune fille se laisse faire. Elle lève les yeux. Il pleut un peu moins fort. Le vent n'a pas baissé. Il chasse les nuages. Il y a même une étoile quelque part dans le ciel.

– Avance !

Les deux hommes poussent Alma vers le mât de misaine et l'entrée de la cambuse. Ils ne peuvent pas se douter que, dans ce cachot sans fenêtre et sans air, ils s'apprêtent à déposer une liberté imprenable.

36
Une bombe

Gardel fait entrer Jacques Poussin dans sa chambre et laisse Joseph Mars derrière la porte.

– Toi, tu restes là.

Joseph avait espéré entrer avec eux. Depuis des mois, il n'est pas retourné dans les quartiers du capitaine. Il n'a pas pu revoir dans l'alcôve, sous la couchette, les deux caisses dans lesquelles il a mis tant d'espoir. Au moment où il va poser son oreille contre le bois de la porte pour entendre ce que les deux hommes se racontent, le docteur Palardi surgit derrière lui.

– Il paraît qu'on veut me parler…

– Oui, dit Joseph. Il vous attend.

Le chirurgien frappe un coup. Gardel ouvre brutalement.

– Palardi !

Debout dans l'encadrement de la porte, le capitaine se retourne un instant vers l'intérieur.

– Un mot, dit Gardel à Poussin, et je reviens à vous.

Le capitaine reste sur le seuil sans laisser entrer le chirurgien. Joseph aperçoit le charpentier qui attend sur une chaise au milieu de la chambre.

– Palardi, vous avez eu beaucoup de chance jusqu'ici. Je ne vous ai pas reproché les cinq captifs perdus pendant les mois passés sur la côte.

– Vous êtes très aimable.

– Le climat aurait pu en tuer davantage.

– Même les rats tombaient malades.

– Vous m'avez pourtant l'air en pleine santé.

– Merci…

– Et vous avez au moins sauvé le tonnelier.

Le docteur hoche modestement la tête, gêné que Poussin entende ce compliment qui lui revient. Il sent surtout que les mots aimables de Gardel en annoncent d'autres qui ne pardonneront rien

– Monsieur le chirurgien, il y a sous ce plancher, dans la sainte barbe, une négresse qui attend un enfant. Elle était parmi celles qu'on a embarquées à Juda.

– Elle est au dernier stade de l'anémie, monsieur.

– Vous allez la faire sortir de là, l'installer dans la chaloupe.

– Ce n'est pas la peine. Il ne lui reste que deux ou trois jours.

Le capitaine attrape paisiblement l'oreille du médecin, et il commence une nouvelle fois à le soulever.

– Docteur, dit Gardel, vous allez me faire le plaisir de la guérir.

Poussin écoute attentivement. Il est si rare que le capitaine se penche sur le destin personnel d'un captif.

– Si vous y tenez…, dit Palardi, debout sur la pointe des pieds.

– J'y tiens, monsieur Palardi. J'y tiens tant que je suis prêt à de gros sacrifices pour la garder vivante.

– Des sacrifices ?

– Je vais vous dire, chuchote Gardel.

Tenant toujours le médecin par l'oreille, il le tire vers lui et souffle :

– Si elle meurt, je serais prêt à priver ce bateau de son chirurgien...

Palardi ouvre et ferme la bouche comme un poisson. Gardel continue :

– Je vous donnerai le petit canot qui se balance à cette fenêtre, et je mettrai la dépouille de cette femme dans vos pieds. Vous pourrez rentrer chez vous par vos propres moyens. Vous m'entendez ?

– Je crois.

– Alors guérissez-la. C'est un ordre.

Les talons du chirurgien retombent sur le sol.

– Vous la reconnaîtrez. Elle a la marque de *La Douce Amélie* au bras gauche.

C'est ce qu'on appelle la pacotille. L'armateur a accordé par contrat au capitaine le droit de transporter deux captifs qu'il pourra vendre à son propre compte. La marchandise lui appartient personnellement et arrondit son bénéfice à l'arrivée. Il a aussi chargé des pots de cire d'abeille, un petit tonneau de noix de cola et du poivre de Guinée. Gardel protège donc cette femme comme il défendrait sa bourse.

Palardi s'en va. Joseph n'a pas bougé. Il essaie de se faire oublier derrière la porte restée entrouverte.

Le capitaine va retrouver le charpentier.

– Et l'ivoire, sur le pont, demande Poussin, il vous appartient aussi, capitaine ?

Poussin a raison. Gardel compte bien vendre cet ivoire à son compte.

– Je voulais justement vous parler de cela, monsieur Poussin. De votre manie de poser des questions.

– Vous allez perdre ces défenses au prochain coup de vent. Elles ne sont pas amarrées. Trois pauvres bêtes seront tombées pour rien.

– Trois ? Il y en avait six, dit Gardel avec inquiétude.

– Six défenses, si je peux me permettre, cela fait trois éléphants. C'est une question de sciences naturelles. Vous confondez avec les licornes, capitaine.

– Taisez-vous ! hurle Gardel. Faites votre travail ! Amarrez-les et ne posez plus de questions !

Poussin se lève.

– Pas tout de suite ! crie Gardel. Assis !

Poussin se rassied.

– Je vous écoute, capitaine.

Lazare Gardel essaie de retrouver son calme. Il s'approche de Poussin.

– On me dit que vous vous intéressez de très près au charpentier qui vous a précédé…

Poussin se cale sur sa chaise, un peu penché en avant, les mains sur les cuisses. Ses coudes écartés sur les côtés font comme les anses d'une petite tasse bien épaisse et bien stable.

– Vous connaissiez Bassompierre ? demande Gardel.

– Je connais presque tous les charpentiers de Bristol à Bordeaux. Des Français, des Anglais, des Portugais aussi. Et des Italiens, parce que j'ai passé là-bas mes plus belles années dans les charpentes de quelques églises…

– Est-ce que vous connaissiez Bassompierre ?

– Oui.

– Quand vous êtes arrivé à Lisbonne, saviez-vous déjà qu'il était mort ?

– Je l'ai entendu dire là-bas par un de vos marins qui parlait beaucoup et n'avait pas bu que de l'eau. Un pur hasard. C'est grâce à lui que je me suis proposé pour le poste.

Gardel retrouve progressivement son calme et son sourire.

– Alors, dit-il, vous allez m'expliquer quelque chose…

– Oui, capitaine.

– Vous avez croisé le capitaine du *Phénix* quand il est venu souper à cette table avec moi, il y a quelques semaines. Vous vous souvenez ?

– C'est vrai. Je l'ai aperçu sur le pont et non pas à cette table dont je n'ai pas les honneurs.

– Il m'a dit ce soir-là qu'il vous connaissait déjà...

– J'étais second charpentier quand il était maître d'équipage, il y a plus de vingt ans sur un navire du Havre.

– Vingt ans ?

– Oui.

– Il m'a raconté qu'il vous avait aperçu beaucoup plus récemment sur le port de La Rochelle le lendemain du départ de *La Douce Amélie*.

Gardel prend le temps d'observer le visage de Poussin avant de continuer :

– Vous étiez à La Rochelle ce jour-là. Et à Lisbonne à nos côtés cinq jours plus tard. C'est encore un pur hasard ?

Poussin reste silencieux.

– Il faut être très motivé pour aller de La Rochelle à Lisbonne en quelques jours par la terre, insiste le capitaine.

– J'avais deux bons chevaux. Et, c'est vrai, je voulais cette place.

– Est-ce que vous la vouliez tant que vous avez noyé par mégarde votre ami Bassompierre et son apprenti dans le port de La Rochelle ?

Sur le visage de Poussin, l'émotion est apparue brutalement. Il dit avec force :

– Jamais.

Il regarde Gardel. Le capitaine le soupçonne-t-il vraiment ?

– La mort de ce charpentier est un désordre qui m'a beaucoup déplu, dit Gardel. Je regrette d'avoir été absent quand c'est arrivé.

– Où étiez-vous ? demande Poussin.

– Exceptionnellement, je vais vous répondre. J'étais pour une semaine à Nantes à la demande de M.Bassac. Séjour inutile qui m'avait été imposé pour rencontrer des planteurs de la Martinique. Pendant ces huit jours d'absence, juste avant notre départ, M. Bassompierre a eu le temps de terminer son travail, de mettre le bateau à l'eau, et puis de mourir. C'est très vexant pour moi qu'il ait choisi de disparaître à ce moment précis.

– Je ne crois pas qu'il l'ait choisi.

Gardel scrute la nuit par une des fenêtres de sa chambre.

– Oui, c'est une façon de parler.

Silence. Il reprend :

– Pendant que j'étais à Nantes, Bassac a envoyé son comptable Jean Saint-Ange à La Rochelle pour me remplacer sur le chantier de *La Douce Amélie*. Ce jeune homme a certainement une bonne éducation, des boucles blondes et de jolis souliers mais il ne connaît rien à l'armement d'un navire de presque trois cents tonneaux, au doublage de sa coque ou au recrutement d'un cuisinier !

Le charpentier laisse parler Gardel. Si le capitaine le soupçonnait vraiment, il ne serait pas aussi bavard. Il ne lâcherait rien.

– C'est vrai, je ne suis pas ici par hasard, dit Poussin pour le mettre en confiance. J'aimais beaucoup Bassompierre.

– Ah !

– C'était mon maître et mon ami.

– Vous êtes donc venu achever son œuvre.

– Peut-être.

– Et moi, ricane Gardel, je navigue depuis cinquante ans par amour des mouettes rieuses et des sardines à l'huile. Je ne vous crois pas, Poussin.

Ses yeux reviennent aux carreaux de la fenêtre. Il a cru entrevoir des poissons volants ou des petits oiseaux frôlant la vitre dans l'obscurité. Il se penche et ne voit briller à l'arrière du bateau qu'un large sillage blanc.

– Allez-vous-en, maintenant, dit-il enfin à Poussin. Nous en reparlerons. Et dites au jeune Mars d'entrer.

Poussin se lève, troublé. Il sort et croise Joseph sans le regarder.

– Viens, ordonne Gardel. Et ferme la porte.

Joseph entre. Il a encore les cheveux mouillés de sa nuit dans la tempête. Il reste debout devant la porte.

Tirant une feuille de papier de sa poche, Gardel la déplie et la plaque contre le mur. Il retire quelques épingles d'un revers de sa veste, les plante aux quatre coins de l'énigme de Luc de Lerne.

– Tu vois, petit, je suis comme le roi qui convoque les petits marquis au milieu de la nuit. Palardi, Poussin, Mars... Des petits marquis qui tremblent de ce qu'on va leur annoncer.

Gardel enfonce la dernière épingle.

– Chacun a peur que Sa Majesté décide de le renvoyer de Versailles... Mais, chez nous, sur la mer, les manières sont moins raffinées. On ne fait pas d'élégances... Dans quelques jours, par exemple, quand tous les captifs seront sur le pont j'inventerai une faute qu'aucun d'eux n'aura commise. J'en punirai un au hasard. Et j'aurai la paix pour longtemps. Sacrifier un homme aux requins, cela fait parfois faire des économies.

Joseph ne réagit pas. Il sait depuis longtemps que ce petit royaume tient par la peur.

– Non, continue Gardel, ici on n'accroche pas des rubans et des dentelles sur tout ce que l'on fait. Ce n'est pas le même monde qu'à Versailles ou à la cour d'Angleterre.

Il commence à faire les cent pas dans la chambre.

– J'ai beaucoup pensé à ce que tu as appris du cuisinier Cook.

– Il a confiance en moi. Je n'ai pas eu de mal à…

– Tais-toi !

Joseph joint ses mains dans son dos, la tête baissée comme un enfant sage.

– Tu dis, reprend Gardel, qu'il t'a raconté ses années passées auprès de Luc de Lerne…

– Oui.

– C'est parfaitement inutile.

– Pourquoi ?

– Il nous l'avait déjà dit.

– Il fallait le vérifier…, dit timidement Joseph.

En allant discrètement dans son dos, on verrait qu'il est en train de sortir de sa ceinture un petit rectangle noir, assez épais, pas plus grand que sa main.

– Il t'a donc appris que le pirate aimait l'or et que c'était un homme très religieux…

– Oui.

– Passionnant…

Gardel plaque le poing contre la vitre qui manque de se briser.

– Y a-t-il quelqu'un au monde qui ne le sait pas ?

– Pardon ?

– J'avais vingt ans et on appelait déjà la mer des Caraïbes « le bénitier de frère Luc ».

Joseph baisse encore un peu plus la tête. Lentement, dans son dos, il fait passer le rectangle noir de sa ceinture vers sa manche.

– La prochaine fois que nous jetterons l'ancre, continue Gardel, ce sera à Saint-Domingue.

– Si Dieu le veut.

– Moi, je le veux, petit, dit-il en lui tournant le dos. Nous jetterons l'ancre à Saint-Domingue. Et, si tu n'as pas trouvé l'endroit exact où est enterré le trésor, tu seras attaché les bras en croix sur cette ancre quand elle s'enfoncera dans la vase.

Il n'a pas vu que Joseph vient de profiter de ces quelques secondes pour bondir en avant puis revenir se mettre à sa place.

Quand Gardel se retourne, Joseph a l'air de n'avoir jamais bougé.

Le capitaine fait un petit geste vers lui avec le dos de la main, comme s'il chassait une mauvaise odeur.

– Disparais, maintenant. C'est ta dernière chance.

Gardel est seul dans sa chambre. Il tient un objet noir entre ses mains. Il vient de le ramasser sur la chaise où Poussin était assis.

C'est un livre. Un petit livre bien épais avec une couverture de cuir noir. Poussin a dû l'oublier là.

Gardel le fait tourner et lit les quelques mots gravés sur la couverture. Ses yeux s'illuminent.

Les 4 Évangiles.

Il est grand temps pour lui de se mettre à ce genre de lecture. Avec ce qu'il sait de Luc, la solution doit être entre ces pages. Comment n'y a-t-il pas pensé plus tôt?

Il lira cent fois s'il le faut. Il trouvera.

Joseph a retrouvé les autres marins sur le pont. La pluie s'est arrêtée. Le ciel s'éclaire peu à peu derrière eux.

Il obéit aux ordres, aide à brasser les voiles dans la nuit, mais ses yeux se tournent à tout moment vers la proue, comme l'aiguille vers le nord magnétique. Il pense à la fille dans la cambuse.

Il vient de déclencher dans la chambre du capitaine la dernière étape de son plan en déposant ce qui pourrait ressembler à une bombe.

37

Chasser les ténèbres

Alma devine que le jour est revenu. Un trait de lumière entoure le panneau de bois verrouillé au-dessus d'elle. Cette faible lueur s'étend peu à peu sur le cachot dans lequel elle a été enfermée.

Pendant la nuit, Alma a essayé de savoir combien de femmes sont avec elle. Les yeux fermés, elle comptait les respirations et les sanglots.

Maintenant, elle les distingue toutes dans la pénombre. Cinquante femmes. Elles se relaient pour s'allonger ou se serrent sur les planches qu'on a fixées à mi-hauteur. Beaucoup sont obligées de rester assises. Elles tentent de respirer au-dessus des autres et gardent les yeux ouverts pour avoir l'impression d'être en vie.

– Écoute. Tu entends ?

Une grande femme, juste à côté d'elle, s'adresse à Alma.

– Est-ce que tu entends ce bruit ?

Il y a tant de bruits qui rampent dans l'entrepont qu'Alma ne sait pas de quoi elle parle.

– Ce bruit, là, ce bruit de fer. Écoute.

Alma tend l'oreille.

– Oui.

– Les hommes sont juste derrière le mur. Ils ont des chaînes aux pieds. Ils sont attachés deux par deux.

– Comment tu le sais ?

– Parce que je suis ici depuis plus de deux lunes. J'étais la première. J'étais avec les femmes de l'arrière. Hier, on m'a fait venir ici pour me séparer des autres. Ils pensent que je ne comprendrai pas la langue igbo que parlent les filles de Bonny. Mais on se comprend toutes quand on le veut.

Alma la regarde. La femme est grande et belle. Elle tient sa tête droite. On devine sur son visage sa rondeur d'autrefois.

Il est donc possible de demeurer vivante.

– Où ils nous emmènent ?

– Personne n'est revenu pour le dire.

La femme sourit. Il est donc possible de sourire.

– Pourquoi on t'a séparée des autres ?

– Les Blancs ont peur de moi.

Elle dit cela sans fierté mais avec un peu d'étonnement. Comment peut-elle faire peur avec juste ses mains nues et ses yeux ouverts ?

– J'étais la première arrivée sur le bateau. Toi tu es la dernière.

Elle laisse entendre que ce hasard les rapproche. Elle la tient par la main.

– J'ai faim, dit Alma après un long moment.

– Il faut attendre. Quand le temps est mauvais, on ne nous fait jamais sortir. On nous descend un peu de nourriture ici.

Alma entend plus fort le bruit des chaînes. Les hommes doivent se réveiller et, même s'ils n'ont pas dormi, ils essaient de marquer le passage de la nuit au jour en bougeant un peu, en disant quelques mots, en faisant le bruit d'un matin ordinaire.

– Mon homme n'est pas sur ce bateau, dit la femme. Je préfère. Je veux pouvoir imaginer qu'il est libre.

– Moi, je suis ici et je suis libre, dit Alma.

La femme sourit et serre plus fort sa main.

– Tu es libre ?

Pour rien au monde, elle ne la contredirait.

– Oui.

– C'est bien.

Elles se taisent un peu.

– Je cherche un garçon que j'ai perdu, dit Alma. Un garçon plus petit que moi.

– Les enfants sont avec les femmes à l'arrière. Mais il y en a très peu. J'ai vu trois petits garçons seulement.

– Est-ce qu'il y en a un qui s'appelle Lam ?

– On ne sait aucun nom. On nous donne des noms qui n'existent pas. Moi, les Blancs m'appellent Ève.

– Ève, dit Alma.

– Ne dis pas ce nom. Je ne veux pas qu'ils touchent mon vrai nom. Ils peuvent m'appeler comme ils veulent. Mais toi, ne dis pas ce nom.

– Comment tu t'appelles ?

– Je te le dirai peut-être un jour. C'est tout ce qui me reste.

– Écoute-moi, dit Alma. Je sais que des hommes ont amené un enfant hier.

La femme ne répond pas.

– C'est mon frère, ajoute Alma.

La femme secoue la tête comme si elle n'entendait pas.

– Dis-moi où il est, répète-t-elle.

– Aucun garçon n'est arrivé hier, dit la femme avec beaucoup de tristesse. J'étais encore à l'arrière avec les autres. Je l'aurais vu.

Alma répète en retenant ses larmes :

– Un garçon est arrivé hier. C'est mon petit frère.

– Toi, tu es arrivée hier. C'est déjà beaucoup. Il y avait aussi un homme un peu plus tôt. Et six dents d'éléphant. C'est tout.

Silence.

– Ils l'ont amené ici, répète Alma.

– Les dernières femmes venaient de Bonny, il y a trois jours. Elles sont toutes ici, avec nous. Puis il y a eu l'homme dont je t'ai parlé. Et toi.

La voix d'Alma s'étrangle. Il n'y a plus un bruit dans la cambuse. Toutes les captives les ont écoutées parler. Une jeune fille prend la parole, tout au fond :

– Il faut que tu croies cette femme que les Blancs appellent Ève. On a seulement vu celui qu'ils ont embarqué juste avant toi. On était encore dehors à ce moment-là. Un homme très grand.

– Oui, s'écrie Alma, c'est ça, Lam était avec lui ! Un géant avec une oreille coupée !

Alma s'est à peine redressée mais sent déjà le plafond sur sa tête. Elle se baisse et retrouve la position des captives.

– Le géant était seul, dit la jeune fille au fond de la cambuse.

Alma se bouche les oreilles. Elle ne croit pas ces femmes. Son instinct de chasseuse lui fait respirer une présence familière sur ce navire. Elle l'a sentie en arrivant. Même à travers l'odeur de mort, elle sent le parfum de sa vallée et des siens. Il existe à bord un morceau de sa vallée d'Isaya. Lam est là, quelque part.

Quand elle enlève les mains de ses oreilles, elle entend les femmes qui continuent à parler entre elles :

– Ils ont acheté le géant, dit quelqu'un, parce qu'il est grand et fort comme quatre. Mais d'habitude, ils ne prennent pas les visages abîmés, les jambes qui boitent, les dents ou les oreilles qui manquent…

– Et toi, pour garder l'huile ou le sel, demande une voix dans l'ombre, est-ce que tu achèterais un pot fendu ou avec une oreille cassée ?

Silence. On a le droit d'imaginer des rires dans l'obscurité. On a le droit d'imaginer que certaines d'entre elles regrettent de ne pas s'être cassé une dent il y a longtemps pour être encore à sourire chez elles. Et même s'il leur restait une seule dent, elles seraient heureuses de sourire à la porte de leur maison, de regarder le jour qui se lève. Au moins, elles ne seraient pas à pleurer dans ce tombeau.

– Moi, je l'achèterais, ton pot un peu cassé, dit alors celle que les Blancs appellent Ève. Je l'achèterais parce que ce qui est vivant est toujours un peu cassé.

Nouveau silence, plus grave.

– Qu'est-ce qu'ils vont faire de nous ? souffle quelqu'un.

– Personne n'est revenu de là-bas pour le dire.

Pendant les trois premiers jours, les femmes ne voient pas une seule fois la lumière. La tempête commence pourtant à se calmer. On a fini par ouvrir de l'extérieur un volet qui fermait une minuscule aération. Les captives entassées se succèdent pour aller y respirer et faire passer le mal de mer qui s'empare d'elles l'une après l'autre. Elles ne se plaignent pas. Elles savent que de l'autre côté, tout près, les hommes sont enchaînés à leur voisin et qu'un malade ne peut se déplacer sans traîner derrière lui un autre homme parfois plus faible encore.

Chaque matin, le double panneau de bois s'ouvre au-dessus des femmes quelques secondes pour laisser passer une bassine avec la bouillie de fèves et de riz. Elles mangent dans le plat avec la cuiller en bois qu'on a suspendue à leur cou. Quand les marins récupèrent la bassine et les pots d'eau vides, une des femmes est chargée de remonter les baquets en tôle qui servent pour les besoins de la nuit. Cette femme monte l'échelle. Elle sort comme un émissaire venu des enfers. Elle arrive sur le pont, dans la lumière aveuglante. Elle vide les baquets par-dessus bord en regardant tout autour d'elle.

Quand elle redescend, toutes les captives l'attendent. La trappe se referme. Elle s'assied au milieu de la cambuse, donne les nouvelles de la surface. Elle raconte comme les voiles sont blanches. Elle dit que la terre est de plus en plus fine, comme une bandelette, puis comme un fil de coton, puis comme un cil d'enfant. Elle raconte que le regard ne peut plus se poser sur rien. Elle parle des oiseaux qui ont disparu du ciel. Et chaque jour, les femmes ont les yeux plus secs en l'écoutant car même les larmes finissent par s'épuiser.

L'après-midi, on leur descend de gros biscuits bruns qui ont un goût de terre séchée.

Les nuits n'ont pas de fin. La peur, l'absence, la tristesse envahissent l'entrepont dès que le soir s'annonce. L'air est plus rare, les maux de ventre plus déchirants. Les femmes se tiennent les unes aux autres.

Elles n'avaient jamais imaginé cela. Même si leurs villages étaient menacés depuis longtemps. Même s'il arrivait que des rôdeurs enlèvent leurs enfants quand elles les laissaient jouer dans les rizières pour éloigner les oiseaux. Elles n'avaient jamais imaginé ce cauchemar.

On entend des plaintes étouffées dans tout le navire.

Enfin, le quatrième jour, l'écoutille s'ouvre en grand. Pas de gamelle de bouillie mais un homme qui jette une échelle et donne des ordres. Les femmes doivent monter.

Alma est une des dernières à sortir.

On a attendu que la terre disparaisse.

Le dernier fil est coupé. Il ne reste que la mer. Les captifs flottent entre deux mondes. C'est ce que les Blancs appellent la traversée du milieu. Deux mois au moins entre l'Afrique et l'Amérique, sans voir la terre.

Alma se retrouve sur le gaillard d'avant, au milieu des autres femmes de la cambuse. L'espace est étroit, encombré des défenses d'éléphant. Mais il y a enfin de l'air. Les cinquante femmes sont assises près du mât de misaine, entre la grande cloche et la proue du bateau. Elles regardent le ciel au-dessus d'elles. Les nuages courent et font clignoter les voiles blanches.

Deux hommes blancs armés les surveillent, assis sous le grand foc. Un troisième est dans les haubans, accroché comme un singe. Alma ne voit pas parmi eux le petit fantôme qui l'a trouvée dans sa cachette. Ni le vieux fantôme aux mains larges. Comment ont-ils pu l'abandonner ?

Derrière la chaloupe suspendue, elle n'aperçoit que la palissade surmontée de pointes qui la sépare de l'arrière.

– De l'autre côté, il y a les femmes dont je t'ai parlé, chuchote celle que les Blancs appellent Ève. Elles sont trois fois plus nombreuses que nous. On a dû les sortir aussi.

Elles se taisent. Elles ont cru entendre un chant à l'arrière. Mais ce doit être plutôt les cris des matelots.

– Et les hommes ? demande Alma.

– Ils ne sortiront jamais en même temps que nous. Ils sont nombreux. On est du même côté de la barrière. Les Blancs ne peuvent pas nous surveiller tous.

– Comment tu sais tout cela ?

– J'essaie de penser comme eux.

À travers des fenêtres percées dans la barricade, deux petits canons prêts à tirer de la mitraille sont tournés vers elles. Avant de les poster là, Gardel leur a fait cracher le feu vers le large pour montrer aux captifs la foudre qui écrasera les révoltes.

Plus bas dans la barricade, on voit les deux portes étroites fermées à double tour qui relient les deux moitiés du navire.

Jour après jour, Alma va découvrir le quotidien de cette prison flottante : la chaleur, la puanteur, les cris pendant la nuit, les malades qu'on met à l'écart, ceux que l'on nourrit de force, ceux qui ne reviennent jamais dans l'entrepont, les requins qui suivent patiemment le navire.

Quand elle se demande ce qu'elle est venue faire là, elle se rappelle les petits oiseaux courageux de sa vallée qu'elle voyait se poser sur le dos d'un buffle ou entre les yeux clairs d'un crocodile. Elle veut être l'un d'eux. Alma pense à Lam. Elle pense à sa famille qui doit les attendre. Sous le figuier sycomore, ils guettent sûrement la prairie rayée de zèbres. Ils rêvent de voir leurs deux enfants disparus tomber dans l'herbe avec les premières pluies, trempés et engourdis comme des revenants.

Alma ne sait pas que sa maison n'existe plus, que les animaux viennent chaque jour à la limite de l'herbe brûlée, s'arrêtent et regardent le grand figuier noir comme s'ils attendaient quelque chose ou quelqu'un.

Alma ne sait pas que son frère Soum est juste à côté d'elle, enchaîné dans le parc des hommes. Il se réveille chaque matin avec, sous son corps, une petite mousse verte et des fleurs de sous-bois qu'il se dépêche de frotter pour que personne ne les voie.

Alma ne sait pas que son père suit le long ruban de la côte d'Afrique à la recherche de Lam.

Elle ne sait pas non plus que, lorsqu'elle est dehors, sur le gaillard d'avant, si elle se levait soudain, si elle bondissait comme elle est capable de le faire, elle pourrait atterrir dans la chaloupe et se blottir contre le corps fatigué de sa mère qui murmure ses chansons tout bas pour survivre et chasser les ténèbres.

38

Encre noire

– Rien ?

– Presque rien, dit le notaire, dévasté.

Tout habillée de noir, Amélie Bassac est debout à la place de son père, derrière le bureau. Le vieux notaire de famille est assis de l'autre côté de la table. Il a sur les genoux une liasse de papiers couverts d'encre qui glissent sur le sol. À ses pieds, sur le tapis, son cartable vide ressemble à un crapaud aplati par un carrosse.

Maître Bournazeau est un ancien camarade d'école du grand-père d'Amélie, fidèle notaire ayant assisté aux succès et aux peines de la famille depuis le début du siècle. Impossible de connaître son âge. Et quand on lui fait des compliments sur sa longévité, il répond que les notaires n'ont pas le droit de mourir. Il a donc cessé de vieillir il y a cinquante ans.

Jean Saint-Ange se tient près de lui. Son regard ne quitte pas les doigts d'Amélie qui viennent de se poser comme des papillons sur le plateau du bureau.

C'est là, sur ce cuir couleur de tabac, qu'est mort Ferdinand Bassac quinze jours plus tôt. Saint-Ange ne pense qu'à cela. Il n'arrive pas à lever les yeux jusqu'au visage de la jeune fille.

– J'ai ici, continue le notaire, un testament de votre père qui vous lègue absolument tout, mademoiselle. Mais ce texte est vieux de cinq ans. Il date d'après la mort de votre pauvre mère. Et il se trouve, n'est-ce pas, comme je viens de vous le dire, que tout ce qu'il énumère : le contenu des coffres, les terres, les vignes, les comptes dans les banques, les immeubles à Paris…

Le notaire s'étouffe presque.

– Tout cela…

– Oui ?

– Tout cela n'existe plus.

Il y a quelques heures, maître Bournazeau était certain de pouvoir annoncer à Amélie, comme seule consolation, qu'elle était l'héritière la plus fortunée de la ville. Mais il découvre qu'il n'y a plus rien.

– Rien.

– Comment expliquez-vous cela ? demande froidement la jeune fille.

– Je pense que…

– La question est pour le comptable de mon père. Comment expliquez-vous cela, monsieur ?

– Saint-Ange ? demande le notaire en se tournant vers le jeune homme.

Il sursaute. Perdu dans ses pensées, il n'avait même pas compris qu'Amélie lui parlait. Saint-Ange se reprend. Il répond avec tout ce qu'il faut de gravité et d'émotion :

– J'ai du mal à penser que vous découvrez cette situation aujourd'hui, mademoiselle.

– Croyez-moi, je la découvre, dit Amélie.

– J'étais certain que vous étiez au courant…

– Arrêtez de me dire ce que vous pensiez que je croyais et dites-moi simplement ce qui est.

Le comptable prend une grande respiration.

– Quand votre père m'a fait venir à ses côtés, il y a deux ans, c'était parce que la situation était catastrophique.

– Catastrophique ?

– Votre père n'avait pas les moyens de son train de vie.

– De quel train de vie parlez-vous ? dit Amélie. Mon père portait le même habit chaque jour de l'année. Il le donnait à recoudre dans la rue des Carmes. Et moi, je fais agrandir mes robes de deuil depuis mes huit ans et demi. Les seules vraies dépenses de cette maison sont des encyclopédies et des cartes marines.

– La guerre avec l'Angleterre a fait beaucoup de tort aux affaires de votre père. Il devait mettre ses navires sous pavillon étranger...

– Ne me parlez pas des affaires de mon père, je connais ses comptes ligne par ligne. Les affaires sont excellentes. Même pendant la guerre en Amérique, aucun de ses bateaux n'a jamais été pris par les Anglais.

– Vous savez ce qu'il gagnait, mademoiselle Bassac, mais il faut aussi regarder ce que lui coûtait tout ce qu'il avait.

– C'est vrai. Cela, je n'en sais rien, car les livres des dépenses restaient entre vos mains. On me répondait qu'une jeune fille de bonne famille n'avait pas à connaître les basses dépenses d'une maison et le salaire d'un cocher.

– Moi non plus, je n'ai jamais vu ces comptes, mademoiselle. Voilà ce que vous ignorez.

– Alors à quoi serviez-vous ?

– Je vais vous dire quelque chose...

– Dites-le-moi directement plutôt que de m'annoncer que vous allez me le dire.

– Votre père ne me payait plus depuis un an.

– Ah ?

– Je ne lui en voulais pas. J'ai la chance d'avoir reçu quelques économies du côté de ma mère. Je restais avec M. Bassac par fidélité.

– C'est très beau, dit Amélie sans y croire.

– Il n'y a en effet pas de trace de votre salaire l'année passée, reconnaît le notaire. Mais depuis quand un comptable accepte-t-il de ne pas être payé et, surtout, de ne pas avoir accès à la moitié des comptes de son client ?

– J'aurais peut-être dû partir, c'est vrai…

Il réfléchit un instant et ajoute :

– Mais je n'abandonne pas un homme qui est en train de tomber.

Amélie détourne les yeux.

– Comment est-il possible, demande le notaire, de dépenser des millions en quelques années sans faire pousser des châteaux et des parcs, sans entretenir des peintres ou des orchestres ?

– Je ne sais pas, dit Saint-Ange. M. Bassac est sûrement parti avec un grand secret.

– Pardon ? demande Amélie en sursautant. Quel secret ?

Le notaire prend le relais avec diplomatie :

– Je crois, n'est-ce pas, que M. Saint-Ange laisse entendre que votre père devait avoir une vie plus compliquée que ce que l'on pouvait croire.

– Des femmes ? s'écrie Amélie. Des maîtresses ? Des enfants cachés ?

Le notaire prend un air offusqué.

– Jamais je n'aurais utilisé ces mots, mademoiselle.

Amélie contourne le bureau.

– Pourquoi ne pas utiliser les mots puisque vous les avez au bout de la langue ? Une femme… Vous savez ce que c'est

qu'une femme, maître Bournazeau ? demande-t-elle, en s'approchant du vieux notaire. Ou dois-je vous faire un dessin ?

Juste à côté, Saint-Ange regarde les chevilles d'Amélie sous la robe noire. Il essaie de reprendre ses esprits.

– Il faut garder son calme, lui dit-il.

Elle revient vers lui.

– C'est vous qui semblez nerveux, Saint-Ange... Vous êtes sûr que vous nous avez tout dit ?

Le comptable réussit à ne pas reculer. Amélie fait un pas en arrière.

– Regardez ce que vous possédez encore, dit-il d'une voix très douce. Ce n'est pas tout à fait rien, Amélie.

– Ne m'appelez pas par mon prénom.

– Vous avez cette maison à La Rochelle, mademoiselle, vous avez la plantation de Saint-Domingue, et enfin ce navire, quelque part dans l'Atlantique, dont les bénéfices vous permettront de tenir quelque temps.

À ces mots, le notaire se redresse sur sa chaise, plus pâle que jamais. D'autres papiers glissent encore de sa liasse. Il semble entouré de feuilles mortes. Il donne un petit coup de pied à la mallette en cuir à ses pieds comme s'il comptait sur elle pour trouver du courage.

– C'est... Voilà. C'est à ce sujet que je dois vous parler, dit-il d'une voix presque inaudible.

– Il me semble, dit Amélie en revenant à sa place, que nous ne sommes pas arrivés au bout des bonnes nouvelles.

– Il y a dans votre cour deux messieurs qui patientent. Vous savez, n'est-ce pas, qu'un armateur n'investit jamais seul dans un navire de traite.

– Je sais. Merci.

– Ces messieurs ont placé cent mille livres dans l'expédition de *La Douce Amélie*.

– Qu'ils ne s'inquiètent pas. Ils les retrouveront à l'arrivée, dit Amélie. Avant la fin de cette année, le navire sera de retour à La Rochelle. Nous ferons les comptes.

– Ce n'est pas ce qu'ils demandent.

– Pardon ?

– Il y a dans leur contrat une ligne qui dit qu'en cas de disparition de l'un des associés, l'autre pourra récupérer immédiatement la somme investie dans l'affaire.

– Immédiatement ?

– Dès aujourd'hui.

– Et… Vous ne voulez pas dire qu'ils le souhaitent ?

– Ils ont des doutes sur…

– Sur la capacité d'une fille de quatorze ans à gérer les affaires de son père ? C'est bien ça ?

Amélie s'approche de la fenêtre.

– Je veux voir à quoi ressemblent ces âmes généreuses.

Elle pose son front sur la vitre et regarde dans la cour.

– Tiens, une visite ! M. de Cirières et son fils !

Elle se retourne vers le notaire.

– Ne me dites pas…

– Oui. Ce sont eux. Ils attendent leurs cent mille livres.

Amélie ne peut pas s'empêcher de rire. Elle ouvre la fenêtre malgré le froid de janvier.

– Ne restez pas en bas, messieurs. Montez vous mettre au chaud. Il y a un feu, ici. Dites aux domestiques que je vous attends.

Sur les pavés de la cour, les deux hommes ont levé le nez vers elle. Vus de là-haut, ils ont l'air tout tassés, saucissonnés dans leurs écharpes, comme des frères jumeaux. Leurs yeux ahuris s'écarquillent sous des toques en poil de loutre parfaitement identiques.

Amélie ferme la fenêtre. Le notaire tousse.

– Je crois que ces messieurs ne souhaitaient pas vous parler directement.

– C'est mignon. Quelle bravoure !

Cette fois, Saint-Ange ne peut quitter des yeux la nuque et les cheveux relevés d'Amélie Bassac. Où trouve-t-elle cette force ? Orpheline, ruinée, humiliée, elle n'a jamais été aussi éblouissante.

Quelques instants plus tard, les Cirières père et fils entrent dans la pièce. Dans l'émotion du moment, ils ont oublié de retirer leurs toques et tout leur attirail.

– Mettez vos animaux près du feu, ils vont encore mouiller mes tapis.

Il faut un peu de temps aux deux hommes pour comprendre. Ils se regardent et vont poser leurs toques devant la cheminée. Les peaux de loutre ont fait leur fortune depuis qu'ils les importent par millions des îles du Mexique. Ils en portent en toute saison et sous toutes les formes. On raconte même qu'ils ont des sous-vêtements en loutre retournée.

– Je ne vous fais pas asseoir, dit Amélie, je sais que vous êtes pressés.

Elle sourit aux deux hommes.

– Il semble que vous vous inquiétez pour le navire qui porte mon prénom. J'en suis désolée.

– Mon père souhaite récupérer son argent, dit courageusement le jeune Charles.

– Cent mille livres ?

– Cent vingt mille, avec les intérêts, corrige le jeune homme.

– Oui. Un sou est un sou. Vous avez raison, mon grand.

Charles rougit.

– Vous savez que trois jours avant Noël, votre père parlait au mien de projets de mariage ?

– De… de mariage ?

Il rougit davantage.

– J'étais comme vous, dit-elle, j'ai d'abord pensé que votre père voulait épouser le mien. Mais je crois qu'il pensait à nous deux, Charlie.

Elle se tourne vers le vieux Cirières.

– Vous avez changé d'avis, monsieur ?

– Je veux mon argent, répond Pierre de Cirières. Je n'ai jamais parlé de mariage à personne.

– J'étais cachée sous ce bureau quand vous en avez parlé. J'entendais parfaitement même si je ne voyais que vos pieds. Je peux même vous dire que vous aviez ce matin-là des chaussons en poil de loutre dans vos souliers. Vous avez dit à mon père : « Il faudra un jour songer à marier les enfants. »

– Votre père a inventé cela pour vous faire plaisir.

– Ce n'est pas le genre de plaisir que je cherche. La moitié de cette ville a prononcé cette phrase au moment de signer des affaires avec mon père. J'ai fini par me lasser.

Elle passe ses longs doigts sur sa robe noire.

– Qu'est-ce qui a changé depuis Noël ?

Amélie soulève un peu les côtés de sa robe et la regarde.

– C'est la couleur qui vous plaît moins, monsieur ? Si le mariage est dans deux ou trois ans, peut-être que je pourrai me marier en blanc...

Affolé, maître Bournazeau se lève de sa chaise.

– Mlle Bassac est sous le choc, messieurs. Les papiers de son père ne sont pas encore en ordre. Je crois qu'elle souhaiterait que vous lui accordiez quelques mois.

– Je veux mon argent, répète Cirières.

– Comprenez que...

– Maître, interrompt Amélie, aurai-je un jour le droit de parler en mon nom ? Est-ce trop demander maintenant que je suis la seule à porter ce nom ?

Elle se tourne tranquillement vers ses visiteurs.

– Messieurs, jamais un Bassac n'a fait attendre ses créanciers, surtout les plus misérables. Nous sommes lundi. Vous serez payés vendredi. Reprenez vos bêtes. Et allez-vous-en.

Le notaire et Saint-Ange ne la quittent pas des yeux.

– Mademoiselle…, articule Charles de Cirières.

Amélie agite sa main en direction de la porte.

– Dépêchez-vous. J'ai dit : prenez vos affaires. Ce n'est pas contre vous mais ça commence à sentir. Vous aurez votre argent vendredi matin.

Les deux hommes ramassent leurs toques et s'en vont à reculons.

– Vous n'êtes pas raisonnable, Amélie, dit le notaire quand ils ont disparu.

– Vous n'avez pas cet argent, ajoute Saint-Ange.

– J'ai tout ce qu'il faut, dit-elle avec un large geste pour montrer ce qui l'entoure. Combien croyez-vous que vaut cette maison ?

– Amélie ! s'écrit Bournazeau.

– Elle vaut cent cinquante mille livres si je dois la vendre demain. Avec cela je peux rembourser ces messieurs, payer l'année de retard de M. Saint-Ange, et vos honoraires, maître Bournazeau, et enfin dire adieu à tous ceux qui se préoccupent si affectueusement de moi.

– Et ensuite ? demande le notaire qui a une machine arithmétique dans la tête. Il vous restera un peu d'argent si vous vendez.

– Le reste me paiera une cabine dans un bateau qui s'en ira vers Saint-Domingue.

– Vous voulez dire…

– Je dois m'occuper du seul endroit au monde qui me reste. Et, si je vous ai bien compris, il ne me reste qu'une plantation de canne à sucre et un navire perdu dans l'océan.

Elle a croisé ses bras pour ne pas montrer que ses mains tremblent.

– Vendez cette maison, maître. Ainsi que tous les meubles, les tableaux et les tapisseries. Et laissez-moi, maintenant. J'ai beaucoup à faire. Comme disait ma mère, les valises les plus légères sont les plus longues à préparer.

Saint-Ange et Bournazeau sortent de la pièce, sonnés. Quand la porte se referme, Amélie reste en équilibre quelques instants. Elle attend le bruit des pas dans l'escalier. Puis elle se laisse tomber en tailleur sur le tapis, en larmes. Sa robe est autour d'elle comme une mare d'encre noire.

39

Tous les enfants perdus

Quand ils arrivent au bout de la rue de l'Escale, Saint-Ange et Bournazeau se serrent la main sous les arcades. Il fait froid et sombre.

– Toute cette histoire est tragique, dit le notaire. Faisons au moins en sorte que cette petite quitte dignement la ville. De tels malheurs ne doivent pas trop s'ébruiter. Il faudra bien qu'elle trouve à se marier un jour.

Il ajoute, plus bas :

– Le mieux aurait été qu'elle s'enferme au couvent.

Le notaire remarque la pâleur de Saint-Ange.

– Ne vous inquiétez pas, jeune homme, dit-il en se haussant pour lui pincer la joue. Vous ne pouviez pas sauver Bassac malgré lui. Les hommes ont une part d'ombre que l'on ne soupçonne pas.

Le comptable hoche machinalement la tête. Cette dernière phrase fait des rebonds dans son immense part d'ombre.

Bournazeau s'en va. On entend ses talons de bois qui dansent sur le pavé. Qu'ils aient annoncé de très bonnes ou de très mauvaises nouvelles, les notaires, les juges, les médecins et quelques autres peuvent toujours rentrer chez eux, mettre des pantoufles, manger une cuisse de canard gardée au chaud sur un coin du poêle, faire rebondir leurs petits-enfants sur leurs genoux. Pour eux, la vie continue.

Saint-Ange a fait quelques pas de plus et s'est glissé dans un passage étroit, envahi d'ordures, entre deux petits immeubles. Il ne tient plus debout. Le temps est glacial et humide. Le vent de la mer sifflote des airs lugubres dans la rue.

Saint-Ange appuie son dos contre le mur de pierre. Il lève la tête pour respirer. Il ne sent même plus l'odeur de poisson pourri autour de lui. Il ferme les yeux.

Il n'avait rien prévu de cela. Tout s'est passé sans qu'il s'en rende compte. La fortune embarquée dans ce bateau, c'était pour enrichir Bassac. Il le jure. Il a seulement organisé le secret. Et quand, pendant la nuit de Noël, ce secret a été menacé, Jean Saint-Ange a eu peur.

La mort de Bassac ? C'était un accident ! Saint-Ange n'est pas un criminel. Ce n'est pas lui non plus qui a fait disparaître le charpentier Bassompierre et son apprenti. C'est son homme de confiance à bord, qui a agi sans l'avertir. Saint-Ange ne voulait rien de cela.

Et puis, il y a peut-être le pire. Il y a son silence dans ce bureau quand Amélie a découvert que tout avait disparu… Ce silence non plus, il ne l'avait pas prémédité. Il avait prévu de lui parler de l'or embarqué dans le navire. Quatre tonnes et demie d'or pur appartenant à la famille Bassac. Toute leur fortune fondue en métal précieux. Mais soudain, devant cette fille, il ne pouvait plus. Il voulait être regardé. Il voulait qu'elle ait besoin de lui.

Pour cela, il fallait qu'elle n'ait plus rien. C'était la seule solution. Il fallait que Saint-Ange devienne riche et qu'elle n'ait plus rien. Alors, elle allait l'aimer. Elle n'aurait pas le choix.

Il reprend son souffle. Peu à peu, il arrive à ne plus se sentir coupable de rien. Il lui reste à récupérer le chargement à l'arrivée. Tout reviendra à Amélie le jour où elle l'épousera. En attendant, il veillera sur le trésor mieux que ne l'aurait fait une enfant de quatorze ans.

Jean Saint-Ange reste longtemps au milieu de ces odeurs infectes que le vent fait tournoyer. Il garde les yeux fermés. Quand il les ouvre enfin, il voit devant lui, sur le tas d'ordures abandonnées, les rats qui le regardent sans peur comme s'il était l'un des leurs.

Quelqu'un gratte à la porte d'Amélie.

C'est une autre sorte de rongeur appartenant au genre *rattus bibliothecae*, vulgairement appelé rat de bibliothèque ou souris noire de salon. La petite Mme de Lô entre dans le bureau. Elle est en deuil depuis longtemps de son vieux mari, mais avec la mort du père d'Amélie, elle a ajouté avec beaucoup d'invention une couche de ténèbres à ses vêtements. Des tulles noirs, mauves et gris s'entassent sur sa robe. Une espèce de mantille couvre ses cheveux et vient onduler devant ses yeux comme un grillage parsemé de mouches en fil noir. Et si on pouvait la voir s'habiller au petit matin dans le miroir de sa chambre du dernier étage, sous les toits, on saurait que même les paniers qui sont sous ses neuf jupons sont en bambou *nigra* dont les cannes poussent toutes noires dans les forêts de Chine. Mme de Lô n'est pas en deuil, elle en hyper-deuil. Elle est au plus haut sommet de l'art d'être veuve.

Lorsqu'elle voit Amélie écroulée sur le tapis, elle commence par chercher frénétiquement une citation grecque d'Arcésilas de Pitane ou d'Asclépiade de Bithynie qui parlerait de consolation ou de résistance dans les épreuves. Mais, désarmée par tant de larmes, elle la prend dans les bras et ce sont des mots latins qui lui viennent :

– *Elixus cuniculus !*

Ce qui veut dire : mon petit lapin mouillé.

Mme de Lô est déjà au courant de tout. Le notaire, qui n'est pas indifférent à son charme austère et raffiné, lui a appris en passant ce qu'il a découvert. Elle sait maintenant qu'il ne reste rien à Amélie. Bournazeau en a profité pour l'avertir que si la maison Bassac devait se séparer d'elle, il serait heureux que Mme de Lô donne des cours de broderie et de bonne tenue à ses arrière-petites-filles de huit et dix ans. Elle lui a répondu aimablement qu'elle ignorait autant la broderie que la bonne tenue, mais qu'elle le tiendrait au courant de ses projets.

Amélie n'a jamais pleuré devant quelqu'un. Sa préceptrice ne l'a jamais tenue dans ses bras. Cela fait beaucoup de premières fois en même temps.

– Savez-vous, dit Mme de Lô, que j'ai eu la même surprise à la mort de mon mari. Mais, à l'époque, j'étais beaucoup moins étonnée.

Elle sourit tristement.

– D'abord, c'était mon mari et non mon père, même s'il en avait l'air. Ensuite, je savais depuis le lendemain des noces qu'il m'avait choisie pour me plumer !

– Et vous vous êtes laissé faire ? demande Amélie entre ses larmes.

– Je ne me souviens de rien. J'avais dix-huit ans. C'est le moment ou je me suis mise à l'astronomie. Je regardais le ciel sans surveiller mes poches. Il a ruiné ma famille jusqu'à la dernière petite cuiller en vermeil.

– Et pour mon père ? Est-ce que vous pouviez imaginer cela ?

Mme de Lô hausse les épaules.

– Non. Mais j'ai toujours manqué d'imagination.

Le regard d'Amélie s'égare un instant.

– Je ne crois pas à toute cette histoire, dit-elle. Jean Saint-Ange savait forcément quelque chose.

Mme de Lô sourit. Elle serre Amélie un peu plus fort.

– Moi aussi, après la ruine, je voulais trouver des coupables.

– Il y a forcément un coupable.

– Oui.

– Qui ?

Le visage de Mme de Lô s'assombrit.

– À l'époque, j'ai cherché aussi. Ce que j'ai découvert sur mon mari était bien pire que ce qu'on m'avait dit. Ne cherchez pas trop, ma chérie, je vous en conjure.

– Saint-Ange...

– Le pauvre garçon... C'est le coupable idéal. Il a le tort de vous aimer. Et vous ne l'aimez pas.

– S'il était incompétent, je ne le soupçonnerais pas. Mais il ne peut pas avoir laissé mon père se ruiner. Je l'ai entendu parler d'un chargement mystérieux...

– Laissez-le tranquille.

– Je suis sûre qu'il sait des choses.

– Vous n'aurez plus jamais affaire à lui.

– Pourquoi ?

– Vous partez.

– Ils vous l'ont dit ? demande Amélie.

– Oui. Savez-vous que malheureusement je ne supporte pas les climats chauds ?

– Je le sais.

– Mes parents m'ont emmenée une fois dans les îles pour leurs affaires. Il a fallu repartir aussitôt. Je devenais comme ces petits escargots secs qu'on trouve dans les herbes en été. Je n'avais plus rien de vivant.

La jeune fille regarde sa préceptrice en pleurant.

– De toute façon, dit-elle, je n'aurais pas eu les moyens de vous garder avec moi.

– C'est vrai. Les temps changent. Qui s'offrirait les services de quelqu'un qui ne peut même pas apprendre aux filles à danser le menuet ou la gavotte ?

Mme de Lô rit. Amélie la regarde, surprise de tant de légèreté, alors qu'entre elles tout sera bientôt fini.

– Cela va être un grand changement pour moi, dit Amélie.

– Pour moi aussi. J'aimais bien ma petite chambre. Et les sorbets du cuisinier. Mais on s'en remettra, vous verrez.

Elle lui tapote le bout du nez avec l'index.

Amélie écarquille les yeux. Une chambre et des sorbets ? Voilà tout ce que sa préceptrice gardera de leurs années partagées ? La gorge serrée, elle essaie de feindre la même indifférence.

– Vous allez pouvoir écrire à vos cousins de Versailles, dit-elle.

– Quels cousins ? demande Mme de Lô.

– Ceux qui voulaient vous présenter à la maison du roi. Il y a des petits princes à la cour qui deviendront savants grâce à vous.

– Ça alors ! Et par quel miracle ?

– En écoutant vos leçons, répond Amélie.

– Mes leçons ? Mais comment profiteront-ils de mes leçons à Versailles alors que je serai à plein temps occupée à devenir un petit escargot sec à vos côtés ?

– Un escargot ? dit Amélie.

– Oui.

– Un petit escargot sec ?

– En effet. Et un escargot très mal payé.

Amélie se met à nouveau à pleurer tout doucement, comme une enfant de trois ans.

– Vous voulez dire que vous partez avec moi ? dit-elle.

– Sans aucun doute.

– Pourquoi ?

– Parce que vous jouez affreusement du piano, et que vous n'avez même pas encore réfléchi à la duplication du cube. Je ne peux pas vous laisser partir seule dans cet état.

– Il faut emporter le piano ?

– Et une malle de livres. Ce sont mes seules conditions.

Amélie pousse un soupir où clapotent ses derniers sanglots.

Alors, s'attardant dans les bras de Mme de Lô, elle sent monter en elle, après les larmes, une force nouvelle. Le désir de revanche. L'envie de tout reconstruire.

Comment est-il possible que ce jour-là, un cerveau si jeune, si limpide, aux milliards de neurones si parfaitement connectés, ne pense pas un instant aux cent cinquante esclaves qui travaillent sur ses terres de Saint-Domingue, aux cinq cent cinquante captifs enfermés sur *La Douce Amélie*, et à tous les autres ? Comment la perte de ses parents et de ses biens, ce minuscule cataclysme, ne lui fait-elle pas ouvrir enfin les yeux sur l'immensité des drames que vivent ces hommes et ces femmes ? Sur la fin de la liberté, la fin de tout un monde ? Sur les maisons et les parents disparus par millions ? Sur tous les enfants perdus ?

40
Renaître

Cela fait presque deux mois qu'Alma attend ce jour et pourtant elle ne répond pas quand il lui parle enfin. Le petit fantôme dont elle ne connaît pas encore le nom est juste derrière elle. Il demande :

– Ça va ?

Joseph est agenouillé sous le grand foc qui bouge à peine. Penché vers le sol, il fait semblant de travailler. À deux pas de lui, Alma est accroupie au soleil avec les autres. La chaleur est écrasante. Les vingt-cinq voiles retombent comme des draps mal repassés. Il n'y a plus un souffle de vent depuis des jours. La route n'est pourtant plus très longue devant eux. Si ce calme plat s'arrêtait enfin, ils seraient arrivés en moins d'une semaine au Cap-Français, à Saint-Domingue.

Joseph prend les mesures des volets qui ferment la cambuse.

– Je n'ai pas pu venir plus tôt, dit-il sans lever la tête pour qu'on ne voie pas qu'il lui parle. Pardonne-moi. On ne me laisse pas monter à l'avant. J'attendais de trouver un moyen de venir te voir.

Alma est parquée, comme tous les matins, sur le gaillard d'avant avec les captives. Ce jour-là, un seul gardien les surveille. Il est armé d'un tromblon et s'est posté à l'opposé, près de la cloche. Tout transpirant et rose, il a un chiffon trempé sur la tête. Quand il fera rentrer les femmes dans leur cachot, les hommes pourront sortir du leur et venir sur le pont, sous la chaloupe.

Alma n'a jamais vu d'autres captifs que les femmes qui sont avec elle dans la cambuse. Elle ne voit pas celles qui sont à l'arrière du navire, cachées par la barricade. Elle ne croise pas non plus les hommes. Cette séparation rigoureuse et le parfum de sa vallée qui continue à rôder lui font garder l'espoir que Lam est à bord malgré ce qu'on lui a dit.

Le gardien vient d'ordonner à deux femmes de danser. Une autre frappe sur un petit tambour. Elles gardent toutes les trois les yeux fermés. Elles dansent sous le soleil de plomb.

Tous les jours, on fait danser les captifs. L'armateur l'a recommandé pour les maintenir en bonne santé. Gardel obéit aux ordres laissés par la lettre de mission de Bassac mais, d'habitude, quitte à leur faire faire de l'exercice, il préfère leur donner le pont à frotter avec du sable et de l'eau de mer.

Alma a les yeux fixés sur la blancheur de l'horizon. Elle refuse de regarder les femmes qui dansent. Quand une danse est imposée, avec un fusil dirigé vers soi, quand la chaleur est étouffante, quand le rythme du tambour porte tant de souvenirs, chaque mouvement fait mal. Mais les danseuses n'arrivent pas à ne pas être émouvantes.

Alma en veut au garçon qui travaille près d'elle. Elle a cru qu'il l'avait oubliée. Elle a eu si peur. Sans lui, qui aurait su qu'elle était libre ?

– Tu ne m'as pas dit comment tu t'appelles, dit-il.

Alma ne répond pas.

– Tu m'en veux ? Je te promets que je voulais venir. Ta blessure va mieux…

Nouveau silence. C'est vrai que sa plaie à l'épaule ne se voit presque plus.

– Beaucoup de femmes sont mortes en dessous, dit enfin Alma.

– Je sais. Je suis là pour ça. Tu te rappelles l'homme qui était avec moi, quand on t'a trouvée ?

Joseph parle entre ses dents. Il a fini de prendre ses mesures. Le gardien s'est levé et vient lentement vers lui en passant entre les captives.

– Tu te rappelles ? L'homme dont je parle s'appelle Poussin, continue Joseph avant que l'autre arrive. Il a demandé au capitaine de remplacer le volet par une grille en bois pour que l'air passe. C'est moi qui m'en occupe.

Le garde est tout près.

– Je reviendrai demain. Je m'appelle Jo…

Il n'a pas le temps de dire son nom en entier.

L'homme l'a attrapé par la veste.

– Ne traîne pas, dit-il. N'oublie rien ici.

Il le pousse devant lui. Alma les voit s'éloigner.

Le petit fantôme s'appelle Jo.

La nuit suivante, alors que l'entrepont s'endort enfin, une femme se glisse dans l'obscurité parmi les corps entremêlés. Elle s'approche d'Alma qui ne la voit pas venir.

– Tu parles leur langue ?

C'est la femme que les Blancs appellent Ève.

– Je t'ai entendue parler leur langue. Viens avec moi.

Elle lui tend la main pour la guider dans le noir. Alma la suit. Courbées en deux, elles progressent ensemble en tâtonnant. La femme la fait s'accroupir sur un carré de planche contre la paroi. Elle se baisse avec elle, attend quelques secondes puis donne deux coups dans le mur. Deux autres coups lui répondent.

Alma voit alors la femme poser un doigt sur une tache noire du madrier de chêne, à la hauteur de sa tête. Le doigt s'enfonce dans le bois.

La cloison est faite de poutres d'au moins quinze centimètres d'épaisseur. La chaleur a dû faire éclater un nœud du chêne qu'on peut maintenant faire coulisser et remettre comme un bouchon.

De l'autre côté, quelqu'un vient de tirer le cylindre de bois sombre qui laisse un trou large comme une pièce de monnaie entre le cachot des femmes et l'entrepont des hommes. Une voix murmure :

– Elle est avec toi ?

La voix vient du parc des hommes.

– Oui, répond la femme. Elle est là.

– Elle m'entend ?

– Elle t'entend.

– Dis-lui d'approcher.

Alma se penche.

– Qui est ce Blanc avec qui tu parles ? demande l'homme.

– Je ne sais pas.

– Comment tu parles sa langue ?

– Je ne sais pas. Je parle les langues que mes parents m'ont apprises.

– D'où tu viens ?

Elle ne répond pas.

– Le garçon blanc que tu connais…

– Je ne le connais pas.

– Il te parle, donc tu le connais.

– Toi, tu me parles mais je ne te connais pas.

Pendant un temps, on n'entend plus la voix.

– Je veux te demander de me trouver quelque chose, dit l'homme. Un objet dont j'ai besoin. Tu le trouveras chez les Blancs.

– Pourquoi je t'obéirais ?

– Pour être libre.

– Je suis déjà libre.

L'homme se tait à nouveau. Il dit :

– Je sais que tu cherches quelqu'un.

Alma se tourne vers la femme que les Blancs appellent Ève.

L'homme continue :

– Ton frère n'est pas ici. C'est moi qui l'ai vendu à un autre bateau, devant la côte de Bonny.

Alma serre les poings.

– Tu mens, dit-elle. Ici, toutes les femmes savent que je cherche mon frère. Elles te l'ont dit. Tu me parles de lui pour que je fasse ce que tu me demandes.

– On est arrivés par le fleuve. On a vendu ton frère sur l'autre bateau, celui qui était juste à côté, et puis on est venus ici pour proposer aux Français les défenses d'éléphant.

Alma voudrait boucher le trou pour ne plus rien entendre. Elle lui dit :

– Pourquoi tu es enfermé avec les captifs, si c'est toi qui les vends ?

– On m'a trahi. Mes hommes m'ont vendu alors que j'étais leur chef. Au dernier moment, ils m'ont échangé contre du cuivre et des armes.

Comment savoir si c'est bien lui ? S'il était avec ceux qui ont emmené Lam ?

– Donne-moi la preuve de ce que tu dis.

Silence. La femme tient toujours sa main.

L'homme dit :

– Ton frère avait pendu autour de son cou un crâne de chauve-souris grand comme une graine de palmier. Il montait un cheval fou avec trois fers aux pieds…

– Arrête.

Alma laisse sa tête se poser contre la cloison. Elle pense à son frère perdu à jamais et demande :

– Tu es le géant à l'oreille coupée ?

– Aide-moi, dit la voix.

– Pourquoi t'aider alors qu'il est perdu ?

– Il ne sera pas perdu si tu fais ce que je te demande.

– Tu viens de me dire qu'il est perdu !

– Les bateaux des Blancs portent des noms. Je connais le nom de son bateau. Avec ce nom, même si la mer est très grande, tu pourras retrouver le chemin, le jour où nous serons libres.

– Je suis déjà libre, dit Alma. Quel est ce nom ?

– Fais ce que je vais te demander et un jour je te le dirai.

Alma a rejoint sa place. Elle s'allonge sur le côté, en boule, les jambes repliées. Elle serre ses bras autour de ses genoux pour devenir plus petite et disparaître. Depuis tant de temps, elle suit la piste de Lam dans les déserts, dans les forêts, le long des fleuves ou au bord de la mer. Mais pour la première fois, cette piste s'éloigne d'elle et risque de s'effacer.

Alma voudrait être seule. Elle aimerait que ses larmes ne se perdent pas au milieu de celles qui remplissent le bateau. Elle voudrait les mettre bien à part, ces larmes, les garder dans sa main ou les mettre autour de sa cheville comme des pierres précieuses, puisqu'il ne lui reste rien d'autre.

Elle entend alors dans la nuit une voix qui la rejoint. C'est la femme que les Blancs appellent Ève.

– Ce qui nous arrive, dit la voix dans un souffle, c'est comme la sécheresse, les sauterelles ou la maladie quand elles passent sur le village. Un jour tout sera derrière nous. Et le peuple se souviendra autour du feu de l'année des sauterelles, de la soif pendant la sécheresse et de tous les disparus.

Alma écoute cette femme qui l'a accueillie dans les profondeurs du bateau quand elle est arrivée il y a presque deux lunes.

– Nous serons toutes parmi les disparus. Et d'autres essaieront de se souvenir de nous. Mais tu es différente. Tu es celle qui souffre et celle qui se souviendra un jour. Je te le dis. Tu es les deux à la fois. Tu es les deux moitiés de ton peuple. Les disparus et les survivants. Un jour tu te souviendras de nous. Tu te souviendras d'Oumna.

Ce nom se grave dans la mémoire d'Alma. C'est le nom de la femme que les Blancs appellent Ève. Oumna.

– Mais pour traverser la nuit, il faut d'abord te souvenir d'avant. Pendant la sécheresse, on ne mange pas ce qui brûle au soleil dans les champs, on mange le blé qui a poussé quand tout allait bien et que la terre était inondée. Ce blé qu'on a gardé précieusement. Rappelle-toi les temps heureux. Ta mémoire est ton grenier. Elle te gardera vivante.

Et quand la voix d'Oumna s'arrête, Alma monte au grenier des souvenirs.

Toute la nuit, elle retrouve des forces en se roulant devant la maison avec son petit frère, en courant dans l'orage, en faisant avec son père des paniers de roseau, en regardant la distraction des lionceaux qui perdent leur mère dans les herbes trop hautes. Alma s'écorche les jambes en grimpant dans les acacias. Elle coiffe sa mère pendant des heures. Elle fabrique des petits troupeaux d'animaux en terre rouge. Elle se cache pour laisser approcher les gazelles et sort des buissons en aboyant comme un chacal. Elle galope à nouveau avec Brouillard, elle s'endort près du feu, elle regarde son grand frère tailler des flèches en silence, elle fait s'envoler les flamants roses, elle dévale la colline dans la nuit noire, elle se lave dans les ruisseaux qui chantent. Elle entend Lam la supplier de le suivre en disant « Aam, allez, Aaaam… Viens… », et sa mère dire au petit garçon « Laisse-la tranquille, petit suricate. Laisse un peu Alma. »

Et même le fracas du navire qui se réveille n'arrive pas à couvrir le bruit de la vallée qu'Alma fait renaître.

41

Le poids des secrets

Pendant les trois jours suivants, Joseph travaille seul sur le caillebotis de la cambuse. Du début à la fin du chantier, pas un nuage dans le ciel, pas un mouvement des voiles ou de la mer. Jamais le navire n'a été plus brûlant. Quand on arrose le pont pour que le bois n'éclate pas, un peu de vapeur plane sur le sol.

Joseph garde ses outils dans un sac de toile accroché à sa ceinture. De ce côté de la barricade, tous les objets pointus ou tranchants doivent être en sécurité, hors de portée des captifs. C'est la règle absolue du navire. Même les tonneaux sont cerclés de châtaignier pour qu'aucune pièce de métal ne puisse servir d'arme.

Dès le lever du soleil, Joseph est sur le gaillard d'avant. Il fait une pause vers neuf heures, le temps qu'on fasse monter les femmes enfermées dans la cambuse. Il n'attend que ce moment où la fille paraît.

Le premier jour, elle l'ignore. Elle se tient accroupie près de lui avec les autres. Elle observe des marins qui tendent une toile pour donner un peu d'ombre aux captives. La veille, deux femmes se sont effondrées sous le soleil. La fille reste immobile, insensible à la chaleur. Joseph regarde sa peau sèche avec seulement deux perles de sueur sur les ailes du nez.

Le deuxième jour, on fait passer un seau parmi les captives pour qu'elles se lavent le visage et le cou. Le creux de leurs mains ne suffit pas à prendre l'eau de mer dans le seau.

Les femmes voudraient s'y plonger entièrement.

Pas un souffle d'air. La fille regarde les voiles là-haut qui ne savent même pas d'où vient le vent. Seule la pupille de ses yeux bouge.

– Où est mon arc ? demande-t-elle soudain sans le regarder.

Joseph relève la tête. Autour d'eux, les femmes ne semblent pas les entendre. Elles attendent que l'eau vienne à elles.

– C'est Poussin qui l'a caché, répond-il. Comment tu t'appelles ?

– Alma.

Il répète ce nom en silence. Cela fait juste se toucher ses lèvres, comme s'il reprenait son souffle.

Après un temps, il dit :

– Tu retrouveras ton arc, Alma…

– Tu me dis que je suis libre et puis tu m'abandonnes. Tu es comme les autres.

Cette fois, il croise ses yeux noirs. Des yeux qui ne s'arrêtent pas et continuent leur chemin vers le lointain, laissant Joseph honteux et sans secours. Oui, il est comme tous les autres, il fait le même sale travail et laisse cinquante femmes avoir pour seul espoir deux poignées d'eau salée dans un seau.

Le troisième jour, le vent ne s'est toujours pas levé. Joseph travaille encore. Des marins descendent dans l'entrepont. Pendant que les femmes sont à l'extérieur, ils font brûler un mélange de soufre et de poudre à canon dans la cambuse pour la désinfecter, comme ils l'ont fait la veille à l'arrière. L'odeur acre vient seulement masquer l'air empoisonné du cachot. La fumée s'échappe du caillebotis que Joseph est en train de terminer. Rabattue par le vent, elle enveloppe les captives.

Alma en profite pour s'approcher. C'est le moment.

– Jo…

Très peu de gens dans sa vie l'ont appelé Jo. Un garçon échappé avec lui des Enfants trouvés à Paris. Il s'appelait Mouche et était devenu comme un frère. Et aussi un vieil homme qui l'attend au bout de ce voyage.

– Je sais que tu n'es pas comme les autres, dit Alma.

Il ne voit pas qu'elle s'approche encore de lui.

– Il y a beaucoup de malheurs ici, dit-elle.

– Je sais.

– Tu ne sais rien. Regarde cette femme. Est-ce que tu sais par exemple comment elle appelait le garçon qu'elle aimait ? Le nom qu'elle était la seule à lui dire à l'oreille ? Est-ce que tu sais ce qu'elle lui avait promis ? Tu ne sais rien, Jo.

Il a cessé de travailler. Il cherche du regard la femme dont elle parle.

– Ce qui compte, dit Alma, c'est ce qu'on est un ou deux seulement à connaître. Elles existent toutes parce qu'elles ont des secrets.

Alma vient plus près de lui, elle laisse les mots venir librement comme au temps où elle racontait des histoires à son frère.

– Est-ce que tu sais que celle-là parlait aux arbres quand elle était petite ? Et laquelle d'entre elles se baignait dans la rivière quand sa famille dormait ? Tu ne vois qu'une douleur au fond de ce bateau, comme un grand animal pris dans un piège. Mais il y en a des centaines.

Les gardiens se sont écartés de la fumée en toussant. Alma est maintenant à côté de Joseph.

– Pense à quelque chose que tu es le seul à savoir, souffle-t-elle.

Oubliant de respirer, Joseph s'est immobilisé.

Il a six ans. Il n'est pas encore parti des Enfants trouvés. Il a inventé que la dame qui s'occupe du linge, la dame brune avec les cheveux courts, cette dame est sa mère. Et il ne doit le dire à personne.

Elle lave surtout le linge du directeur qui pense que ses pensionnaires ont des âmes trop sales pour être vêtues proprement. Mais quand Joseph croise la dame du linge avec son tablier blanc dans le couloir, il ralentit. Elle ne le regarde même pas. En marchant, son corps se balance un peu et touche parfois le mur du couloir. Elle sent le savon de haut en bas. Et Joseph est sûr que si elle ne lui a jamais adressé la parole, c'est pour que personne ne puisse se douter de rien.

Une fois par an, au moment des fêtes, on lave les draps et les blouses. C'est juste avant la visite des demoiselles généreuses. Après la grande lessive, Joseph faisait semblant de trouver cachée dans ses draps une lettre écrite par la dame du linge. Il ne le dit même pas à son ami Mouche. Il lit la lettre la nuit alors qu'il fait noir et qu'il ne sait pas lire. Elle commence toujours par « Mon petit chéri ». Elle se termine par « Je te serre dans mes bras ». Joseph replie la lettre soigneusement, même s'il n'y a pas de lettre, puis il enfonce son nez dans le matelas pour respirer l'odeur de propre.

Une bousculade. Les captives se regroupent. La fumée est devenue plus dense et plus piquante. Les gardes interviennent en criant. On les éloigne de l'ouverture. Joseph tousse et cherche désespérément Alma.

Elle a suivi le mouvement. Elle lui tourne le dos.

De toute façon, c'est fini. Elle a ce qu'elle voulait.

Les marins remontent de la cambuse avec leurs boîtes à

fumée éteintes. Le calme revient. L'air ne bouge toujours pas sous le soleil. Les travaux de Joseph sont terminés. Il regagne l'arrière, bouleversé. Il a toujours du mal à respirer.

Le lendemain, il fait encore nuit quand Joseph ouvre les yeux dans son hamac. Il est de la bordée tribord qui s'est endormie il y a deux heures à peine. Quelque chose l'a réveillé. Un bruit oublié. C'est la caresse de la mer qu'il entend enfin contre les bordages. Il se lève, monte sur le pont.

Il sent tout de suite le courant d'air dans ses cheveux. Le vent est de retour. Il rejoint le gaillard d'arrière. Les voiles se tendent sous la lune. Un frisson de houle court sur la mer. Le navire reprend sa course.

– Pendant que tu t'occupes du confort des captives, je pense à nos affaires, petit.

Le capitaine Gardel est derrière lui, caché par les anciennes cages à volailles. Il est accoudé à la balustrade tout à l'arrière du bateau. Joseph ne l'avait pas vu. Ils sont seuls.

Il remarque tout de suite que le visage de Gardel a changé. Ses petits yeux se sont élargis. Ses narines frémissent. Le capitaine regarde les remous de la mer et le grand drapeau blanc dans la nuit. Il jette parfois un œil aux deux hommes qui sont à la barre de l'autre côté des cages vides.

– On m'a dit que tu as pris trois jours pour faire deux pauvres grilles en bois dans la cambuse, dit-il à Joseph en reniflant la brise humide.

– Vous économiserez des vies et beaucoup d'argent, capitaine.

– Tu veux m'apprendre mon métier ?

– Il y avait si peu d'air qu'une chandelle refusait de brûler dans ce cachot. Une captive vivante se vend un millier de livres. Et une morte…

– Tais-toi. Tu n'y connais rien.

Le capitaine Gardel n'a que deux règles : entasser le plus de captifs possible, puis filer au plus vite vers les îles. En vingt-cinq ans, il a eu le temps d'éprouver sa méthode. S'il augmente la quantité de marchandise autant que la vitesse de la course, il arrive, malgré les pertes, à des chiffres meilleurs qu'avec les petits soins que quelques rares équipages réservent aux captifs.

Il n'y en a qu'une qu'il voudrait bien sauver, c'est la femme enceinte dans la chaloupe. Deux fois, à Boston et à Carthagène, il a vu vendre des Okos aux enchères. Les acheteurs étaient prêts à tout pour les avoir comme « nègres à talents » ou « nègres de maison ». Le prix pouvait atteindre dix mille livres si quelqu'un s'éprenait de la voix d'une Oko qui avait la trace du chant.

Mais depuis quelques heures, même les Okos n'existent plus pour lui. Gardel est aveuglé par un rêve plus grand. Il sent déjà l'odeur de vieux cuir des coffres à trésor qu'on ouvre. Il entend le bruit de l'or qui coule entre ses doigts.

Le capitaine baisse la voix comme si quelqu'un pouvait l'entendre. Il regarde autour de lui.

– Viens plus près.

Joseph se rapproche. C'est ce qu'il espérait. La peur d'être espionné trahit tous les découvreurs de trésor.

Gardel sort de sa poche le petit livre noir.

– Qu'est-ce que c'est ? demande-t-il.

– Je ne sais pas, dit Joseph en se penchant vers le livre.

Il hésite. Il joue brillamment les imbéciles.

– C'est le livre de Jacques Poussin ?

– C'est la Bible, petit. C'est la Bible.

– Vous allez lui faire plaisir. Il la cherchait partout.

– Rappelle-toi la tête de mort entre les cornes du taureau...

– Oui...

– Et l'inversion du nord et du sud, tu te souviens ?

Comment pourrait-il ne pas se souvenir? Joseph écoute attentivement. Tout cela commence très bien.

– En retournant le parchemin pour mettre le nord en haut comme dans toutes les cartes, dit Gardel, on peut lire quelque chose dans la bouche et les yeux du mort : XIX, O1, 1O

– Et alors?

Gardel ouvre sa bible.

– «Il y avait là un homme qui s'appelait Zachée...»

– Pardon?

– «... et il était riche»

– De qui parlez-vous?

– Luc, chapitre XIX, versets 1 à 10.

– Comment?

– La tête de taureau, c'est bien saint Luc.

Joseph semble suivre péniblement son raisonnement.

– Chapitre XIX, verset 1 à 10, dans l'évangile de saint Luc : «Il y avait là un homme qui s'appelait Zachée...»

– Zachée...

– «... et il était riche.»

– Il était riche..., répète Joseph.

Il ouvre la bouche comme s'il croyait comprendre quelque chose, puis il la referme et fait une grimace gênée.

– Je ne comprends pas. Je suis désolé.

Gardel l'attrape par le cou. Joseph croit d'abord qu'il va le jeter par-dessus la rambarde dans l'eau qui bouillonne derrière eux, mais le capitaine l'entraîne dans l'autre sens vers la grande échelle qui mène aux cabines. Joseph manque les dernières marches. Le capitaine le récupère sur le plancher, le tire derrière lui jusqu'à la chambre. Il ouvre les deux loquets. Gardel prend alors Joseph par la nuque, le traîne encore comme une marionnette et guide son visage vers la carte déroulée sur la table. Sans dire un mot, il pose l'index sur une île minuscule, à l'est de Saint-Domingue, au large de Porto Rico.

Là, malgré la flamme vacillante, Joseph parvient à lire un mot, à deux centimètres de ses yeux : Zachée.

Joseph sourit. Il a tant attendu ce moment. Cet homme derrière lui est aussi intelligent que monstrueux.

– Zachée ?

Joseph voulait qu'il trouve lui-même l'endroit. Il voulait que le chemin pour résoudre l'énigme ait été si escarpé que désormais plus rien ne puisse arrêter Gardel.

– Alors c'est là..., dit Joseph.

– Oui, c'est là, dit Gardel en desserrant lentement la main sur son cou. C'est là. À cinq jours d'ici.

Joseph essaie de tourner la tête vers lui. Il voit en passant l'ombre des caisses sous la couchette du capitaine. Il a fait tout cela pour elles. Pour le contenu de ces deux caisses dans une alcôve au milieu de l'océan.

Un craquement du parquet derrière eux. Ils se retournent.

C'est Jacques Poussin, le visage blême. Il est entré sans qu'on le remarque.

– Je cherchais Joseph Mars, dit-il.

Face à lui, Gardel est effrayant. Son regard bleu ciel le transperce. Qu'est-ce que le charpentier a pu entendre de ce qu'ils ont dit ?

– J'ai besoin de Mars, répète Poussin.

Le capitaine lâche la tête de Joseph. Il s'essuie la main sur un pan de sa veste.

– Prenez-le. Je n'ai plus besoin de lui.

– Et ça ?

Poussin montre le livre posé sur la table.

– C'est à moi, je crois.

– Je n'en ai plus besoin non plus, dit Gardel. Ne laissez pas traîner vos affaires.

Poussin prend la bible entre ses grandes mains. Cela fait des semaines qu'il l'a perdue.

Devant le mystère de ces deux hommes qui se font face, Joseph pense aux mots d'Alma : ce qui compte vraiment c'est ce qu'on est seulement un ou deux à savoir. Il sent le navire s'enfoncer sous le poids des secrets.

42

Un géant dans le ciel

Le charpentier a conduit Joseph dans un coin de la cale, tout au fond du navire. C'est là qu'il a aménagé son établi.

Malgré la courbure de la coque du bateau qui met cet atelier de travers, les outils sont parfaitement rangés dans des casiers. Chaque cheville de bois est à sa place. Les planches sont empilées sur le côté. La sciure et les copeaux ont été balayés et stockés dans un demi-tonneau pour allumer demain l'une des deux chaudières de la cuisine de Cook. Même les lames de rabot sont posées bien à plat sur une étagère quadrillée afin qu'il ne puisse en manquer une seule sans que cela attire l'attention.

Poussin a fait asseoir Joseph sur le coffre où sont enfermées les scies. Que se passe-t-il ? Joseph s'attend au pire. Il lorgne les deux grands ciseaux rangés dans leur case à côté de lui. Si Poussin devient un problème, il ne faudra pas hésiter.

– La gouge, dit enfin Poussin.

– La gouge ?

– La gouge.

– La gouge…, répète Joseph alors que ce mot commence à faire de petits bonds dans son esprit.

La mâchoire de Poussin s'est tendue.

– La gouge..., dit encore Joseph, espérant un indice.

– La gouge ! hurle Poussin. La gouge !

Invisible derrière eux, le capitaine Gardel a sursauté. Alerté par l'apparition de Poussin et sa mine inquiétante, il les a suivis dans la soute et se cache pour comprendre.

– La gouge, dit Joseph comme si le mot pouvait s'expliquer si on le répétait à l'infini.

Mais rien ne vient éclairer le mystère de la gouge, pas même les flammes que jettent maintenant les yeux de Poussin.

Alors que Joseph est prêt à saisir les deux ciseaux à bois, son regard glisse accidentellement vers l'étagère voisine. Il s'arrête sur un casier vide. Il cligne des yeux, contemple pendant plusieurs secondes ce vide terrible, le temps que le mot répété par le charpentier vienne précisément s'y loger.

– La gouge ! dit-il.

– La gouge, confirme Poussin le plus calmement possible.

Ils parlent désormais de la même chose : la gouge, ce ciseau à la lame courbe et tranchante qui s'enfonce dans le bois tendre comme une petite cuiller dans la crème.

– Je l'avais hier, bredouille Joseph. Je suis sûr que je l'avais.

Et même Gardel, dans sa cachette, vient de murmurer pour lui-même le mot funeste.

– J'ai trouvé ton sac ce matin sur ce coffre, dit Poussin.

Joseph se rappelle son trouble de la veille dans la fumée de la cambuse.

– Il manquait la gouge, explique Poussin.

– La gouge, répète Joseph.

Avec cet objet dans la nature, le navire est aussi dangereux qu'un baril de poudre au coin du feu. Avant qu'ils aient eu le temps de prendre leur décision, Poussin et Mars voient Gardel surgir de l'ombre.

– Je n'ai aucune idée de ce qu'est une gouge, dit-il entre ses dents. Mais je jure que si je la retrouve, j'en ferai sur vous un usage inhabituel… Un usage que vous n'oublierez jamais.

Il disparaît, laissant Poussin et Joseph abasourdis.

Au-dessus d'eux, au même instant, dans l'entrepont, des captifs regardent le géant limer le gros anneau de fer qui retient sa cheville. Depuis des heures, ils ont ajusté leur respiration et couvrent le bruit de la gouge qui gratte le fer. Après une nuit de travail, l'épaisseur de l'anneau est bien entamée. Dans peu de temps, il suffira d'un coup sec pour le briser et pour que le géant à l'oreille coupée sème la révolte dans le navire.

Soudain, le mouvement de la gouge s'interrompt. La respiration des hommes s'arrête. Des coups de feu ont retenti sur le pont.

Dehors, Gardel vient de tirer en l'air plusieurs fois. Transformé en chef de guerre, il rassemble ses hommes, réveille la bordée de tribord qui est au repos, frappe des pieds pour terroriser les captifs. Il envoie deux hommes enfermer Poussin et Mars, puis choisit des escadrons de dix pour entrer dans les trois parcs où sont entassés les captifs.

La gouge, outil raffiné, inconnu de tous, est devenue l'arme du démon.

– Fouillez-les tous ! Sortez-les un par un ! Inspectez les fers. Et méfiez-vous ! Il y a quelque part une arme qui peut vous crever le cœur.

Les hommes qui ouvrent les volets sont armés jusqu'aux dents. Au-dessus d'eux, le jour commence à se lever.

Alma est allongée dans la cambuse. Depuis le milieu de la nuit, elle n'a plus aucune force. L'espoir la quitte lentement. Elle reste couchée sur sa planche, veillée par celle que les Blancs appellent Ève mais dont le vrai nom est Oumna. Au premier coup de feu, pourtant, Alma a compris. La panique qui s'empare de l'entrepont la plonge plus profondément dans sa nuit. Elle voit vaguement les silhouettes des marins qui descendent et soulèvent les captives une à une autour d'elle.

Quelques heures plus tôt, quand Alma a fait passer la lame par le trou, de l'autre côté du mur, le géant a refusé de lui donner ce qu'il lui avait promis.

– Je me méfie d'une fille qui parle aux Blancs. Je te dirai le nom du bateau de ton frère quand le nôtre sera libéré.

Il a refermé le trou. Alma, elle, est restée à frapper sur la cloison. Elle murmurait qu'elle était libre, qu'elle était libre, qu'elle était libre.

Puis elle a basculé dans sa nuit.

Le géant à l'oreille coupée sent que le danger approche. Les hommes ont commencé à fouiller le fond de la cale, à inspecter les premiers captifs. Ils les font sortir les uns après les autres sur le pont. Il reste cent hommes avant d'arriver à lui. Il peut encore réussir. Et le désordre de la fouille l'aidera. Les cachots seront déjà grands ouverts. Tout sera possible.

Autour de lui, ses compagnons ne bougent pas. Ils résistent.

Au début de la traversée, ces hommes étaient efiks de la région du Vieux-Calabar ou bien sérères du royaume du Saloum. Ils se disaient habitants d'un village, nés au bord de telle rivière, ou dans la ville de Tinmah, plus belle que toutes les autres villes. Ils appelaient désespérément dans l'entrepont ceux de leur peuple ou de leur village. Au début de la traversée, un homme s'était même laissé mourir parce qu'il était le seul à parler sa langue. Au début, il y avait encore les éternelles bagarres entre les Fantis et les Chambas et toutes les querelles si vieilles que personne ne sait pourquoi elles sont nées.

Mais, jour après jour, ils ont changé. Ils n'ont pas oublié leur pays, mais l'ennemi les a rassemblés. Ils étaient de toutes les couleurs. Maintenant, ils sont noirs.

On entend les marins secouer les corps engourdis, les blessés, les malades. La consigne a circulé entre les captifs. Aucun fouet, aucun coup de canne ne doit accélérer le mouvement. Il faut prendre du temps. D'un bout à l'autre du navire, on traîne, on ralentit, pour donner une dernière chance à la liberté.

Au milieu de ce chaos, le capitaine Gardel observe. Il a compris leur manège. Il tire à nouveau en l'air, frappe ceux qui s'attardent. Plus les captifs résistent, plus il sait qu'il y a urgence. Quelque chose se prépare.

Un cri retentit sur le gaillard d'avant. On a trouvé le manche en bois de la gouge. C'est Vaugelende qui le brandit à l'avant. Il était coincé quelque part dans la cambuse.

– Mais je cherche la lame ! hurle Gardel à l'arrière. Pas un morceau de bois !

Il court vers le mât avant.

– Ne changez rien à ce que vous êtes en train de faire ! Continuez tous !

Il approche de l'entrée de la cambuse, bouscule les femmes qui se serrent sur le gaillard. Il attrape une lanterne et descend les échelons, suivi de son second. Gardel plonge son nez dans sa manche parfumée d'eau de Cologne. L'espace est minuscule et parfaitement vide. Les captives attendent toutes dehors. Il promène sa lampe dans les coins. Il suit la paroi de planches.

– On a déjà cherché plusieurs fois, dit Vaugelende.

– Taisez-vous. Trouvez cette arme.

– Ce n'est pas une arme, capitaine.

– Vous verrez, Vaugelende, quand ils vous auront enlevé l'autre œil si ce n'est pas une arme.

Gardel est au fond du cachot. Il pose sa lampe, passe son doigt sur un nœud sombre de l'épaisse cloison.

– Donnez-moi votre couteau.

Il frappe un coup sec dans la tache noire. Le bouchon s'enfonce et tombe de l'autre côté.

– Voilà, dit-il. Au fond du parc des hommes ! Tout de suite ! Donnez-moi quinze ou vingt hommes s'il le faut. Juste derrière ce mur, il y a un nègre armé et peut-être déjà sans fer.

Le géant n'entend rien. Toute la nuit, il a dû tenir la lame entre ses doigts. Le manche ne passait pas par le trou de la paroi. Il a les mains blessées, couvertes de sang et de limaille de fer. Il n'entend plus la rumeur qui approche, les fouets qui claquent. Autour de lui, la muraille de ses compagnons commence à plier.

Il ne reste pourtant presque rien à couper, à peine l'épaisseur d'un ongle avant la liberté.

Quand cède enfin l'anneau, quand il se redresse, il sent le canon d'un fusil posé sur son front de géant.

– Tu bouges, je te tue, dit Gardel.

Les captifs et l'équipage remplissent entièrement le pont et les gaillards. C'est une marée humaine sur le navire. Ils regardent le géant tout en haut du grand mât. On a hissé son corps pour l'attacher sur le mât de perroquet, debout au-dessus de la plus haute voile.

Cent heures. C'est la peine que lui inflige le capitaine. Cent heures là-haut, sans nourriture et sans eau, après les cent coups de fouet qu'il a reçus. Les châtiments sont une science raffinée que Gardel croit parfaitement maîtriser. Le géant doit servir d'exemple mais être encore bon à vendre à l'arrivée.

Lazare Bartholomée Gardel se tient près de la barre. Il respire.

Il a évité le pire. Pour que sa tranquillité soit parfaite, il donne l'ordre d'enfermer tous les captifs. Ils ne verront pas la lumière du jour jusqu'à nouvel ordre. Les événements lui ont aussi donné une raison d'écarter Poussin et Mars dont il se méfiait. Ils se sont condamnés eux-mêmes. C'est parfait. Plus rien ne pourra venir perturber ses grands projets.

Une seule question continue à le hanter. Le message ne dit pas l'endroit précis où se trouve le trésor. Par quel rivage aborder cette île de Zachée quand ils l'approcheront ?

Il sent le vent qui forcit. Un ciel noir s'annonce à l'ouest. L'orage vient. Le bruit du tonnerre lui rappelle celui d'un lointain combat naval.

De nouveau, les ordres de Gardel résonnent à travers le navire. On cargue les voiles basses pour résister au vent qui s'annonce. La moitié de l'équipage est à la manœuvre, l'autre moitié continue à rentrer les captifs. Un garçon résiste quand on veut l'entraîner vers l'entrepont. C'est Soum. Il a reconnu Alma, que deux femmes aident à descendre dans la cambuse. Il se débat en silence pour être vu de sa petite sœur.

Trois fois, le chat à neuf queues tombe sur lui sans qu'il pousse un cri.

– Ne le démolissez pas, crie Absalon. C'est un simple d'esprit. Il appartient au capitaine.

Soum disparaît finalement dans les entrailles du bateau.

Plus faible que jamais, Alma n'a même pas remarqué son frère. Et si elle l'avait vu, peut-être qu'elle ne l'aurait pas reconnu.

Elle sait seulement qu'on vient d'enfermer Jo et le vieux fantôme, les deux derniers témoins de sa liberté.

Au moment de descendre dans la cambuse et avant de fermer pour longtemps les yeux, elle aperçoit dans un éclair, comme un drapeau sombre tout là-haut, le géant dans le ciel.

43

Entre les cornes du taureau

Les vagues sont hautes et le cuisinier Cook tient ferme la petite gamelle de fer-blanc en descendant vers les cabines de l'état-major. La soupe est pourtant si collante qu'en la retournant entièrement il ne la ferait pas sortir de son pot. Cook s'arrête devant la porte du chirurgien. Il garde le repas en équilibre le temps de sortir la clef de sa poche et d'ouvrir la porte.

Cela fait longtemps que le chirurgien Palardi a été privé de sa cabine et de ses privilèges par le capitaine en raison de son incompétence. Maintenant, il dîne et dort avec les matelots. On lui réserve les tâches les plus rudes : enduire de graisse de mouton les planchers qui fuient, remplir d'eau de mer les tonneaux au fur et à mesure qu'ils se vident, pour que le navire garde le même poids. En attendant, sa cabine sert de cellule à Joseph Mars et Jacques Poussin.

Quand la porte s'ouvre, ils sont assis l'un à côté de l'autre sur la banquette de velours. Joseph a pourtant tout fait pour que le charpentier ne soit pas accusé avec lui. Mais Gardel a refusé de l'écouter. Poussin s'est laissé enfermer, incapable de fuir ses responsabilités.

– Vous êtes le seul à ne pas nous oublier, mon cher Cook, dit Poussin en recevant la gamelle. On vous inviterait bien à souper mais vous auriez du mal à avaler ce que vous nous préparez.

– Je préfère la table du capitaine, reconnaît Cook.

– Moi aussi, dit Poussin. Mais il n'a jamais voulu m'y inviter.

– Sur les navires où j'ai servi, dit Cook, les maîtres charpentiers étaient les plus respectés des officiers. Ils gagnaient plus que le second du capitaine et buvaient avant lui à la grande table.

– Je ne dois pas être comme les autres.

– Le capitaine ne vous aime pas.

– Je n'ai jamais cherché son affection, le pauvre homme. Donnez-nous des nouvelles de l'extérieur, Cook. On ne nous informe de rien.

Le cuisinier gonfle ses joues de crapaud et pousse un long soupir.

– Tout va très mal. Les captifs se taisent et m'inquiètent beaucoup. Il faudrait arriver très vite à Saint-Domingue, et voilà que le capitaine s'est mis dans la tête de faire une escale de rafraîchissement.

Joseph tressaille.

– Une escale ?

– À quel endroit ? demande Poussin. À Porto Rico ?

– Non. Dans un caillou sans le moindre habitant. L'île de Zachée ! Jamais entendu parler. Ce n'est pas là que je vais trouver mes poulardes ou mes cochons de lait.

Jacques Poussin semble étonné. Les escales de rafraîchissement sont fréquentes. Elles ont lieu avant la traversée, à Sao Tomé ou sur l'île du Prince, tout près des côtes de l'Afrique, et parfois à la fin du voyage, juste avant d'arriver. À vrai dire, on y fait plus du camouflage que du rafraîchissement. On redonne des forces aux captifs, on les engraisse, on fait briller leur peau avec de la poudre, du jus de citron, on les rase, on teint les cheveux des plus vieux. Puis on repart. Tout est permis pour faire monter les prix de vente à l'arrivée.

L'opération a lieu dans des savanes de rafraîchissement dont la location est l'un des nombreux commerces que la traite a permis d'inventer. Il suffit de quelques baraques, de potagers et d'un peu d'eau douce. Mais on n'a jamais vu un négrier faire une escale de ce genre sur une île déserte.

– Gardel aura peut-être besoin d'un charpentier pour construire les bâtiments, dit Poussin.

– Je ne sais pas. J'avoue que je n'y comprends rien. Je voudrais être déjà arrivé à Saint-Domingue.

Poussin a retiré le couvercle de la soupe. Il a un mouvement de recul quand il la respire.

– L'odeur est forte, dit Cook, c'est l'eau qui a tourné. Mais le goût n'est pas mauvais. On dirait juste qu'il y a des champignons en plus.

– Parfait ! s'enchante le charpentier.

– J'ai bien connu l'île de Zachée, dit soudain Joseph au cuisinier.

Poussin le regarde en riant. Ce garçon parle comme les vieux crabes qu'on rencontre dans les cabarets des ports et qui ont tout vécu.

– Dites au capitaine, continue Joseph, que par gros temps le mouillage protégé est au sud, c'est un passage très étroit, entre les cornes du taureau.

– Entre les cornes du taureau ! s'amuse Poussin.

– Dites-le-lui, Cook, s'il vous plaît. Il comprendra.

Incrédules, les deux hommes dévisagent Joseph. Poussin dit au cuisinier :

– Retournez à votre vaisselle. Et pensez à fermer la porte, j'aurais pu m'échapper trois fois depuis que vous êtes entré.

– Vous n'iriez pas loin, dit l'autre. On me fait nourrir les requins avec les eaux sales et les ordures pour qu'ils nous suivent jusqu'au bout.

– Le capitaine Gardel ne laisse rien au hasard.

– J'espère vraiment qu'il ne laisse rien au hasard, soupire Cook.

Il se retourne. Joseph découvre pour la première fois sur le visage du cuisinier une expression qu'il ne lui connaissait pas. Au moment de sortir, son masque jovial s'est soulevé un instant et a laissé voir un autre homme.

Poussin et Mars commencent à vider la gamelle en partageant une seule cuiller. Après un long moment pendant lequel on n'entend que leurs lapements de chiots et les grincements du bateau, l'homme s'essuie la bouche avec sa manche.

– Maintenant, petit, on va pouvoir se parler.

Joseph le regarde.

– Je peux commencer, continue Poussin. Je m'appelle Jacques André Poussin. Je suis charpentier. Je suis né au Havre à la Pentecôte 1726. Je suis comme toi : longtemps, je n'ai pas eu de famille.

– Comme moi ?

– Oui, comme toi. Si tu t'appelles Joseph Mars, c'est que tu as dû arriver à l'orphelinat un 19 mars, la nuit de la Saint-Joseph. Ils ont pris le saint du calendrier accroché dans l'entrée et le nom du mois.

Joseph est stupéfait. Il n'a jamais avoué à personne qu'il était peut-être né dans la rue et il découvre que c'est écrit en grand dans son nom. C'est sûrement ce point commun qui fait que Poussin l'a pris sous son aile.

– Longtemps, je n'ai pas eu de famille, reprend Poussin. J'ai eu un maître. Il s'appelait Bassompierre. C'était le meilleur des charpentiers, le meilleur des patrons. Cela m'a suffi jusqu'à mes premiers cheveux blancs. Puis j'ai eu une femme, si peu de temps ! D'un mois de mai à un autre. La longévité des papillons. Elle m'a laissé un fils, ma seule raison de ne pas mourir tout de suite après elle.

Joseph écoute cette vie que Poussin fait tenir en quelques phrases et qu'il raconte en fermant les yeux pour que sa voix ne se brise pas.

– Et puis au mois d'août de l'an passé, dans le port de La Rochelle, j'ai perdu d'un seul coup tout ce que j'avais.

Silence. Il ralentit.

– Mon fils et mon maître, la même nuit. Antonio était devenu l'apprenti de Bassompierre. Ils avaient quinze et quatre-vingt-quatre ans.

Poussin prend le temps de respirer.

– Presque cent ans à eux deux. Bassompierre m'avait écrit juste avant. Il voulait me dire quelque chose. C'était important. Je suis venu en très peu de jours, de Lucca où je travaillais. Quand je suis arrivé ils étaient morts. On m'a dit qu'ils avaient bu, qu'ils étaient tombés. Tu entends ? Ils avaient bu !

Cette fois il laisse ses larmes monter.

– Bassompierre et Antonio sont nés dans les forêts des charpentes. Ils étaient deux arbres parmi les arbres. Et les arbres ne boivent que de l'eau de pluie. Je suis ici pour savoir qui les a tués et pourquoi. Je suis ici pour savoir ce qu'ils savaient. Ce qu'ils n'ont pas eu le temps de me dire.

Ils restent en silence sans pouvoir se regarder.

Joseph Mars sent aussi ses yeux qui le piquent.

– Et toi ? demande le charpentier.

Joseph a joint les mains devant sa bouche, paume contre paume, comme pour une prière. Un instant, il rêve de la même clarté que Poussin. Il est tenté de tout raconter, de se rappeler ce que disait Alma. Tout ce qui fait exister parce qu'on l'a partagé un jour avec quelqu'un. Raconter l'obscurité de son enfance et la lumière qu'il est sûr de trouver un jour. Dire le nom de celui qui l'a envoyé sur ce navire. Mais Joseph est trop près du but pour céder à cette envie.

– Et toi ? répète Poussin.

– Moi ? demande Joseph comme s'il se réveillait.

– Oui, toi.

– Je voudrais bien être comme vous.

– Comme moi ?

– Pouvoir dire un jour que j'ai eu dans ma vie, même peu de temps, un maître, une femme, un enfant…

– Arrête, ordonne gravement Poussin. Qu'est-ce que tu cherches ici ?

Joseph tient bon. Il devrait au moins répondre qu'il croit avoir trouvé en Poussin un modèle, un maître, mais il se méfie de l'émotion. Une confidence conduit à d'autres secrets.

– Je vous l'ai déjà dit, je cherche la fortune, comme tout le monde.

Avec cette réponse, il arrive à la fois à ne pas mentir et à ne rien dire.

C'est alors que tout commence.

Le bruit avait peut-être débuté plus tôt. D'abord, ce sont des coups sourds comme des talons ou des coudes nus qui frappent contre le bois, si faiblement. Tant qu'il y en avait dix on ne les entendait pas. Mais en quelques secondes, ils sont cinquante ou cent à frapper en rythme.

Le navire ne vibre pas. Le bruit est grave. Il enfle. Il a dû gagner le parc des femmes à l'arrière et aussi celui du devant. Impossible de savoir où il a commencé. Le battement ne s'arrête pas.

– Qu'est-ce que c'est ? demande Joseph.

Poussin prend une grande inspiration. Il a compris ce qui

se passe. Il ne l'a vécu qu'une seule fois, il y a longtemps, sur un navire portugais, mais il sait que c'est le cauchemar des capitaines. Le début de la fin.

– Ils frappent en rythme. Ça pourrait être autre chose. Ils pourraient aussi se lamenter, refuser de se nourrir, ou hurler, ou même se taire complètement. Ce ne serait pas différent. L'important, c'est qu'ils le font ensemble.

– Pourquoi ?

– Ils sont là. Ils sont nombreux. Ils sont vivants. Ils se le disent.

La cadence n'augmente pas mais elle ne ralentit pas non plus. Elle semble s'enfoncer plus profondément dans le navire comme un clou qu'on frapperait indéfiniment.

– Gardel s'est trompé, souffle Poussin. Il a fait une erreur. Il y a un endroit dans lequel le capitaine doit garder les captifs. C'est un espace très mince, situé exactement entre l'espoir et le désespoir. Pour se tenir tranquilles, ils ne doivent ni espérer ni cesser d'espérer.

Joseph comprend ce que dit Poussin. Il a toujours su que les hommes vivaient de petites promesses. À quatre ans, à six ans, Joseph attendait. Il ne faisait qu'attendre. Et même si rien ne venait. C'était toujours mieux d'attendre et de croire.

– C'est à cause du géant, dit Poussin, le géant accroché là-haut dans le mât… Il est comme un étendard qui dit que tout est fini, qu'il n'y a plus rien à attendre de personne, que l'espoir est mort. Il ne fallait pas faire ça.

À l'abri du gaillard d'arrière, en écoutant le battement des captifs, en regardant les éclairs et la pluie, Lazare Bartholomée Gardel pense exactement la même chose. Mais il ne montrera pas de signe de faiblesse. Il sait pourtant que ce châtiment est venu au mauvais moment, dans l'épuisement du voyage. Il sait que cette grande ombre noire au sommet du mât n'arrange pas ses plans.

Gardel réfléchit. Il doit faire tenir encore un peu le navire. Il ne pense plus qu'au trésor.

Cook est apparu soudain derrière lui.

– J'ai porté leur soupe aux deux prisonniers, capitaine.

Gardel grogne. Il les ferait bien mourir de faim.

– Laisse-moi.

– Le petit veut vous dire qu'il connaît l'île de Zachée.

Le capitaine se retourne vers lui.

– Mars ?

– Il dit qu'il y a un mouillage protégé du vent, entre les cornes du taureau, au sud.

Gardel s'immobilise.

– Il a dit ça ? murmure-t-il, impassible. Et vous croyez qu'il m'apprend quelque chose ?

Il écarte Cook d'un geste et se dirige vers ses appartements.

Comment Joseph Mars peut-il être aussi stupide ? Est-ce qu'il vient de confier au cuisinier l'emplacement exact du trésor ?

La colère de Gardel se mélange à l'excitation. Il s'enferme dans sa chambre, s'approche du message qu'il a épinglé à la cloison de bois. Il retire trois des quatre épingles, fait tourner la tête de taureau comme une boussole. Quand le nord est en haut, il remet les épingles. Il recule, compare à la carte posée sur la table.

Grâce à cet idiot de Joseph Mars, Lazare Gardel sait maintenant précisément où il va. La tête de taureau se lit comme une carte. Il suffit de la mettre dans le bon sens. Oui, il y a sûrement un passage derrière ces deux rochers en pointe au sud de l'île de Zachée, là où se trouve la tête de mort, entre les cornes du taureau.

44

Dites-moi qui chante

La chaloupe suspendue au-dessus du pont est comme une île posée sur *La Douce Amélie*. C'est une grande barque qui fait presque huit mètres de long. Quand on la met à l'eau, on peut y asseoir douze rameurs. Elle est posée sur la mâture de rechange.

Depuis que le navire a quitté l'Afrique, la chaloupe est remplie des captifs malades, ou plutôt des quelques malades dont on a un espoir qu'ils guérissent. Mais même ceux qui ne survivront pas auront trouvé un peu de paix en passant par la chaloupe. Car, sous le banc du milieu, dans le fond de cette barque, une voix chante doucement.

Chaque nuit, cette voix est plus fragile. Elle ne cesse pas de chanter. Elle se tait seulement le jour, gardant ses forces en prévision des heures sombres. La nuit venue, sous la toile goudronnée qu'on a dressée comme une tente au-dessus de la chaloupe, les malades se serrent autour d'elle et l'écoutent.

La voix ne porte pas plus loin que ce petit théâtre. Au-delà, il y a le crépitement de la pluie, le grondement du vent et des vagues, les coups frappés par les captifs contre le squelette du navire.

Aucun de ceux qui l'écoutent ne pourrait dire dans quelle langue elle chante. Ils sont comme les enfants qui comprennent les berceuses de leur mère avant de savoir parler. Ils ne perdent pas un mot de ce qu'elle raconte. Les larmes qu'elle provoque leur font plus de bien que les purgations et les saignées du chirurgien.

Nao chante. Elle chante pour l'enfant qu'elle attend et pour tous les enfants qui se cachent à l'intérieur de ces hommes et ces femmes apeurés, pelotonnés près d'elle.

Quand les coups ont commencé, Nao ne les a pas entendus. Elle ne les distinguait pas du battement de son pouls dans son oreille. Puis elle s'est tue. Elle a écouté ce que disait ce bruit sourd. Il ne disait rien d'autre que son chant à elle. Il prenait le relais de son cœur pour qu'elle puisse s'en aller.

Elle a cessé de chanter.

Maintenant, Nao se laisse partir. Elle connaît la maladie qui l'emporte. C'est la célèbre fragilité du peuple oko, ce mal mortel que provoquent en eux la captivité et le désespoir.

– Vous ne chantez plus, ma petite cousine?

Il est minuit. Un sourire s'est penché sur elle dans la tempête.

L'homme est allongé sur le banc juste au-dessus de Nao. Il s'est baissé pour lui parler. Il est plus âgé que la plupart des captifs. Jusque-là, on n'a pas entendu sa voix. Pas un mot depuis qu'il a embarqué sur *La Douce Amélie*, le premier jour. C'est lui, le Noir imperturbable que les Blancs ont appelé Adam dans leur cahier.

Il est dans la chaloupe à cause de la fièvre. Avec le temps, la blessure des chaînes s'est infectée à ses chevilles. La plaie grandit tous les jours, elle fait la course entre les deux jambes pour savoir de quel côté elle arrivera en premier au genou, mais l'homme ne se plaint jamais. Il garde son sourire accroché entre ses oreilles comme un fétiche.

– Vous ne chantez plus?

Nao ouvre les yeux. Le petit homme a une voix forte et grave qui ne ressemble pas à son corps.

– Écoutez-les, dit-il.

Le battement des captifs monte vers eux malgré le vent qui rugit.

– Je crois qu'ils vous appellent, ma petite cousine.

Trois coups de tonnerre retentissent en rafale. Dans le parc des hommes, le soulèvement des vagues fait glisser les corps, tire sur les chaînes, blesse la peau. Mais les captifs continuent à battre la mesure. Des femmes, à l'arrière, s'accrochent au bois des épontilles. D'autres, épuisées par le mal de mer, se laissent rouler sur les autres, abandonnant toute résistance.

Un homme s'est mis à chanter.

Ils sont des centaines à l'entendre en même temps.

– Cette fois, je vais les écraser, s'écrie Absalon en sautant de son hamac.

La voix qui chante est plus forte que tout ce qui cogne contre le bateau : l'eau, l'air, le feu de la foudre. Plus entêtante que le battement des coups des prisonniers. De grands silences viennent se poser entre les phrases. Ils suspendent le temps et font follement désirer la suite.

– Ça vient de la chaloupe ! crie un matelot.

Des lanternes s'allument sur le pont.

Le chirurgien est le premier arrivé sur place. Il soulève un coin de la toile, plonge sa lampe à l'intérieur de la chaloupe. Il s'immobilise. Ce ne sont pas des silences entre les phrases, ce sont les couplets très faibles de la femme enceinte sous le banc. Elle s'est remise à chanter, la voix plus ensorcelante que jamais. Et à chaque fois qu'elle se tait pour retrouver son souffle, le petit homme au-dessus d'elle porte son chant de toutes ses forces dans la nuit.

– Qu'est-ce que c'est? demande Absalon qui vient d'arriver.

– C'est Adam.

Quand la femme chante à nouveau, même le maître d'équipage a des frissons en l'écoutant.

– Celle-là, dit le chirurgien, elle chante toujours la nuit. Ce n'est pas gênant. On ne l'entend presque pas.

Non, il ne doit pas être trop gêné par son chant, lui qui vient toujours s'asseoir juste à côté pour l'entendre. Il reste là toutes les nuits et il l'écoute. Quand il se relève, il a dans le creux du dos une sueur glacée qui fait coller sa chemise.

– Elle, ça ne dérange personne, répète-t-il avec une fausse indifférence. Mais celui-là, Adam…

L'homme qu'ils appellent Adam les observe sans cesser de chanter.

Absalon brandit le fouet. Son bras prend de l'élan, il jette les neuf lanières de cuir derrière son épaule pour donner de la force à son coup mais une main a arrêté son poignet en plein vol.

Le capitaine Gardel lui arrache le fouet. Il a la chemise ouverte et le catogan en bataille. Devant lui, Absalon semble perdu.

– Je ne touche pas à la négresse, dit-il, je sais qu'elle est à vous. J'allais corriger le nègre qui chante, capitaine.

Le capitaine joue avec le fouet entre ses mains.

Les deux captifs continuent à chanter tour à tour. Nao a toujours les yeux fermés. Le nègre-qui-chante sourit encore. Les autres occupants de la chaloupe retiennent leur respiration.

– Vous ne voulez pas que je le corrige? demande Absalon.

– Vous n'avez pas remarqué quelque chose? dit Gardel en serrant les dents.

– Non.

– En bas… Écoutez, nom d'un nœud de chaise! Écoutez donc! hurle-t-il.

D'autres matelots sont arrivés. Ils tendent l'oreille. Tant que la femme chante, ils ne peuvent rien entendre d'autre.

– Alors ? demande Gardel. Vous n'avez rien remarqué ?

Quand Nao s'interrompt, leurs cerveaux se remettent en marche.

– Le bruit ! s'écrie l'un d'eux. Écoutez !

En bas, les coups ont cessé. Le pont inférieur est silencieux.

– Laissez-les chanter, murmure le capitaine. Je préfère deux nègres qui chantent plutôt que six cents autres qui nous coupent en morceaux.

Il a fallu très peu de temps pour que tout s'organise. Dans le parc des femmes, derrière la grille des hommes et le nouveau caillebotis de la cambuse, partout, quelques veilleurs se sont dressés parmi les captifs. Ils écoutent celui que les Blancs appellent Adam. Puis ils relaient le son de sa voix. Ils chantent pour ceux qui les entourent. Et d'autres colportent les mots plus loin dans le ventre du navire, ils les répètent ou les traduisent dans toutes les langues, en mandingue, en fula, kikongo, akan, et vers les femmes igbos de la sainte-barbe, vers les hommes rangés le long des bordages, blottis sous l'échafaud que Poussin a construit dans l'entrepont.

Au début, le chant de Nao vient seulement les cueillir. Elle ne raconte rien, elle prépare le moment où elle les tiendra tous dans sa main. Elle dit des phrases comme *Écoutez, vous qui pleurez* ou *Écoutez-moi dans ces forêts de planches et de fer.* Elle compare son chant à une pirogue dans le torrent. Elle dit que sa voix nage dans le courant des larmes. Elle parle de la voûte très basse des branches sur le fleuve et chacun regarde au-dessus de sa tête le plafond de l'entrepont en y voyant des lianes et des oiseaux. *Je donne du courage à ceux qui sont épuisés. La pirogue passe sans un bruit et je suis à l'arrière pour chanter.*

Tout l'équipage aussi ne peut s'empêcher de tendre l'oreille.

– Qu'est-ce que ça raconte ? demande un matelot.

– Tais-toi.

Seul, Gardel, malgré la tempête qui continue, n'entend rien d'autre que le calme revenu sous ses pieds.

Longuement, Nao continue son envoûtement, pour toucher les oreilles qui ne voulaient plus entendre, réveiller celles qui dormaient, celles qui avaient tout abandonné.

Vous croyez avoir quitté la vie mais la vie ne vous quitte pas. La mémoire est notre terre ferme. Écoutez-moi.

Colportés, répétés, les mots mettent beaucoup de temps à descendre de la chaloupe, à se glisser entre les poutres. Ils s'attardent dans l'obscurité comme la lumière des étoiles avant de toucher terre.

Et cela vient sans prévenir. Personne ne se rend compte qu'une histoire a commencé. Des ombres se mettent à bouger. On dirait le début d'un conte. Le chant raconte un peuple unique. Un peuple nombreux et florissant qui vit de liberté.

Les Okos.

Et puisque la liberté les fait vivre, sans elle ils mourront.

La liberté a fait pousser en eux tous les dons car les arbres touchent le ciel si on ne les étouffe pas. La liberté devient l'air qu'ils respirent.

Nao, sous son banc, chante tout bas le mot « liberté ».

Et dans sa langue ce mot se dit *alma*.

Elle raconte le raffinement de ce peuple, la beauté des jardins, le pouvoir des docteurs et des griots, la bravoure des guerriers. Ils portent le même nom que les oiseaux qui vivent avec eux depuis toujours : les okos, des oiseaux-mouches vert émeraude au bec d'argent. Ils grouillent au revers du toit de leurs maisons ou dans les fleurs jaunes des acacias.

Ils ne les quittent jamais.

Toute la nuit, le chant de Nao brave l'orage, étouffe les craquements du bateau, fait taire les cris et les sanglots. Il redonne un peu de vie à Alma. Vivant et déchirant, le chant décrit le linge humide qu'on pend à l'entrée des maisons construites en haut des arbres, les oiseaux-mouches qui s'y fixent en grappe pour boire, les naissances, les enlèvements, les pillages. Il raconte la vie et la fuite emmêlées : la mémoire des Okos.

Car le monde est devenu soudain dangereux autour d'eux, la liberté est en péril. Les Okos sont chassés comme tous les autres peuples. Ils s'enfoncent plus loin dans les terres, plus haut sur la rivière.

Quand l'un d'eux se fait prendre, il finit par en mourir. Cela n'arrive pas tout de suite, il peut survivre dans les fers, tant qu'il se rappelle sa liberté. Un jour, l'espoir s'envole. Toutes ses forces l'abandonnent. Il ferme les yeux. Comme lui, l'oiseau-mouche s'éteint quand le froid surgit, quand la nuit vient, quand les fleurs manquent. Il tombe en léthargie. Son cœur bat moins vite. Il ne semble plus vraiment vivant.

Peu à peu, le peuple oko devient moins nombreux que les lentilles dans un bol, moins nombreux que celles qui tiennent dans une main d'enfant.

... Ou que sur le dos de cette main quand le poing est fermé.

Alors, pour ne pas être pris, ce peuple se rend invisible. Il se fond dans les forêts.

À chaque fois que Nao s'arrête, quand les porteurs de sa voix se taisent, le navire semble voler au-dessus de l'eau quelques instants. À bout de souffle, elle reprend. Elle raconte ce peuple qui s'éteint et qui décide soudain de protéger sa mémoire.

La chasse, le jardin, la guérison, le chant et la guerre.

Les cinq traces de sa mémoire.

Tout le savoir des Okos est partagé entre les survivants. Chacun reçoit l'une des traces pour qu'elles ne se perdent pas.

Chasser, cultiver, soigner, chanter ou se battre. Dans chaque Oko se réfugie l'un de ces pouvoirs.

Et le nuage d'oiseaux-mouches s'enfonce avec eux dans les terres, traverse les forêts, vit dans les arbres où le peuple oko construit ses maisons car ils ont en commun les seuls remèdes qu'ils ont trouvés à leur fragilité : le secret et la liberté.

– Qui chante ? demande faiblement Alma quand la première nuit s'achève.

Le chant de la chaloupe s'est arrêté. Alma sent ses yeux fermés inondés. Elle n'a jamais entendu cette histoire mais elle reconnaît ce peuple.

– Dites-moi qui chante.

45

La nuit n'est pas finie

Les deux nuits suivantes, après des journées de silence, le chant reprend. Nao sacrifie ses dernières forces. Les captifs revivent. L'eau de la tempête coule des sabords, envahit leur prison mais le chant de Nao les protège. Il les met à l'abri de tout.

Presque tous avaient déjà entendu parler des Okos. Les tambours des Ibibios racontent leur légende. Les Fantis ou les griots du royaume d'Oyo aussi. Mais en écoutant le récit tombé de la chaloupe, ils reconnaissent pour la première fois quelque chose de leur propre histoire, le monde dangereux dans lequel ils ont grandi.

Dans la journée, les captifs se taisent, comme si leur vie dépendait de la nuit qui vient.

La mémoire se bat pour survivre. Elle se soulève. Elle grandit.

En étant moins nombreux, les Okos portent leur trace plus intensément. Les chasseurs chassent comme aucun autre chasseur. Les guérisseurs soignent à distance. Les jardiniers font pousser des jardins au sommet des branches, sur des treillis de chanvre et de tourbe. Le feu de la persécution concentre peu à peu l'esprit millénaire des Okos. Leur mémoire se distille, se condense. Elle devient une eau puissante.

Et plus leurs pouvoirs s'aiguisent, plus les Okos deviennent désirables pour les marchands. Du nord de la Virginie au sud du Brésil, un seul Oko se vend au prix d'une charrette où se tiendraient assis dix captifs.

Le récit de Nao devient celui d'une fuite, rythmée par l'avancée des chasseurs d'hommes. Car en plus des marchands d'esclaves, chaque peuple et chaque village achète sa propre survie en livrant le peuple voisin. Les liens s'abîment et se faussent. Ce commerce empoisonne le continent entier.

Un jour vient où ils ne sont plus que sept.

Quatre hommes, deux femmes et une jeune fille. Ils sont arrivés à la source de la rivière, à la fin de leur longue errance. Ils suspendent un dernier campement dans la forêt. L'eau de la source baigne le pied des grands arbres.

Le peuple oko ne le sait pas : l'innocence des oiseaux okos va provoquer sa perte. Quand les sept fugitifs passent d'arbre en arbre sans toucher terre pour demeurer invisibles, leurs oiseaux, eux, s'aventurent très haut dans le ciel ou descendent dans les clairières pour boire au fond des fleurs de lobélies ou d'hibiscus.

Un chasseur d'hommes les regarde. Il a compris ce lien. Pour traquer les survivants, il a suivi le vol des oiseaux et leur festin dans les fleurs.

Le chasseur a deux pistolets à la ceinture, un manteau noir sur le dos, un chapeau bordé d'or. Il est le plus impitoyable de tous. C'est le fils de pêcheurs fantis mais il mange dans les forts de la côte, à la table des marchands blancs.

Ses hommes le suivent. Ils encerclent le dernier campement au milieu de la forêt inondée.

Quatre Okos sont tués. Deux sont capturés.

La jeune fille est seule à s'enfuir. Elle court dans les branches.

En bas, le chasseur la poursuit en fendant l'eau noire. Il a devancé ses hommes qui peinent à marcher dans la vase. D'autres sont restés à l'arrière pour garder les captifs.

Là-haut, la fille s'en va. Autour d'elle, une buée d'oiseaux verts.

On dirait que l'entrepont de *La Douce Amélie* s'est vidé de ses centaines d'âmes. Ces âmes volent avec les oiseaux autour d'une fille pourchassée. Ces âmes sentent l'odeur du chasseur derrière elles. Mais aucune ne peut imaginer ce qui va maintenant se passer. Cette partie-là de l'histoire des Okos aucun tambour ne l'a jamais chantée. Elle est le secret de deux êtres sur la terre : Nao et Mosi, les parents d'Alma.

Le chant ne dit pas leurs noms mais ce sont eux.

Nao est en face de Mosi. Elle a de l'eau jusqu'à la taille.

Quelques secondes plus tôt, Mosi a tiré en l'air. Nao est tombée des branches, touchée par sa balle. Les oiseaux ont filé vers le ciel.

Nao essaie de rester debout malgré son pied blessé et la vase du marécage qui l'aspire. Mosi tourne vers elle l'autre pistolet. On entend les appels de ses hommes qui ont entendu le coup de feu.

Le chasseur s'approche. Il dit à Nao :

– Ne bouge pas.

Il croit que c'est fini.

La foudre est tombée sur *La Douce Amélie*. Des lueurs irradient l'extrémité des mâts et des vergues. Les gabiers perchés dans les haubans ont reconnu les feux de Saint-Elme, ces éclairs irréels qui tombent parfois sur les navires et donnent l'impression qu'ils s'enflamment ou sont visités par les esprits. Le grondement du tonnerre, de nouveaux éclairs qui déchirent le ciel… Pendant quelques secondes, le chant de Nao est emporté par la confusion de l'orage.

Personne n'entend ce qui se passe entre Mosi et Nao, dans le bois de la source. Mais lorsque résonne à nouveau la voix du petit homme de la chaloupe, elle décrit le chasseur fendant l'eau des marécages avec la jeune fille sur le dos. Les voix des autres chasseurs résonnent dans la forêt. Mosi ne va pas dans leur direction. Il sent le menton de la fille posé sur son épaule, sa joue contre son oreille. Elle a ses deux bras autour de son cou. Il tient dans sa main son pied qui saigne. Il s'enfuit avec elle.

Les petits crocodiles les regardent passer avec indolence. On voit leurs yeux qui flottent comme des boutons de nénuphar.

Mais, derrière eux, les chasseurs sont devenus fous. Ils hurlent le nom de leur chef. Ils l'appellent. S'il ne répond pas, c'est qu'il est mort. Ils le vengeront, ils suivront la fille jusqu'au désert, ils feront couler la dernière goutte de sang des Okos.

C'est le milieu de la troisième nuit. Alma écoute l'histoire de son peuple. Dans quelque temps, elle reconnaîtra les deux personnages qui fuient. Il faudra pour cela qu'ils marchent encore longtemps, jusqu'à la grande saison des pluies, qu'ils grimpent sous une cascade, accrochés l'un à l'autre, qu'ils creusent une embarcation dans un tronc de kapokier, qu'ils traversent un ravin entre des falaises et s'endorment dans une grotte avec leur pirogue.

Ils se réveilleront, guettés par un léopard, et découvriront autour d'eux une vallée protégée de tout.

La voix du petit homme se tait comme après chaque couplet, mais ce silence dure un peu plus que d'habitude. Pendant quelques secondes, on ne s'inquiète pas dans l'entrepont. On entend les derniers échos des autres voix. On ralentit sa

respiration pour que le temps paraisse moins long. On se racle la gorge. On attend. Et rien ne vient.

C'est fini. Pourtant, ce n'est que le milieu de la nuit.

Là-haut, dans la chaloupe, le petit homme a pris la main de Nao, juste en dessous de lui. Il voit bien qu'elle n'en peut plus. Nao entoure son ventre avec son bras.

– Reposez-vous, ma petite cousine. Mais restez là. Je vous tiens pour que vous ne partiez pas.

L'homme que les Blancs appellent Adam se sent très vieux et voudrait bien s'en aller à sa place. Tout ce qu'il demande, c'est qu'elle ne lâche pas sa main. Il la retiendra si elle tombe. Ou il tombera avec elle.

Il sent entre ses doigts battre la main de la femme.

Un autre battement le rejoint.

Les captifs se sont remis à frapper. Ils appellent.

Ils attendent. On les a laissés au-dessus d'une vallée, aux portes du paradis.

Là-haut, en plein ciel, une tête frappe en rythme contre le grand mât.

Affamé, le dos lacéré, la bouche ouverte vers les gouttes de pluie, le géant à l'oreille coupée attend aussi. Pendant deux nuits et la moitié d'une autre, ficelé à son mât, il a tenu grâce au chant des Okos.

Il écoute.

En bas, une autre voix vient de reprendre le chant et fait à nouveau taire les coups des captifs.

Elle raconte la vallée, les éléphants au loin, en pointillé, le vent qui fait des vagues dans l'herbe, le bruit des insectes, le balancement des girafes. Elle raconte la naissance des enfants, les lunes qui passent, les pluies généreuses, le soleil. Elle raconte le zèbre sans rayures, la fuite du petit frère.

– Qui chante ? demande Nao.

– On ne sait pas, répond le petit homme.

C'est Oumna dans la cambuse, celle que les Blancs appellent Ève. Les mots viennent avec les mêmes silences. Elle répète ce qu'Alma lui chante, doucement, les yeux fermés.

La voix d'Alma est soudain devenue méconnaissable. Elle vient de très loin, elle enveloppe, elle enchante.

Avec la trace de la chasse reçue il y a plusieurs lunes, Alma vient de recevoir celle du chant, abandonnée par sa mère.

Dans le pont inférieur, Soum entend raconter son histoire et celle de son peuple. Il sait qu'il a la trace du jardin. Cette trace encore maladroite dont il ne sait pas quoi faire et qui lui met une sorte de cresson tendre entre les doigts dès qu'il touche le plancher trempé.

Les traces avaient sommeillé en eux pendant toutes ces années dans leur vallée. Elles se tenaient prêtes pour se réveiller quand ils sortiraient, quand ils devraient affronter le monde.

Une partie de la mémoire oko est là, à bord de *La Douce Amélie*, avec Alma et Soum, et dans le ventre de Nao. Car Nao respire encore dans la chaloupe. Elle est tenue en vie, sauvée par l'enfant qu'elle attend et qui porte déjà la quatrième trace : celle de la guérison.

Mais le spectacle le plus extraordinaire se trouve à l'arrière du navire. Blottis autour des lettres rouges qui écrivent le nom de *La Douce Amélie* ou accrochés dans les frises entourant les fenêtres de la poupe, il y a des milliers d'oiseaux minuscules. Ils se sont fixés sur cette face invisible du bateau. Ils sont là depuis le début de la traversée. Ils ne bougent pas. Les okos. Leur température a baissé de dix degrés et leur cœur de mille battements par minute. Ils dorment pour oublier la faim et l'absence des fleurs.

Une dernière grappe d'oiseaux okos est à cent milles de là,

collée à l'arrière d'un autre navire, un petit brick anglais qui fait route vers la Louisiane. Un enfant noir vient de s'allonger sur le plancher dans le couloir des officiers. Habillé en valet, avec un foulard de soie autour du cou, le garçon a enfin le droit de fermer les yeux. Il pense à sa mère qui l'endormait en l'appelant *Lilim*. Il écoute le son du clavecin dans la cabine, à côté. Il s'est couché de telle façon que la porte du capitaine Harrison le réveille quand elle s'ouvre, et qu'il puisse bondir et préparer le thé à n'importe quelle heure, même si la nuit n'est pas finie.

46

L'approche

Il est deux heures du matin. Le capitaine Gardel a pris la barre de *La Douce Amélie*. Devant lui grandit la silhouette d'une île, comme une montagne posée sur la mer : Zachée. Au cœur de la tempête, le navire profite d'une accalmie. La pleine lune glisse entre les nuages.

Gardel n'a rien suivi de ce qui s'est passé pendant trois nuits entre la chaloupe, le parc des hommes et ceux des femmes. Du moment que l'entrepont était calme, il pouvait tenir le cap dans la tourmente. Jusque-là, il n'avait rien modifié de la route de *La Douce Amélie*. Il a suivi de loin la côte nord de Porto Rico comme s'il allait tout droit vers son port d'arrivée à Saint-Domingue. Mais il vient soudain de virer plein sud, naviguant au plus près du vent pour rejoindre Zachée et son trésor.

Abel Bonhomme se tient fièrement au côté du capitaine. Il a été choisi pour prendre le canot avec lui quand ils auront fait entrer *La Douce Amélie* dans la crique du Taureau. Lazare Gardel aurait préféré y aller seul mais il sait qu'il faudra être deux pour transporter le trésor. Il a choisi pour l'aider les mains les plus innocentes de tout l'équipage.

Il n'a aucune intention d'embarquer tout de suite le trésor. Il veut le déplacer ailleurs, dans un autre endroit de l'île, avec l'aide de Bonhomme. Il reviendra plus tard le chercher discrètement sur un bateau rapide qu'il aura lui-même armé.

Abel Bonhomme rayonne. Gardel l'appelle par son nom. Il le présente comme son aide de camp et son nouveau charpentier.

Le jeune matelot pense à ses deux compagnons mis à l'arrêt dans leur cabine. Il a l'impression de leur rendre hommage en prenant leur place.

Mais Lazare Gardel ne compte certainement pas sur les compétences d'Abel. Tout ce qu'il lui demandera, c'est de savoir manier une pelle, porter une malle ou des sacs d'or sans poser de questions et être assez bête pour se laisser ensuite frapper derrière la tête avec une bûche.

Gardel n'aura qu'à revenir seul à bord et à se lamenter d'avoir perdu le fidèle Bonhomme dans une crevasse ou des sables mouvants. Il reconnaîtra avec regret que l'île de Zachée est une escale trop dangereuse. Et *La Douce Amélie* pourra rejoindre en quelques jours le Cap-Français, à Saint-Domingue, où les captifs seront vendus et deviendront des esclaves.

Le navire n'aura perdu que quelques heures.

L'île de Zachée se découpe devant eux.

– Qu'est-ce qu'on devra trouver sur cette île ? demande Bonhomme.

– De l'eau douce, dit Gardel sans le regarder.

– C'est ma première fois dans les îles.

– Ne me raconte pas ta vie.

Palardi est apparu derrière eux.

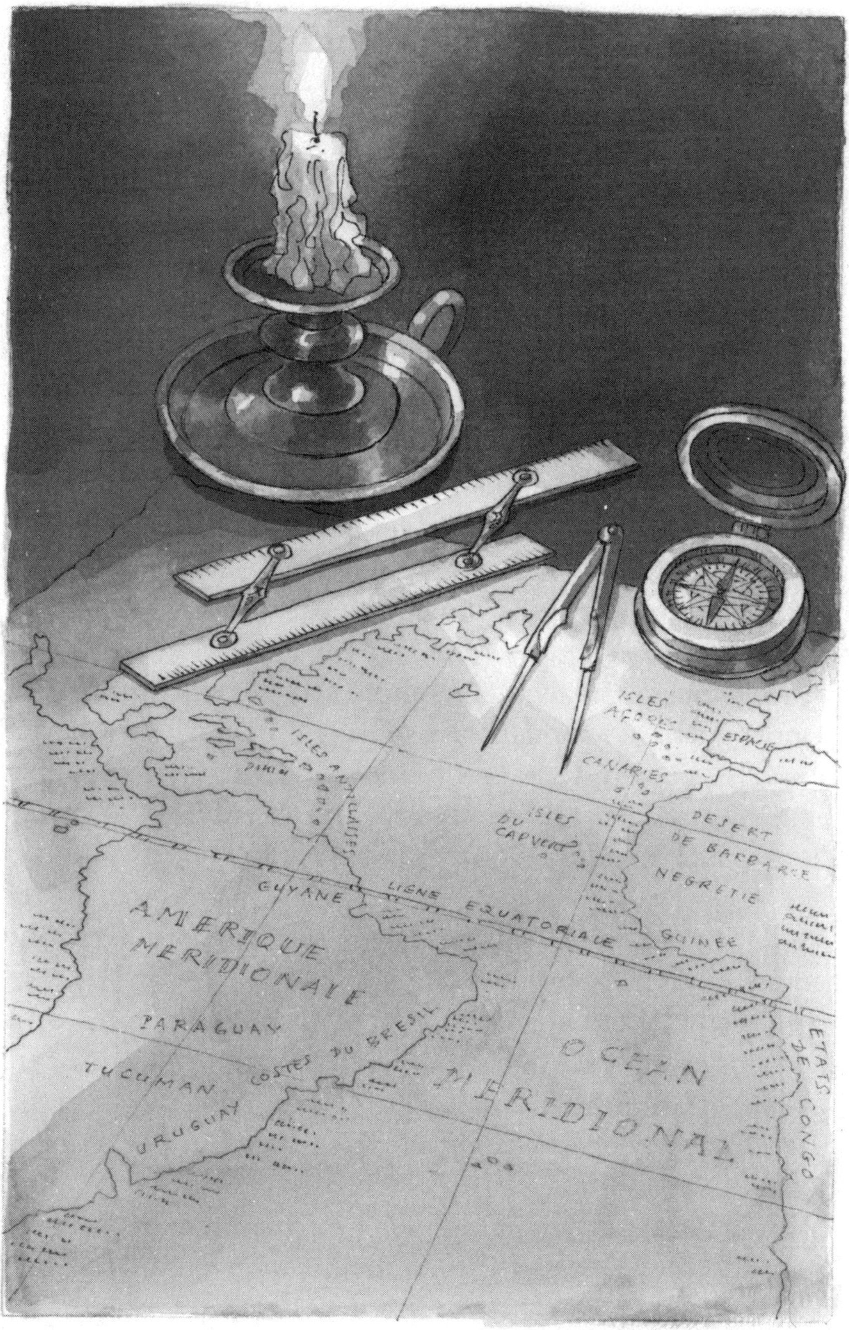
ISLES AÇORES
ESPAGNE
CANARIES
ISLES DU CAPVERT
DESERT DE BARBARIE
NEGRETIE
GUINEE
GUYANE
LIGNE EQUATORIALE
AMERIQUE MERIDIONALE
PARAGUAY
TUCUMAN
COSTES DU BRESIL
URUGUAY
OCEAN MERIDIONAL
ETATS DE CONGO

– Je crois que votre chirurgien veut vous voir, dit Abel Bonhomme.

– De qui parles-tu ? demande Gardel. Il n'y a plus de chirurgien à bord.

Palardi s'avance malgré tout.

– Capitaine, c'est à propos de la femme enceinte…

Le visage de Gardel s'assombrit.

– Elle est morte ?

– Elle respire encore.

– Tu sais ce qui t'attend si elle meurt.

– La chaloupe est pleine d'eau. Il faudrait la sortir de là.

– Où veux-tu la mettre ?

– Je ne suis plus dans ma cabine, dit Palardi.

– Il y a déjà Mars et Poussin qui l'occupent.

– On pourrait installer la femme sur la couchette. Il fera plus sec. Ils ne la dérangeront pas.

Il n'avouera jamais qu'il compte secrètement sur Poussin pour la guérir. C'est même son dernier espoir.

– Fais ce que tu veux, à condition qu'elle vive.

Le regard de Gardel se perd au loin. Il cherche les cornes du taureau.

Poussin et Mars se sont levés. On vient de leur livrer une femme inanimée.

– C'est celle qui chantait pendant les dernières nuits dans la chaloupe, dit Palardi.

– Qu'est-ce qu'elle a ? demande Joseph.

Palardi secoue la tête avec impuissance. Il sort et ferme la porte.

Joseph Mars et le charpentier sont maintenant assis par terre, adossés à la cloison. Ils contemplent la femme enceinte sur la couchette. Elle a le visage tourné vers eux.

– J'ai navigué quinze années sur des bateaux comme celui-ci, chuchote Poussin pour ne pas la réveiller. J'ai arrêté il y a presque vingt ans.

– Pourquoi ?

Il ne répond pas. C'est comme si sa réponse était allongée devant eux sur la couchette.

D'où vient cette femme ? Où ira-t-elle si elle survit ? Et son enfant ?

Tout ce malheur pour un peu de café, de confiture et de chocolat à l'heure du goûter... Pour cette folie du sucre qui a envahi les salons d'Europe. Cette année, la colonie de Saint-Domingue engloutira à elle seule quarante mille nouveaux captifs dans ses plantations.

– Maintenant, je construis des granges et des églises en Italie, dit Poussin à Joseph. Je pourrais te montrer. C'est un beau métier.

Silence.

La tête de Joseph a basculé sur le côté. Il dort.

Ils restent très longtemps ensemble, sans bouger. Pas un mouvement dans la cabine. Il n'y a que le ventre de Nao qui se soulève.

Poussin sent le poids de Joseph sur son épaule.

Il pense à son fils Antonio.

Il patiente encore un peu, vérifie qu'il entend bien le ronronnement du sommeil de Joseph. Et quand il est certain d'être seul, il se permet enfin de pleurer.

Il est quatre heures trente du matin. Le capitaine regarde les deux rochers entre lesquels aurait dû s'ouvrir la petite baie. Aucun passage. Les cornes du taureau se touchent. La crique espérée n'existe pas.

L'orage a repris depuis une heure. Un vent de sud-ouest s'est levé et rassemble tous les nuages du ciel au-dessus de *La Douce Amélie*. Gardel a fait serrer quelques nouvelles voiles mais le navire se cabre, le gouvernail résiste aux trois hommes qui le tiennent. On dirait que le fantôme de Luc de Lerne veut leur jouer des tours.

Gardel marche courbé vers la proue du bateau. Si le passage n'existe pas, tout est fini. Il se poste à l'avant et cherche l'entrée dans la muraille noire.

De toute façon, on n'y voit rien. La pluie et la mer ne font plus qu'un.

– Capitaine, dit Morel, on file vers les rochers.

– Continuez ! Zéro la barre ! hurle Gardel.

Ces ordres signifient qu'il ne faut pas changer de cap.

– Le jour sera levé dans une heure, ajoute Morel. On peut attendre d'y voir plus clair.

– Taisez-vous. J'ai dit : zéro la barre !

L'ordre remonte vers l'arrière. Même avec presque toutes les voiles repliées sur leur vergue, *La Douce Amélie* avance à grande allure. La paroi est devenue immense. La mer s'y fracasse et envoie des gerbes blanches sur toute sa hauteur.

– On peut encore réduire la voilure tout en haut, propose Morel.

– Taisez-vous. J'ai besoin d'en garder pour manœuvrer.

Autour de lui, les matelots sont affolés. On ne peut même pas espérer s'échouer. Les falaises sont verticales. L'île est déserte. Personne ne survivrait à un naufrage.

Les mains accrochées à la roue, Abel Bonhomme essaie de se souvenir de ses prières d'enfant.

Tout à coup, il lève les yeux vers le ciel et pousse un cri. Il vient de voir apparaître une ombre entre les deux falaises. Une verticale plus claire que la roche et la nuit. C'est le passage.

– Je l'avais dit, rugit le capitaine à l'avant.

La baie est comme un fer à cheval très fermé. Il suffisait d'arriver trop à l'ouest pour ne pas voir l'ouverture. Mais elle est là.

Gardel retourne à l'arrière et assiste Abel Bonhomme à la barre. Le passage n'est pas large. Le trois-mâts doit s'y glisser.

À cet instant, dans la cabine qui est presque sous les pieds du capitaine, Joseph se réveille en sursaut.

– J'ai dormi !

– Ne t'inquiète pas, lui dit Poussin, je crois qu'ils ont décidé de se passer de nous.

Il montre la femme devant eux.

– Elle respire mieux, dit-il avec un sourire. Palardi va encore me prendre pour un sorcier alors que je n'ai rien fait.

Le bateau continue à être secoué de tous côtés. Joseph se glisse derrière le corps de Nao pour atteindre la fenêtre. Il soulève le rideau.

– Zachée ! hurle-t-il. L'île de Zachée !

– Calme-toi, dit Poussin. Il n'y a rien d'autre à faire.

Un courant d'air passe sous la fenêtre. Poussin a retiré sa veste et la pose sur la femme.

– Calme-toi, petit. Je vais te raconter ce qui m'a fait quitter ces navires, il y a vingt ans. Je croyais pourtant m'être habitué à l'horreur…

Joseph revient à sa place. Oui, il n'y a rien d'autre à faire. Tous ses plans peuvent désormais se dérouler sans lui. Il suffit de rester là et d'écouter Poussin et sa mélancolie.

– Voilà ce qui m'a fait tout arrêter, commence le charpentier.

Il remonte la veste qui a glissé des épaules de Nao.

– C'était sur *La Miséricorde*, un petit bâtiment qui appartenait à une famille de Bordeaux. Un jour, j'ai trouvé trois malles, juste derrière le parc où s'entassaient les captifs.

Son front se plisse quand il plonge dans ses souvenirs.

– Dans la puanteur des soutes, continue Poussin, j'ai ouvert les malles une par une. J'ai vu qu'elles étaient remplies de draps blancs. Des draps et des chemises de nuit, des corsets, des jupons...

Poussin se tait un instant.

– Le linge était déjà parfaitement propre mais j'avais entendu parler de cette habitude des bonnes familles... On emporte les draps parce qu'on dit que les rivières de montagne de Saint-Domingue les rendent d'un blanc plus éclatant. Je soulevais ce coton lourd et ces dentelles, et j'entendais pleurer un enfant juste derrière moi dans le parc des femmes.

Joseph essaie d'imaginer les draps voyageant dans une odeur de mort et revenant ensuite se poser sous les baldaquins des maisons bordelaises.

– Tant de raffinement et tant d'horreur, dit Poussin, voilà ce qui m'a ouvert les yeux. En arrivant ici, la première chose que j'ai apprise, c'est que Ferdinand Bassac avait la même habitude...

Joseph a un moment de distraction. Grâce aux mouvements, il perçoit les manœuvres. On tire des bords pour entrer dans la baie. Tout va pouvoir commencer.

– En vingt ans, rien n'a changé, continue Poussin. Les mêmes caisses de draps. Bassac les a seulement un peu éloignées de l'entrepont.

Les yeux de Joseph se tournent brusquement vers Poussin.

– Où sont-elles ? demande-t-il. Où sont ces caisses ?

Poussin sourit.

– Où sont les caisses dont vous parlez ?

– Elles sont dans le seul lieu sacré de ce navire...

– Où ?

– Sous la couchette du capitaine !

Joseph attrape Poussin par la chemise.

– Des draps ? Il n'y a pas de draps dans ces caisses !

– Rien que des draps et du linge, mon petit. Protégés comme le saint sacrement.

Joseph saute par-dessus le corps endormi de Nao. D'un coup de coude, il fait exploser la fenêtre. Il sort la tête et les épaules, fouetté par le vent et la pluie tranchante. Le navire avance dans le chenal, entre les falaises. En équilibre sur le rebord de sa fenêtre, Joseph se penche. Il cherche de la main au-dessus de lui une prise à laquelle se tenir. Il y en a une. Il en est sûr. Il sent que sa main l'approche.

47

Mort ou vif

Joseph a sauté dans le vide. Suspendu au-dessus des flots, il se tient au premier des porte-haubans. Ce sont les fixations des câbles qui tiennent le mât arrière du navire. En se balançant, Joseph parvient à saisir la prise suivante. Il se dirige lentement vers l'arrière.

La mer s'acharne à vouloir le décrocher de là. Le bateau penche pourtant de l'autre côté, à tribord, ce qui l'éloigne des vagues mais maltraite son corps en le cognant contre les planches de la coque. L'orage est si fort, le vent si tourbillonnant que même la petite baie presque fermée où ils sont entrés ressemble à un bain de friture dans lequel on aurait jeté un bateau en pâte à beignet.

Arrivé à sa dernière prise, Joseph découvre qu'il est très loin de son but. La chambre du capitaine est à plus d'un mètre. La coque est parfaitement lisse, polie par l'usure et les algues. À quoi pourra-t-il s'accrocher pour atteindre la fenêtre ?

À la chance. Il faut parfois s'accrocher à la chance.

Une vague vient frapper l'étrave de toutes ses forces et fait céder un instant le gouvernail. La roue a dû échapper aux barreurs. Le bateau se couche, plaqué par le vent. Joseph lâche son dernier porte-hauban et se jette contre la coque.

Le flanc bâbord est devenu un plancher sur lequel on pourrait danser. Joseph s'y promène comme une araignée. Juste avant que le navire se redresse, il plonge à travers la fenêtre de la chambre, atterrit au milieu des éclats de verre tout contre la chaise percée du capitaine. Il se relève dans une odeur d'égout et d'eau de Cologne. Il arrache une moulure en bois, la brandit comme une arme et s'avance dans la pièce.

Personne. La grande chambre est déserte. La porte est fermée à clef. Joseph regarde la petite fille à la fleur de coton sculptée sur l'horloge arrêtée. Le capitaine doit être sur le pont, en pleine manœuvre. Il a laissé sur le mur le parchemin de l'énigme.

Joseph bondit vers la banquette. Il arrache le matelas, libère les deux caisses. Leurs cadenas sont énormes. Ils résisteraient à un boulet tiré à bout portant et décourageraient les meilleurs voleurs. Mais il se trouve que malgré ses quatorze années de survie, de bagarres, de batailles de rue et de haute mer, de mauvais coups ou de pillage d'épaves, Joseph ne s'est jamais considéré comme un voleur. Il ne touchera donc pas les cadenas.

Il préfère glisser son levier de bois entre les planches, sur le bord de la caisse, et, d'un petit mouvement sec, déclouer proprement ce côté sans toucher au couvercle. Il a longtemps procédé de cette façon avec la huche à pain de l'orphelinat, toujours fermée à clef pour que personne ne touche au pain frais du directeur. Avec son ami Mouche, Joseph détachait le fond de la huche et le remettait parfaitement. S'ils n'avaient pas eu ce pain pendant leurs dernières années chez les Enfants trouvés, Joseph et Mouche seraient morts de faim et enterrés quelque part sans même leur nom sur leurs petites tombes.

Joseph plonge le bras à l'intérieur de la caisse. Il en sort des draps pliés et amidonnés par dizaines, des combinaisons blanches dans des housses, des kilos de linge qu'il jette derrière lui dans la chambre. Il devient fou. Il a éventré l'autre caisse et la vide de la même manière.

Il se lève, marche vers la porte. La pièce est remplie de blanc derrière lui. Le trésor n'est pas là.

Lazare Bartholomée Gardel s'attendait à une crique couverte de sable, mais la petite baie en fer à cheval est entourée de falaises. Il n'y a qu'un seul endroit où des rochers plus bas surmontés d'arbres entrelacés permettraient peut-être d'aborder en canot. Pour l'instant, Gardel ne veut pas jeter l'ancre. Quelque chose d'autre semble le déranger.

Il a pourtant immobilisé le navire en mettant *La Douce Amélie* en panne. C'est un exercice délicat, comme il les aime. En brassant savamment les différentes voiles, il a fait en sorte qu'elles prennent le vent dans des sens contraires. Leurs effets s'annulent. Le navire piaffe comme une bête égarée qu'on vient de lâcher dans une arène.

– On s'en va ? demande quelqu'un.

Dans la nuit, les vagues peignent en blanc le bas des falaises.

– Non, dit Gardel. On attend.

L'équipage se prépare à toutes les hypothèses. Les gabiers sont dans les haubans prêts à faire disparaître ce qui reste de voiles si on ordonne de jeter l'ancre. D'autres sont sur le pont, la main sur les cordages, et espèrent reprendre la route.

Aucun n'a remarqué Joseph Mars qui a surgi au milieu d'eux, caché sous une cape de pluie trop large avec une capuche nouée autour de son cou.

Il sait qu'il devrait lancer le grand signal, allumer simplement une lanterne tout en haut du mât. Le signal qui prévient que tout est perdu, qu'il faut tout abandonner.

Mais Joseph tourne en rond. Il pense aux captifs au fond du navire. Il pense à quelqu'un dans la cambuse qu'il ne laissera jamais derrière lui s'il doit s'en aller.

Il se met à courir vers la proue. Trois hommes sont agenouillés autour de la nouvelle trappe de la cambuse. Le verrou vient d'être trouvé ouvert. Aucune main n'est assez fine et habile pour se glisser dans l'ouverture des grilles et venir les déverrouiller de l'intérieur. C'est forcément un gardien qui a oublié de fermer.

Les trois marins maudissent cet homme, se moquent de l'aveuglement des captives qui ne se sont rendu compte de rien. Ils s'empressent de doubler la fermeture en plantant d'énormes clous. On établira les responsabilités plus tard.

À l'arrière, la porte de la cellule de Poussin s'est ouverte. Un sac de biscuits entre les mains, le cuisinier Cook est dans l'encadrement.

Les yeux exorbités, il regarde la fenêtre brisée.

– Et le petit ? demande-t-il d'une voix méconnaissable.

– Il est allé faire un tour, répond Poussin.

Le cuisinier laisse tomber le sac. Il fait un quart de tour sur lui-même en faisant craquer des biscuits sur le plancher. Devant lui, un peu plus loin, la chambre du capitaine est grande ouverte. La serrure a sauté.

Il entre.

Des dizaines de draps blancs s'étalent comme des fantômes dans la pièce. Cook s'approche de la cloison. Un papier mystérieux est épinglé devant lui. C'est l'énigme de Luc de Lerne.

Au même instant, dans le port de La Rochelle, Amélie Bassac s'arrache aux bras de Mme de Lô.

– Où allez-vous ?

Elles ont embarqué une heure plus tôt sur le navire *La Perle* avec leurs deux malles et leur petit piano en bois de rose. Elles ne laissent à terre que des souvenirs. Plus rien d'autre n'existe pour elles sur ce continent.

Certaines amarres ont déjà été jetées depuis le quai. Le navire commence à bouger.

– Je vous en prie, capitaine ! Donnez-moi un instant.

Amélie a ouvert des yeux très grands et suppliants. L'homme ne peut qu'ordonner à ses marins de tout arrêter. On aide la demoiselle à mettre un pied sur le quai. Elle se fraye un chemin entre les spectateurs agacés. Ils ont veillé tard pour dire adieu à leurs proches. Ils ne les reverront peut-être jamais. Mais ils iraient bien se coucher quand même.

– Monsieur ?

Amélie pose la main sur l'épaule d'un garçon qui lui tourne le dos. Juste à côté d'eux, un autre deux-mâts est rangé derrière *La Perle*.

Le garçon se retourne. Il retire prestement son bonnet rouge en découvrant cette fille de quatorze ans, toute rose et emmitouflée de fourrure.

Elle le regarde. C'est bien lui.

– Monsieur, je vous ai vu à l'église.

Le garçon fait une grimace gênée.

– Je ne fais pas toutes mes messes, mademoiselle. Que mon père et ma mère me pardonnent s'ils sont vivants quelque part.

Il dessine sur lui un signe de croix très approximatif.

– Vous étiez à l'église Saint-Sauveur, la nuit de Noël, dit Amélie.

Les yeux du garçon s'éclairent un peu.

– Et vous avez parlé avec M. Saint-Ange.

– Je me rappelle. Oui, c'est vrai. Il ne m'a pas payé beaucoup, le rat.

– Il vous a payé pour quoi ?

– Il y avait une lettre qui était arrivée pour lui.

– Elle venait d'où, cette lettre ?

– Elle venait d'ici.

– D'ici ?

Le garçon est ravi de son effet.

– De ce navire qui vient de m'engager et qui repart demain.

Amélie tourne la tête vers le petit brick à deux mâts. Il s'appelle *La Bonne Société.*

– Alors je l'ai accompagné ici et le monsieur est parti.

– Et après ? demande-t-elle. Qu'a pu faire ce monsieur avec la lettre ?

– Après ? Il l'a lue tout de suite. Il n'est pas reparti vers l'église. Je l'ai un peu suivi. Je n'étais pas content de mon salaire. Je l'ai laissé au début des gros pavés.

– Les gros pavés ?

– Rue de l'Escale.

Amélie hoche lentement la tête.

– Qu'est-ce qui lui est arrivé ? demande le garçon.

– Rien.

– Vous avez le capitaine juste là, si vous voulez d'autres renseignements.

Amélie met un louis d'or dans la main du garçon. Elle s'approche du capitaine. Tandis qu'elle lui parle, le rose des joues d'Amélie disparaît peu à peu. Ces joues finissent très pâles.

Amélie court vers *La Perle* où l'attend Mme de Lô.

Cette fois les amarres sont larguées.

– Vous m'avez fait affreusement peur, dit la préceptrice.

Elle tient fermement le bras d'Amélie. Elles regardent le quai s'éloigner.

La lettre reçue par Saint-Ange avait été confiée sur la côte d'Afrique au capitaine de *La Bonne Société* par un cuisinier noir.

Un homme libre qui répondait au nom de Cook et parlait avec un fort accent anglais. C'était, selon le capitaine, le cuisinier du navire *La Douce Amélie*. La lettre devait être remise en main propre à La Rochelle. Gabriel Cook disait être personnellement en affaires avec M. Jean Saint-Ange.

À sept mille kilomètres de là à vol d'oiseau, Cook a fait sauter un coffrage en bois, juste devant la chambre du capitaine. Il en sort un gros fusil de chasse à silex, avec ses deux canons déjà chargés. Saint-Ange lui avait conseillé de cacher cette arme au cas où il arriverait quelque chose.

Le charpentier le regarde par la porte de sa cabine restée ouverte.

– Ne bougez pas d'ici, dit Cook. Je crois que votre petit Mars est en train de faire une bêtise.

Gabriel Cook monte la grande échelle. Il débouche sur le gaillard d'arrière juste devant Gardel, près de la barre.

Le capitaine regarde son cuisinier avec stupéfaction.

– Monsieur, dit Cook, quelqu'un a saccagé votre cabine.

– Ma cabine ?

– C'est Joseph Mars.

– Et cette arme ?

– Elle traînait en bas. J'ai vu le papier de Luc de Lerne sur votre mur.

Gardel vacille.

– Vous êtes tombé dans un piège, dit Cook.

– Un piège ?

– Vous pensiez trouver un trésor ? Il n'y a jamais eu de trésor. C'est impossible. Si Luc avait laissé un trésor derrière lui, il l'aurait coulé au fond de la mer avec son cercueil le jour de sa mort.

– Qui êtes-vous ?

– Le seul trésor, c'est ce navire. Et ils veulent mettre la main dessus.

Un premier cri retentit dans les vergues. Gardel tourne sur lui-même.

Autour de la baie, sortant d'une grotte invisible qui longe toute la falaise, des ombres viennent de surgir. Des dizaines de radeaux sortent du bandeau d'écume, poussés par des avirons immenses.

– Les forbans, dit simplement Gardel.

Il se tourne vers Cook.

– Je m'occupe de tout. Trouvez Mars.

Il y a deux minutes à peine, il n'aurait pu imaginer lui demander autre chose qu'un œuf en gelée ou une brioche. Mais il répète :

– Rapportez-le-moi mort ou vif.

48

En haut du grand mât

Joseph Mars est près de l'établi de Poussin. Il a soulevé les planches du sol, fouillé dans le coffre des scies. L'arc et les flèches ne sont plus à leur place. Les yeux de Joseph brillent dans la pénombre. Alma est passée par là. C'est elle qui a ouvert la cambuse. Elle rôde quelque part dans *La Douce Amélie*.

Même du fond du navire, il entend le chaos sur le pont.

Lorsqu'il réapparaît à l'extérieur, il comprend que tout est perdu. Les radeaux glissent vers le navire. L'équipage de Gardel suit les ordres seconde par seconde. C'est une course de vitesse pour remettre le navire en mouvement.

Dans l'agitation du pont, Joseph Mars est devenu transparent. Personne ne s'occupe plus de lui. Il a retiré sa cape. Il grimpe les haubans à bâbord.

À quelques mètres à peine, le cuisinier Cook vient de mettre un pied dans la chaloupe. Il y promène son énorme fusil. Il cherche Joseph. Il fouillera chaque recoin du bateau. Il ira patauger s'il le faut dans la sentine, cette eau puante qui s'accumule dans la quille du navire.

Le canon de l'arme passe sur la tête de chaque occupant de

la chaloupe. Il les pousse ensuite sur le côté pour s'assurer qu'ils ne cachent personne. Le fusil se pose un peu plus longtemps entre les yeux acérés d'une jeune fille.

– Tu n'as pas l'air malade, toi.

Mais Cook n'est pas là pour une visite médicale, il repousse le visage d'Alma, quitte la chaloupe et saute sur le gaillard d'arrière.

Alma se tourne vers l'homme qui est près d'elle, comme si elle reprenait une conversation interrompue.

– Et elle ne vous a pas dit comment elle connaissait l'histoire qu'elle chantait ?

– Non. On ne sait pas d'où elle venait, répond le petit homme que les Blancs appellent Adam. Elle attendait un enfant.

– Elle était enceinte de sept ou huit lunes, dit une femme.

– Ils l'ont emmenée quand elle s'est arrêtée de chanter.

– Où ? Où ils l'ont emmenée ?

– On ne sait pas, dit la femme. On ne sait rien.

– Ce que je sais, dit l'homme, c'est que depuis quelques nuits ma blessure ne me fait plus mal. La peau neuve la recouvre presque.

Alma reste encore quelques secondes accroupie dans la chaloupe. On entend la confusion tout autour. Elle aurait tant voulu voir cette femme qui racontait l'histoire de son peuple. Il faudrait maintenant visiter le parc des femmes à l'arrière. Mais Alma doit d'abord aller tout là-haut, faire parler le seul être au monde qui la rattache encore à Lam : le géant à l'oreille coupée.

Elle prend son arc, pose un baiser sur le front de l'homme qui a fait résonner jusqu'à elle le chant des Okos et tous ces secrets qu'elle ignorait. Puis elle s'en va.

– Elle lui ressemble comme une sœur, dit l'homme quand elle a disparu.

Les plus puissants armateurs du monde, les compagnies des Indes ou d'Angola, la Royal African Company, mais aussi les patrons corsaires, les ministres de Louis XVI, des couronnes portugaise ou britannique, tous ces hommes autour de la terre, qui ont choisi la mer pour régner ou s'enrichir, auraient offert au capitaine Lazare Bartholomée Gardel des contrats en or s'ils l'avaient vu commander *La Douce Amélie* ce petit matin-là.

Le navire est toujours un animal dans l'arène, entouré des hurlements du vent, des clameurs des pirates qui l'assiègent, mais le capitaine le mène comme un pur-sang. Il lui a mis un mors aux dents.

La Douce Amélie oublie ses milliers de tonnes, ses dizaines de voiles compliquées, son équipage épuisé. Elle se cabre, s'élance et danse pour sortir du piège. Les ordres tombent un par un. Gardel est dressé sur le banc, comme un chef d'orchestre, juste devant le dôme de la grande échelle. Son vieil instinct de renifleur de pirates lui avait fait garder la voilure en attente sans jeter l'ancre. Il n'a eu qu'à faire bondir le navire. Il n'a surtout pas commencé à jouer à la guerre avec ses quatre canons de théâtre mais il a retrouvé sa spécialité : la course de vitesse. Une fugue plutôt qu'une marche militaire.

Il est six heures du matin, le jour refuse de se lever mais le navire est en train d'échapper à l'ennemi. Il file vers la sortie de la nasse.

Joseph vient de la découvrir dans le grand mât.

Alma est debout sur le long trait horizontal de la vergue de grand hunier. Elle pourrait encore grimper sept ou huit mètres parmi les plus hautes voiles, mais elle s'est arrêtée et reprend son souffle, adossée au mât. Un coup de vent a fait réapparaître la pleine lune. Alma porte son arc en travers de la poitrine, entre l'épaule et la hanche opposée.

Derrière elle, la toile tendue fait un écrin de courbes blanches. Alma jette de temps en temps des regards vers le sommet. On voit là-haut la silhouette du géant saucissonné au mât. Il n'a même plus l'air vivant, la tête tombant sur son épaule.

Joseph est en dessous d'Alma, dans le mât voisin. Il monte dans les haubans. Il arrive sur une plateforme. Il s'arrête un instant.

De l'autre côté du vide, Alma l'a vu.

Ils se regardent, attirés et troublés, comme les habitants de deux arbres différents, condamnés à ne jamais se rencontrer. Une voile qui claque fait disparaître Alma une seconde, puis la dévoile à nouveau. Elle a repris son ascension.

Joseph remarque alors un cordage à ses pieds, tendu en diagonale vers le haut du grand mât sur une douzaine de mètres. C'est l'étai de grand hunier, épais comme son bras. Voilà le chemin pour la rejoindre.

Joseph accroche ses mains le plus haut possible, croise ses jambes autour du cordage et, la tête en bas, commence à grimper. À vingt-cinq mètres au-dessus du pont du bateau, il avance très lentement, les bras tremblants, le regard tendu vers son but.

Le cuisinier Cook regarde en souriant de toutes ses joues ce petit singe de foire qui fait l'acrobate dans le ciel. La première fois où il a vu Joseph Mars, c'était des mois plus tôt dans le même genre de numéro, pendu par les pieds à un filin dans le port de Lisbonne.

Cook a son fusil entre les mains. Il s'est arrêté au milieu du grand mât. De toute façon, il n'a pas très envie de monter plus haut. Il est sujet au vertige et n'aime pas l'exercice.

Le cuisinier épaule, vise longuement. Impossible de rater

son coup. Le singe Joseph Mars est presque immobile, bien éclairé par la lune. Cook se concentre. Il a deux coups dans son fusil de chasse et tout le temps qu'il souhaite devant lui.

Dans vingt secondes, il aura la confiance de Gardel pour le reste du voyage. Il gardera surtout toute la vie la reconnaissance de Jean Saint-Ange dont il aura sauvé le trésor.

Gabriel Cook continue à viser en respirant profondément.

La première flèche qui s'abat sur lui, tombée du ciel, atteint son poignet et paralyse l'index qui allait appuyer sur la détente. La seconde, immédiatement après, se plante plus haut dans un petit cartilage de l'épaule, là où la crosse de l'arme était appuyée. Cette fois, c'est tout le bras qui retombe le long du corps comme une chaussette vide. Cook laisse glisser le fusil qu'on entend rebondir. L'arme tire un premier coup à mi-chemin, puis un second en atteignant le sol.

Sans la première détonation personne n'aurait levé les yeux. Personne n'aurait vu Cook gisant là-haut sur sa plate-forme et Joseph Mars grimpant sur l'étai de grand hunier. Sans la seconde détonation, Gardel ne serait pas au sol, les yeux révulsés, le pied ensanglanté. Car le dernier coup de fusil a fait exploser sa jambe droite, en dessous du genou.

Dix hommes se précipitent vers lui, mais il les repousse à coups de fouet. Il rampe en direction de la barricade et laisse sur le plancher une traînée de sang. Il vient de découvrir Alma qui remettait son arc sur son épaule, là-haut. Il tend le doigt vers les hauteurs en faisant tourner son fouet autour de lui.

– Montez dans le grand mât ! hurle-t-il. Abattez-les tous les deux.

Debout sur la pointe des pieds, Alma essaie de défaire les liens autour du géant. Il vient d'ouvrir les yeux et la regarde.

– C'est toi ? dit-il. Je t'imaginais plus grande.

Il n'a pas mangé depuis quatre jours, il a survécu à cent coups de fouet et trois ou quatre tempêtes.

– Tu viens pour ton frère ?

– Oui, dit-elle en tirant inutilement sur le chanvre. Dis-moi le nom du bateau maintenant.

– Même si on m'avait laissé ici pour toujours, je serais resté vivant pour te répondre.

– Pourquoi ?

– J'ai entendu le chant. J'ai compris que c'est ton histoire.

Elle regarde le géant.

– Rappelle-toi seulement ce nom, dit-il, *The Brothers*. À destination de La Nouvelle-Orléans, en Louisiane.

Ces mots ne sont qu'une suite de sons dans l'oreille d'Alma, mais elle ne les oubliera jamais. *The Brothers*. Nouvelle-Orléans. Louisiane.

Un nouveau coup de feu retentit en dessous d'eux. Deux hommes armés sont arrivés là où Cook s'est effondré. Le premier tireur a crevé une voile avec le plomb de son fusil, mais l'autre se prépare. Ils visent la fille. L'urgence, c'est la fille. Dans sa position, Joseph Mars ne leur semble pas plus dangereux qu'une pince sur un fil à linge.

Joseph voit les deux hommes. Il étudie d'un coup d'œil la distance qui le sépare de la fin de sa traversée. Il mesure aussi la hauteur de mât au-dessus des poursuivants d'Alma. Il prend alors son couteau dans sa ceinture et tranche le câble juste sous ses pieds.

Joseph se laisse tomber en tenant ferme le cordage. La courbe qu'il dessine dans l'air passe exactement à l'endroit prévu. Les pieds en avant, il pousse dans le vide les deux tireurs.

Joseph continue son mouvement de pendule, lâche tout et se jette sur la voile bombée contre laquelle il se laisse glisser. En passant, il se rattrape aux haubans de hunier.

Il pousse un cri sauvage et grimpe rapidement vers le sommet.

Là, il retrouve Alma.

Elle lui arrache son couteau et tranche déjà les liens du géant.

En bas, leurs deux poursuivants ont fait un bruit mou en tombant sur le pont. Juste à côté, le chirurgien Palardi contemple avec horreur la jambe broyée du capitaine.

– Pas toi ! dit Gardel à Palardi. Descendez-moi sur la table de ma chambre. Allez libérer le charpentier. J'ai besoin de Poussin. Qu'il prépare ses outils.

Quand *La Douce Amélie* sort enfin du piège, un grand coup de vent l'attend en embuscade derrière les cornes du taureau. Le navire se couche violemment.

La Douce Amélie se relève. Tout semble en ordre. Mais les trois silhouettes en haut du grand mât ont disparu.

49

De la lumière

Une colonne d'hommes s'étire dans la forêt.

En les regardant marcher sagement sur une seule file, on ne jurerait pas que ce sont des pirates. Ils descendent pourtant de cette grande et terrible famille que toutes les marines du monde ont voulu effacer cinquante ans plus tôt.

Ils doivent être quatre-vingts à traverser la jungle dans un couloir étroit. Ils sont dépareillés comme les pirates le sont toujours, mais trop libres pour rester fidèles à l'image qu'on leur a inventée : pas de quincaillerie aux oreilles, de balafres exposées comme des trophées, de bandeaux noirs sur les yeux crevés.

Certains sont assez vieux pour avoir croisé dans leur jeunesse Charles Vane ou Oliver La Bouche. D'autres ont l'air d'enfants déguisés, avec leurs dents tombées et leur teint de jaunisse. Ce matin-là, ils n'ont même pas la fameuse gaieté des pirates, cette conviction d'avoir fait justice et bien rigolé à la fois. Ils marchent en silence.

En tête de ce cortège de pénitents, à la place du butin, quatre hommes portent une litière où deux petits corps sont allongés. Une fille noire et un garçon blanc.

À gauche du brancard, du côté de la fille, il y a un géant auquel manque une oreille. À droite, la main posée sur le bras du garçon couché, marche un vieux pirate.

Celui-ci a tout connu. Il était le second du terrible Black Bart quand il est mort sur le *Royal Fortune* au large de l'Afrique en 1722. À vingt ans, il a hérité de ses cure-dents en or et de son pavillon noir. Il a été donné si souvent mort, pendu ou décapité, qu'il a pris le nom d'un monstre mythologique dont les têtes repoussent quand on les coupe : l'Hydre de Lerne.

Il s'appelle Luc de Lerne.

Sur la litière, Joseph ouvre les yeux.

– Le grand Noir vous a sauvés tous les deux, dit le pirate. Vous avez avalé beaucoup d'eau. Cette petite ne nage pas plus que toi, Jo.

Joseph se tourne vers Alma dont les narines frémissent à côté de lui. Une joie inexplicable l'envahit. Il essaie de tenir un peu sur son coude pour la regarder. Il retombe aussitôt.

– Ne bouge pas.

Luc de Lerne marche près de lui en silence.

– Il y avait aussi les oiseaux, dit-il.

– Les oiseaux ?

– Une nuée de petits oiseaux au-dessus de vous dans les vagues. C'est grâce à eux que mes hommes vous ont vus.

Le vieux pirate s'appuie un peu plus lourdement pour enjamber un tronc d'arbre en travers du chemin.

– J'ai tout manqué, dit Joseph.

– C'est moi qui ai tout manqué.

Luc a baissé la voix. Il ne veut pas reconnaître ses torts devant ses hommes.

– Cette ordure de Gardel a gardé ses voiles dehors. Il se tenait prêt à partir. C'est le temps qui nous a manqué, mon vieux. J'aurais dû bloquer le passage entre les cornes après lui. Si je l'avais fait, on porterait sur ce brancard cinq tonnes d'or qu'on sèmerait derrière nous dans cette forêt.

Luc de Lerne pense aux fantômes de ses anciens compagnons qui doivent ricaner de son erreur.

– L'or n'était pas à bord, dit Joseph.

– N'essaie pas de me consoler, mon vieux.

Luc de Lerne appelle tout le monde «mon vieux». C'est peut-être le secret de son éternelle jeunesse.

– J'ai cherché pendant des mois, dit Joseph. Je vous promets que l'or n'était pas à bord.

– Et moi je te dis qu'il y était. Et qu'il y est toujours. Quatre tonnes et demie d'or pur.

– Mais où ?

– Je ne sais pas mais j'ai toutes les preuves. Qui est cette fille ?

Joseph ne répond pas.

Il pense à tous les autres. À ceux qui sont encore enfermés dans la cale. C'est pour eux qu'il n'a pas allumé le grand signal. Même sans trésor, il voulait que Luc de Lerne s'empare de ce bateau car le vieux pirate ne vend pas les captifs qu'il prend. Il leur redonne leur liberté.

Plus ils avancent, plus les arbres autour d'eux se couvrent de fougères et d'orchidées blanches. Une pluie fine commence à tomber sur la forêt. Les oiseaux okos doivent se régaler tout là-haut. Ils se rassasient de fleurs.

– Qui est cette fille ? demande encore le pirate.

– Je ne sais pas.

On commence à deviner à travers les branches une forme noire posée sur les cimes. C'est l'ombre de *L'Hydre*, le quatre-mâts de Luc de Lerne. Le pirate a installé sa coque immense entre les arbres, tout près du ciel. Planche après planche, il l'a montée là-haut. Il a juste retiré les mâts et les vergues pour en faire des radeaux. Il vit au-dessus de la forêt avec ses hommes. Banni de toutes les mers, il doit se contenter du ciel.

– Elle peut rester ici si elle veut, dit Luc.

– Qui ?

– La fille.

– Jamais, dit la voix grave d'Alma à côté de Joseph. Où est mon arc ?

Lam regarde au même instant une fille qui vient d'entrer dans la cuisine du bateau.

The Brothers, le petit brick appartenant aux frères Jones, à Liverpool, glisse vers le golfe du Mexique et vers la Louisiane, laissant derrière lui la poussière d'îles des Caraïbes.

Lam a remarqué depuis longtemps cette fille à la peau plus noire que lui. Ils doivent avoir le même âge. Elle garde une sorte de hauteur sur tous ceux qu'elle croise, même si elle fait la moitié de leur taille.

Elle ne vit pas dans l'entrepont avec les autres captifs. Elle ne reste pas non plus comme lui à l'arrière, au service de l'état-major. Cette fille vit seule quelque part sous le gaillard d'avant, de l'autre côté de la barricade, là où il n'est jamais allé.

Lam a remarqué ces rôles qu'on donne à certains captifs afin que les autres désirent leur place et se tiennent bien pour l'obtenir. Lam n'a jamais cherché à être le valet du capitaine Harrison. Il ne sait même pas ce que veut dire le mot « valet ». Il a simplement mis les vêtements ridicules qu'on lui a donnés. Il fait ce qu'on lui demande. Il écoute le capitaine qui reste enfermé dans sa cabine à jouer du clavecin et qui donne ses ordres à tout le navire sans mettre le nez dehors.

Devant Lam, l'aide-cuisinier tend un seau de maïs à la fille.

– C'est une pitié de te donner ça. Du bon maïs… Il n'est même pas mangé par les asticots.

Le cuisinier fait un geste pour qu'elle s'en aille. Elle ne bouge pas. Il fait semblant de ne pas comprendre.

– Tu veux aussi de la farine ?

Elle ne prend pas la peine de répondre. Il va chercher un second seau.

– Va-t'en.

Elle ne bouge toujours pas, fait juste un petit mouvement du menton vers Lam qui la regarde en écarquillant les yeux.

– Toi, aide-la à porter les seaux !

Lam s'approche, prend l'un des seaux. Comme elle ne réagit pas, il prend aussi le second. Elle se met en marche devant lui. La plante de ses pieds nus fait un bruit aigu en frappant sur le sol. Ses jambes sont longues pour une fille si petite. Elle s'arrête devant une des portes de la barricade. Un des gardiens leur ouvre. Il dit à Lam :

– Toi, je t'attends ici. Tu portes les seaux et tu reviens.

Ils traversent tous les deux le pont désert sous le soleil. Le plancher mouillé est brûlant. Juste en dessous, dans le parc des hommes, la chaleur doit être intenable. Le capitaine Harrison a fait mettre des manches à air qui ne servent à rien.

Les deux enfants passent sous le gaillard d'arrière et s'arrêtent à l'ombre devant une porte à deux battants. La fille s'accroupit. Elle tire sur la veste de Lam pour qu'il fasse pareil.

Le nez baissé, elle fait semblant de trier le maïs.

– Je te connais, dit-elle.

Lam écoute cette voix qui parle la langue de son père.

– Je t'ai vu sur le fleuve avec les hommes qui t'emmenaient. Je viens de Boussa. Je t'ai vu sur le fleuve Quorra.

Lam retient sa respiration. Il ne doit faire confiance à personne.

– Ta sœur t'aime. Elle te cherche. Tu ne sauras jamais comme ta sœur t'aime et te cherche.

Cette fois le cœur de Lam commence à fondre, il coule avec les joints du plancher.

– Tu t'appelles Lam. Je suis Sirim.

Il pleure.

– Ta sœur s'appelle Alma. C'est mon amie. Mon village a été brûlé quand elle est partie. Cinquante guerriers de mon royaume ont été pris par les Fellanis. D'habitude, ils n'emmènent que les hommes et ils les vendent. Mais ils m'ont prise aussi.

– Pourquoi ? demande Lam.

Elle se lève. Il fait comme elle.

Elle pousse l'un des battants de la grande porte. Lam entre.

– Pour m'occuper de lui, dit Sirim.

Il sent son odeur avant de le voir.

Brouillard.

Lam tient les deux seaux dans ses mains. Il s'avance, pose son visage trempé sur la joue du cheval.

Un trait de soleil doré passe par la porte entrouverte. Brouillard commence à fouiller dans l'un des seaux que Lam ne lâche toujours pas. Il fait s'envoler un nuage blanc de farine.

Sirim regarde le garçon et le cheval entourés de toute cette blancheur.

Elle est quelques pas derrière eux. Elle se dit qu'un jour reviendront des temps heureux. Un jour, il y aura de la lumière.

La suite des aventures d'Alma
est à découvrir dans :

ALMA
L'enchanteuse

À paraître en 2021

Table

L'auteur

TIMOTHÉE DE FOMBELLE est né en 1973. Il a passé une partie de son enfance au Maroc et en Côte d'Ivoire. D'abord professeur de lettres en France et au Vietnam, il se tourne tôt vers la dramaturgie. En 2006 paraît son premier roman pour la jeunesse, *Tobie Lolness*. Célébré par de nombreuses récompenses dont le prix Sorcières, le prix Tam-Tam et le prix Saint-Exupéry, ce récit illustré par François Place connaît un succès international. Entre *Céleste, ma planète* et *Victoria rêve*, vibrants plaidoyers pour l'écologie ou la force de l'imaginaire, Timothée écrit *Vango*, époustouflant roman d'aventures en deux tomes qui séduit les lecteurs comme la critique. En 2014, pour *Le Livre de Perle*, il reçoit la Pépite du roman adolescent européen, ainsi que le prix de la Foire de Brive.

Depuis, il a publié un conte musical illustré par Benjamin Chaud, *Georgia, tous mes rêves chantent*, qui réunit une pléiade d'artistes : Cécile de France, Alain Chamfort, Emily Loizeau, Albin de la Simone... Ce livre-disque lui rapporte une nouvelle Pépite à Montreuil, lors du Salon du livre et de la presse jeunesse.

Timothée est aussi l'auteur des albums *La Bulle*, illustré par Éloïse Scherrer, *Capitaine Rosalie*, illustré par Isabelle Arsenault, *Quelqu'un m'attend derrière la neige*, illustré par Thomas Campi. Il signe également le scénario d'une bande dessinée réalisée par Christian Cailleaux, *Gramercy Park*.

Traduit dans le monde entier, reconnu comme l'un des plus grands auteurs pour la jeunesse de sa génération, Timothée de Fombelle continue également à écrire pour le théâtre et a publié un livre « pour les adultes » : *Neverland*.

L'illustrateur

FRANÇOIS PLACE est né en 1957. Il a étudié à l'école Estienne à Paris avant de travailler comme illustrateur, d'abord pour la publicité puis pour l'édition jeunesse. Il est l'auteur-illustrateur de nombreux albums (*Les Derniers Géants, L'Atlas des géographes d'Orbae, La Fille des batailles, Le Marquis de la Baleine*...), qui lui ont valu de prestigieuses récompenses (Ragazzi Award de la foire internationale de Bologne, prix Sorcières, prix Baobab du salon de Montreuil...). En tant qu'illustrateur, il collabore avec des écrivains comme Michael Morpurgo (*Cheval de guerre, Le Royaume de Kensuke, Le Don de Lorenzo*), Erik L'Homme (*Contes d'un royaume perdu*), et bien sûr, Timothée de Fombelle dont il a déjà illustré le célèbre premier roman, *Tobie Lolness*. Avec chacun s'instaure une véritable complicité.

François Place est également l'auteur de romans (*La Douane volante, Angel l'Indien blanc, La Reine sous la neige*), d'un récit autobiographique (*La 2CV, la nuit*), ou encore de la série *Lou Pilouface*.

ON LIT
PLUS
FORT.
COM

L'ACTUALITÉ DES ROMANS
GALLIMARD JEUNESSE

Le papier de cet ouvrage est composé de fibres naturelles, renouvelables, recyclables et fabriquées à partir de bois provenant de forêts gérées durablement.

Loi n° 49-956 du 16 juillet 1949
sur les publications destinées à la jeunesse

Mise en pages : Françoise Pham

Imprimé en France par Normandie Roto Impression s.a.s.
61250 Lonrai
N° d'impression : 2000427
Numéro d'édition : 361007
ISBN : 978-2-07-513910-6
Dépôt légal : avril 2020